S. FISCHER

Martin Kordić

Jahre mit Martha

Roman

S. FISCHER

Aus Verantwortung für die Umwelt hat sich der S. Fischer Verlag zu einer nachhaltigen Buchproduktion verpflichtet. Der bewusste Umgang mit unseren Ressourcen, der Schutz unseres Klimas und der Natur gehören zu unseren obersten Unternehmenszielen. Gemeinsam mit unseren Partnern und Lieferanten setzen wir uns für eine klimaneutrale Buchproduktion ein, die den Erwerb von Klimazertifikaten zur Kompensation des CO_2-Ausstoßes einschließt.

Weitere Informationen finden Sie unter:
www.klimaneutralerverlag.de

Die Arbeit an diesem Roman wurde gefördert von der Robert Bosch Stiftung, der Kunststiftung NRW, dem Literarischen Colloquium Berlin sowie durch das Kranichsteiner Jugendliteratur-Stipendium. Der Autor dankt für die Unterstützung.

FSC
www.fsc.org
MIX
Papier aus verantwortungsvollen Quellen
FSC® C014496

Originalausgabe

Erschienen bei S. FISCHER

Die Gedichte, Verse und Zeilen auf den Seiten 5, 58, 90, 118, 133, 186, 201 und 271 stammen aus: Hertha Kräftner, *Kühle Sterne*, Gedichte, Prosa, Briefe. Aus dem Nachlaß herausgegeben von Gerhard Altmann und Max Blaeulich. Mit zwei Nachworten. Wieser, Klagenfurt/Salzburg 1997.

Satz: Doerlemann Satz, Lemförde
Druck und Bindung: GGP Media GmbH, Pößneck
Printed in Germany
ISBN 978-3-10-397163-7

Jedes Seelenbild ist auch ein Weltbild.
Hertha Kräftner

Erster Teil

1

Ich sah Martha zum ersten Mal auf dem vierzigsten Geburtstag meiner Mutter. Damals wusste ich nicht, dass sie Martha hieß, ich kannte sie nur als »Frau Gruber«.

Die Geburtstagsfeier sollte unten im Gemeindesaal stattfinden, das war der Keller in unserem Hinterhof. Mehrmals wöchentlich trafen sich dort die Mitglieder des Friedenszentrums für einen Nähkurs oder zum Bibelstudium. Obwohl es von außen nicht erkennbar war, gehörte das Haus einer kirchlichen Gemeinschaft oder einem christlichen Verein, genau weiß ich das nicht. Zwischen vielen anderen braunen Häusern stand es irgendwo in Ludwigshafen.

Mein Vater war hier der Hausmeister und meine Mutter die Putzfrau. Für diese Arbeiten bekamen wir eine Zweizimmerwohnung im Vorderhaus, in der wir mietfrei wohnen konnten: mein Vater, meine Mutter, mein großer Bruder Kruno, meine kleine Schwester Ljuba und unser Wellensittich Lothar, der so hieß, weil Lothar Matthäus der beste Fußballer war.

Hauptberuflich war mein Vater nicht Hausmeister, sondern Bauarbeiter. Er war immer auf Montage. Zusammen mit meiner Mutter verdiente er zwar so viel Geld, dass ich an Klassenfahrten teilnehmen konnte, dafür habe ich meinen Vater allerdings nur am Wochenende gesehen. Als sein Körper für die Baustelle zu kaputt war und er endlich im Trainingsanzug bei uns im Wohnzimmer saß und Fernsehen guckte, da war ich längst ausgezogen und lebte weit weg in einer anderen Stadt, aber das ist eine Geschichte, die ich später erzählen will.

Damals fand ich das alles ganz normal, und an dem Tag, an dem meine Mutter ihren vierzigsten Geburtstag feierte, da saß mein Vater also in Frankfurt in einem Autokran und versetzte Schalungen für die Bahnsteige des neuen Fernbahnhofs am Flughafen. Mein Bruder machte eine Ausbildung zum Industriemechaniker bei der BASF, saß bei einem Cousin in der Autowerkstatt herum oder spielte Fußball für den FC Croatia Vorderpfalz. Meine Schwester war noch sehr jung. Sie ging in die zweite Klasse oder half meiner Mutter beim Putzen und Kochen. Wenn also unter der Woche in den Räumen des Friedenszentrums etwas repariert werden musste, sprang meist ich als Hausmeister ein. So auch an dem Tag, an dem Martha und ich uns zum ersten Mal begegneten.

Nach der Schule holte ich Ljuba vom Hort ab und half dann meiner Mutter, den Gemeindesaal herzurichten. Wir schoben drei Tische zusammen, legten Plastiktischdecken darüber und breiteten darauf noch echte Häkeldeckchen aus, meine Schwester wischte die Kellertoilette.

Aus unserer Wohnung holte ich silberfarbene Serviertabletts mit Schinken und Käse und trug ein schweres Blech mit selbstgebackenen Süßigkeiten in den Gemeindesaal. Zwei Tage lang hatte meine Mutter alles zusammen mit meiner kleinen Schwester vorbereitet.

»Dann noch die Torte!«, rief sie mir zu.

Und das war der erste ungewöhnliche Moment an diesem Tag. Denn eine Torte bedeutete, dass jemand eingeladen war, der ein feinerer Mensch sein musste als wir, als meine Mutter, meine Tanten, meine Cousinen und die Frauen von der Putzkolonne aus dem Krankenhaus.

»Für Frau Gruber«, sagte meine Mutter. »Die aus Heidelberg.«

Meine Mutter hatte eine Schwarzwälder Kirschtorte gekauft, die ich nun aus dem Kühlschrank holen und anrichten sollte. Meine Mutter backte tagelang mit meiner kleinen Schwester komplizierte Kekse und andere Süßigkeiten, fürchtete aber, Frau Gruber aus Heidelberg könnte unser Essen für minderwertig halten, und kaufte deshalb eine Tiefkühltorte aus dem Supermarkt. Meine Mutter wollte Frau Gruber aus Heidelberg gefallen. Meine Mutter wollte, dass Frau Gruber aus Heidelberg dachte, wir seien gute Ausländer. Meine Mutter war die Putzfrau von Frau Gruber.

Ohne Frau Gruber überhaupt zu kennen, wusste ich genau, dass sie sich gleich auf unseren Schinken und unsere *breskvice* stürzen würde, während ich die noch halb gefrorene Schwarzwälder Kirschtorte essen würde, um meine Mutter glücklich zu machen.

»Liegt Heidelberg nicht eher im Odenwald?«, fragte ich.

Aber als ich feststellte, dass in den Augen meiner Mutter eine große Angst sichtbar wurde, etwas Wesentliches falsch gemacht, etwas von diesem Land auch nach über zwanzig Jahren nicht verstanden zu haben, sagte ich: »Alles gut, Mama, ich liebe Schwarzwälder Kirschtorte.«

Kurz nachdem die ersten Frauen zur Feier erschienen waren, wurde ich in den Hinterhof gerufen. Die Spülung der Kellertoilette funktionierte nicht, und ich sollte sie reparieren. Da ich von Sanitärarbeiten überhaupt keine Ahnung hatte, aber männlich wirken wollte, holte ich den Werkzeugkoffer. Ich klopfte zweimal mit der Wasserpumpenzange auf den Spülkasten, dann noch ein paarmal gegen die Leitung unter dem Becken, damit alle Frauen hörten, dass ich arbeitete, und beschloss dann, das WC für die Feier abzusperren.

»Etwas stimmt nicht mit dem Dichtring«, sagte ich, weil das ein Begriff war, den ich mal bei einem Cousin aufgeschnappt hatte, der als Gas-Wasser-Installateur arbeitete.

Ich schloss die Tür ab, steckte den Schlüssel ein und ging zurück ins Vorderhaus in unsere Wohnung. Damit nicht alle klingeln mussten, schob ich den kleinen Hebel am Türschloss hoch. Die Frauen, die nun im Laufe des Nachmittags zur Toilette mussten, kamen also nach und nach in unsere Wohnung, alle meine Tanten und Cousinen, einige Kolleginnen aus der Putzkolonne im Krankenhaus und schließlich auch Frau Gruber.

Ich erkannte sie sofort.

Frau Gruber hatte echte blonde Haare. Erst dachte ich, sie habe weiße Haare. Dann aber stellte ich fest, dass es eine Mischung aus blonden und weißen Haaren war, woraus ich ableitete, dass sie nicht gefärbt sein konnten. Wie um die Echtheit ihrer Haarfarbe zu unterstreichen, hatte Frau Gruber mitten im Gesicht Sommersprossen, die mir gleich sehr gut gefielen.

Frau Gruber trug eine hellblaue Jeans und einen ausgeleierten Rollkragenpulli, obwohl es draußen schon recht warm war. Vielleicht, dachte ich, ist es Frau Gruber vor diesem Geburtstagsfest ja ähnlich gegangen wie meiner Mutter. Unsere Schwarzwälder Kirschtorte war ihr ausgeleierter Rollkragenpulli.

»Hallo«, sagte ich.

Frau Gruber erschrak. Sie hatte sich ein wenig bei uns im Flur umgeschaut und nicht gemerkt, dass nur ein paar Meter weiter, am Ende dieses Flurs hinter einem Vorhang, ich auf meinem Bett saß und Zeitung las. Der Vorhang war nur halb zugezogen, der Bereich dahinter war mein Kinderzimmer.

»Hallo«, sagte Frau Gruber. »Ich suche die Toilette.«

»Direkt hier«, sagte ich und zeigte auf die Tür vor meinem Bett.

Frau Gruber kam auf mich zu. Sie blieb vor mir stehen und winkte mir.

Ich winkte zurück.

Dann ging Frau Gruber an mir vorbei auf die Toilette, und ich schaute ihr auf den Hintern.

Eine ganze Weile passierte nun gar nichts. Ich las weiter in meiner Zeitung und schrieb mir Wörter, die nach Bildung und Schlauheit klangen, Wörter, deren Bedeutung ich damals noch nicht kannte, auf kleine Pappkarten. Als ich überlegte, welche Zeitung ich als nächste von meinem Stapel nehmen wollte, und schließlich nach der Wochenzeitung griff, in der die Spalte mit der Schachaufgabe abgedruckt war, fiel mir auf, dass Frau Gruber noch immer nicht aus der Toilette herausgekommen war. Ich hörte auch kein Geräusch.

»Ist alles in Ordnung, Frau Gruber?«

Keine Antwort.

»Frau Gruber?«

»Ja.«

»Ist alles okay?«

»Könntest du vielleicht dort weggehen?«

»Wie meinen Sie das?«

»Ich kann nicht, wenn du da vor der Tür in deinem Bett sitzt.«

Ich sprang auf und ging den Flur entlang, drehte mich dann aber doch noch einmal um.

»Ich heiße Jimmy!«, rief ich, obwohl das nicht stimmte. »Ich bin in der Küche!«

Nur zwei Minuten später war auch Frau Gruber in der Küche. Ich saß auf der Eckbank, sie stand vor der Mikrowelle. Frau Gruber hatte einen roten Kopf und entschuldigte sich bei mir. Ich hatte einen roten Kopf und entschuldigte mich bei ihr.

Auch viele Jahre später noch erzählten wir uns dieses Kennenlernen immer wieder neu und mussten gemeinsam darüber lachen. Damals jedoch war es uns beiden furchtbar peinlich gewesen. Martha war es peinlich, weil sie sich verkrampft und spießig fühlte, und mir war es peinlich, weil ich Frau Gruber aus Heidelberg in so eine unangenehme Situation gebracht hatte.

Bis zu jenem Tag hatte ich einfach noch nie jemanden kennengelernt, der ein Problem damit gehabt hatte, direkt neben meinem Bett pinkeln zu gehen.

2

Meine Geschichte will ich erzählen, weil ich glaube, dass wir uns mehr Geschichten erzählen sollten über uns in diesem Land. Möglicherweise hat mein Leben einige Überschneidungen mit den Leben anderer, die wie ich Kinder sind von Eltern, die irgendwann einmal hierherkamen und sich an nichts festhielten als an ihren Körpern und an ihren Träumen. Mir selbst will ich meine Geschichte erzählen, weil ich die Irrwege meines jungen Erwachsenenlebens in eine Dramaturgie sortieren will, die auf ein versöhnliches Ende zusteuern soll.

Einige Wochen nach unserer ersten Begegnung trafen Frau Gruber und ich erneut aufeinander. Es war zu Beginn der großen Ferien. Ich hatte lange geschlafen und war dann die Papiercontainer in der Innenstadt abgegangen. Anschließend ging ich weiter Richtung Rathaus-Center und fand mitten auf dem Gehweg eine Brieftasche.

Als ich sie aufmachte, sah ich sofort die vielen Scheine. Es waren 438 Mark und 73 Pfennig darin. Außerdem ein Personalausweis von Dr. Helmut Otto, Visitenkarten von Dr. Helmut Otto, Kreditkarte, Führerschein, Briefmarken, ein Zettel, auf dem eine Telefonnummer notiert war. Dr. Helmut Otto war Rechtsanwalt und seine Kanzlei nur zwei Straßen weiter am Lutherbrunnen.

Auf dem Weg dorthin dachte ich darüber nach, das Geld herauszunehmen und das Portemonnaie einfach in den Briefkasten zu werfen, aber in einem Zeitungsartikel mit der Überschrift »Ihr gutes Recht« hatte ich davon gelesen, dass einem Finder in Deutschland fünf Prozent Finderlohn zuständen, und weil ich die Brieftasche ja in eine Anwaltskanzlei bringen würde, dachte ich, die wüssten das sicherlich auch.

Die Kanzlei war in einem Gebäude mit viel Platz, viel Luft, viel Glanz und einem Empfangstresen. Ich ging zu der Frau, die dort saß, und überreichte ihr die Brieftasche.

»Die habe ich gefunden«, sagte ich. »Die gehört dem Herrn Otto. Der arbeitet hier.«

»Wie nett von dir. So etwas Ehrliches«, sagte die Frau. »Danke. Ich gebe ihn weiter.«

Ich blieb stehen und schaute die Frau an. Die Frau schaute mich an. Dann hielt sie mir eine Glasschale hin, die mit Schokolinsen gefüllt war.

»Greif rein«, sagte sie.

Und ich griff hinein, obwohl ich Schokolinsen nicht mochte. Mit einem Mal hatte ich Angst vor dieser Frau. Ich hatte Angst vor dem vielen Platz, vor der vielen Luft, vor dem vielen Glanz, ich kam mir klein und unbedeutend vor. Ich *war* klein und unbedeutend.

Wenn ich heute daran zurückdenke, ist mir vor allem in Erinnerung, dass ich mich ärgerte. Nicht darüber, dass ich keinen Finderlohn erhalten hatte, sondern darüber, dass ich nicht klug genug war, eine verbale Auseinandersetzung führen und für mich entscheiden zu können. Ich wollte bestehen können in dieser Welt mit viel Luft und viel Glanz. Ich wollte einer werden, den man nicht herumschieben kann. Ich wollte einer werden mit Verstand.

Ich war bereit, alles dafür zu tun.

Am Rathaus-Center war immer etwas los, und es gab viel zu gucken. Die unterschiedlichsten Menschen kamen hier zusammen. Arbeitslose Alkoholiker, die auf arbeitslose Alkoholiker schimpften. Junge Mütter, die mit anderen jungen Müttern zusammensaßen und ihr Leid teilten. Aber auch viele, viele Menschen, die in den vielen, vielen Geschäften einkaufen gingen.

Ich setzte mich an einen stillgelegten Brunnen und blätterte in den Zeitungen und Magazinen, die ich aus den Papiercontainern geangelt hatte, suchte nach einer Schachaufgabe. Für Kruno hatte ich eine Fernsehzeitung eingepackt, in der das Programm noch drei Tage lang gültig war, für Ljuba ein paar Pferdehefte und für mich selbst die letzten drei Ausgaben einer Wochenzeitung und sogar eine britische Zeitschrift von vor ungefähr einem Jahr. Auf der Titelseite stand »*Farewell, Diana*«, und darunter waren William und Harry am Tag der Trauerfeier zu sehen. William hatte den Blick auf den Boden gerichtet. Harry hingegen schaute irgendwohin. Es sah so aus, als suchte er dort, wo er hinguckte, das passende Gefühl für den Tod seiner Mutter.

William und Harry waren ungefähr so alt wie Kruno und ich.

Weil es mir in der Sonne zu heiß wurde und es am Brunnen nach Abfall roch, packte ich die Zeitungen wieder in den Rucksack und spazierte durch das Rathaus-Center.

Erst ging ich in den Elektronikmarkt. Dort war in einer Ecke ein Fernseher aufgebaut, an dem man ein neues Videospiel ausprobieren konnte. Leider spielten an beiden Gamepads schon andere Jungs, die wohl auch den ganzen Tag lang nichts zu tun hatten. Ich blieb ein paar Meter hinter ihnen stehen und schaute ihnen zu. Die Geschwindigkeit des Rennspiels war atemberaubend. Ich versuchte, mir einige Tricks abzuschauen, für den Fall, dass ich selbst einmal Gelegenheit haben sollte, das neue Spiel auszuprobieren.

Ich ging weiter in die Musikabteilung. Auf einem Tresen standen dort CD-Player, mit denen man sich Musik anhören konnte. Ich hörte mir dort sieben Mal »Dirty Diana« von Michael Jackson an. Ich hatte das Lied selbst, sowohl auf Kassette als auch auf CD, aber hier, mit diesen Kopfhörern, der erstaunlichen Klangqualität, konnte ich die Atmung viel besser hören.

Michael Jackson war kein Mann, er war keine Frau, er war ein Schwarzer Mensch, er war ein *weißer* Mensch, er war arm, und er war reich, er war alles gleichzeitig. Ein geschlagenes Kind und der König des Pop, ein Mann mit Lederjacke und eine Frau im Bodysuit.

Wenn ich Michael Jackson sah, spürte ich die Möglichkeit einer Welt, in der jeder sein kann, wie er will und was er will. Allein diese Idee gab mir Kraft, und hier in dem Laden konnte ich mit den Kopfhörern also die Atmung viel besser hören. Die Atmung gab den Rhythmus vor, die Atmung bestimmte, wie ein Körper sich zu dieser Musik zu bewegen hatte.

Ich schlenderte weiter durch das Rathaus-Center, passierte den McDonald's, in dem ich meinen neunten Geburtstag gefeiert hatte. Jedes Mal, wenn ich an diesem

McDonald's vorbeiging, wurde mir flau im Magen. Der Kindergeburtstag hatte meine Mutter sehr angestrengt, was wiederum mich sehr angestrengt hatte, was wiederum dazu geführt hatte, dass ich abends mit Fieber im Bett lag und die Junior-Tüte auskotzte, was wiederum dazu geführt hatte, dass ich an meinem neunten Geburtstag sehr traurig eingeschlafen war.

Erst vor einem Sportladen blieb ich wieder stehen. Im Schaufenster stand ein lebensgroßer Pappaufsteller von Michael Jordan. Mit einer Hand balancierte er einen Basketball auf dem Zeigefinger, mit der anderen Hand präsentierte er den neuen Jordan-Schuh. Es war der Air Jordan XIII. Ein Schuh wie aus einer anderen Galaxie.

Gerade als ich hineingehen wollte, weil ich den neuen Jordan unbedingt mal anfassen wollte, sah ich ein paar Meter hinter dem Pappaufsteller eine Frau auf dem Boden knien, die einem Mädchen auf dem Fuß herumdrückte. Es war Frau Gruber. Ich machte sofort einen Schritt zur Seite und versteckte mich hinter dem Werbeaufsteller. Als ich erneut hervorschaute, streichelte Frau Gruber dem Mädchen gerade über den Kopf. Das Mädchen musste Frau Grubers Tochter sein. Es umarmte seine Mutter.

Frau Gruber sprach mit einem Verkäufer und nickte ihm zu. Zu dritt gingen sie zur Kasse. Die Tochter war ungefähr im Alter von Ljuba, und in diesem Alter hätten wir niemals neue Schuhe bekommen. Ich ging schnell rüber in einen anderen Laden und schaute mir Sonnenbrillen an einem Drehständer an. Dann kamen sie. Hand in Hand verließen Frau Gruber und ihre Tochter das Geschäft. Sie bummelten.

Zuerst verschwanden sie in einer Parfümerie. Weil Frau Gruber und ihre Tochter so sehr auf sich selbst konzentriert schienen, traute ich mich, auch hineinzugehen. Eine Verkäuferin kam auf mich zu und bot mir ihre Hilfe an. Ich lehnte ab, aber die Verkäuferin blieb neben mir stehen.

»Ich schaue nur«, sagte ich.

»Ich auch«, sagte sie.

Weil mir diese Situation sehr unangenehm war und ich weder etwas klauen noch etwas kaufen, sondern nur gucken wollte, wie Frau Gruber wohl ihren weiteren Tag verbringen würde, verließ ich das Geschäft wieder und wartete draußen hinter einem Gebäudeplan auf sie.

Ich war mir nicht sicher, ob Frau Gruber etwas gekauft hatte oder ob sie vielleicht nur die Gelegenheit hatte nutzen wollen, um ihr Parfüm aufzufrischen, jedenfalls kam sie sehr schnell wieder heraus, hatte ihre Handtasche um die Schulter gehängt und trug die tolle Papiertüte aus dem Sportladen. Die Tochter hüpfte vergnügt neben ihr her.

Frau Gruber und ihre Tochter gingen in den Supermarkt. Als ich ihnen folgte, standen die beiden gerade beim Obst und suchten eine Ananas aus. Dann klappte Frau Gruber das Drahtgitter auf der Rückseite des Einkaufswagens hoch und ihre Tochter kletterte mitsamt der Ananas hinein. Die Tochter saß nun den ganzen Einkauf über in dem Wagen, hielt die Ananas im Arm und zeigte auf verschiedene Produkte, die Frau Gruber daraufhin zu ihrer Tochter legte.

Ich stellte mir vor, dass Frau Grubers Tochter schwer krank war und bald sterben würde und dass sie deshalb heute noch einmal alle ihre Wünsche erfüllt bekam, aber als die beiden dann am Kühlregal vorbeikamen, sah ich für einen Moment genau in das Gesicht der Tochter. Sie sah kerngesund aus. Sie hatte blonde Haare, einen Pony, rosige Backen, sie war sogar ein bisschen pummelig.

»Hi«, sagte Frau Gruber und stand mit dem Einkaufswagen direkt vor mir.

»Hi«, sagte ich.

Die Tochter hielt noch immer die Ananas im Arm und schaute mich an. Ich schaute die beiden an, Frau Gruber und ihre Tochter.

»Sag Hallo, Edi«, sagte Frau Gruber, aber die Tochter sagte nichts. »Das ist Edita.«

»Hallo, Edita«, sagte ich. »Ich bin Jimmy.«

»Ich kenne den«, sagte Edita, ohne den Blick von mir abzuwenden. »Der war gerade schon da.«

Der Satz hing nun einfach so für ein paar Sekunden in der Luft. Keiner griff ihn weiter auf. Auch Edita nicht.

»Wie geht es Ihnen?«, fragte ich.

»Wir waren heute schon im Museum. Deine Mutter ist gerade bei uns und putzt, Edi und ich machen uns einen schönen Tag.«

»Ich auch«, sagte ich.

»Ja?«

»Ja.«

»Was machst du?«

»Ich kaufe mir ein Eis.«

»Eis hatten wir schon. Stimmt's, Edi?«

»Von Fontanella«, sagte Edita jetzt. »Der hat das Spaghettieis erfunden.«

»Spaghettieis mag ich auch«, sagte ich.

»Ich mag Spaghettieis auch«, sagte Frau Gruber.

Edita schaute zu ihrer Mutter hoch und dann wieder zu mir.

»Entschuldigung …«, sagte Frau Gruber. »Wir … Wir gehen gerade zur Kasse.«

»Ach so, ich … Ich bin auch auf dem Weg zur Kasse.«

Frau Gruber musste lachen. Das war ansteckend.

»Dann gehen wir zusammen?«, fragte sie.

Viel eher als eine Frage war es eine Entscheidung, die Frau Gruber in dem Moment für uns getroffen hatte. Ich freute mich darüber, und meine Zustimmung lag darin, dass ich mich an dem Einkaufswagen festhielt, in dem Edita saß. So gingen wir zu dritt zur Kasse, als wären wir schon sehr oft zu dritt in einem Supermarkt zur Kasse gegangen.

Frau Gruber bezahlte mein Eis zusammen mit ihrem Einkauf, ich bedankte mich. Anders als meine Mutter nahm Frau Gruber sich keine Zeit, den Kassenzettel zu überprüfen, sie ließ ihn sich nicht einmal geben. Wir gingen gleich aus dem Supermarkt heraus und weiter Richtung Parkhaus, Edita nun in unserer Mitte. Frau Gruber schlug vor, dass ich mit ihnen zusammen nach Heidelberg fahren könne, um meine Mutter zu überraschen.

Als wir vor Frau Grubers Auto standen, war ich erstaunt. Sogar wir hatten einen Mercedes. Frau Gruber aber fuhr einen Volvo Kombi, ein Auto, das mein Vater als »Baustellenauto« bezeichnet hätte. Unser Mercedes war zwar nur ein ausrangiertes und umlackiertes Taxi und hatte knapp zweihunderttausend Kilometer runter, aber immerhin konnten wir uns damit bei Heimatbesuchen in der Herzegowina sehen lassen.

Ich half Frau Gruber, die Tüten einzuladen, brachte den Einkaufswagen weg und schob mir den Kaugummi-Stiel von meinem Eis in den Mund. Ich guckte nicht auf dem Boden zwischen den Einkaufswagen nach heruntergefallenen Markstücken, ich ging gleich wieder zurück zum Auto. Auf der Beifahrerseite stieg ich ein und klemmte mir meinen Rucksack zwischen die Beine.

»Hier«, sagte Frau Gruber und hielt mir ein Taschentuch hin.

»Du siehst aus wie ein Clown«, sagte Edita von hinten aus ihrem Kindersitz.

Ich nahm das Taschentuch und putzte mir den Mund sauber. Der roten Farbe nach zu urteilen, hatte ich mir das Eis ins Gesicht geschmiert. Es war mir überhaupt nicht peinlich. Von Anfang an fühlte ich mich an der Seite von Frau Gruber sehr sicher.

Wir fuhren los, und Frau Gruber fragte mich, was ich in meinem Rucksack habe. Obwohl auch das mir hätte unangenehm sein können, machte ich ihn auf und zeigte ihr das Altpapier.

»Das habe ich aus dem Papiercontainer am Kino.«

»Und was willst du damit?«

»Lesen.«

Frau Gruber schwieg.

»Ich lese auch Goethe«, fuhr ich schnell fort. »*Die Leiden des jungen Werther*. Kennen Sie das?«

Weil ich so nervös war, wartete ich keine Antwort ab.

»Von allen Büchern habe ich das am häufigsten in der Stadtbücherei verlängert. Aber ich lese auch Zeitung.«

Ich machte den Rucksack etwas weiter auf, damit man besser hineinsehen konnte.

»Ich lese nur die guten Zeitungen. Die anderen sind für meine Geschwister.«

Daraufhin sagten wir beide eine Weile nichts. Mehrmals schaute Frau Gruber mich an und dann wieder zurück auf die Straße. Ich war mir nicht sicher, ob Frau Gruber das mit dem Altpapier vielleicht nicht doch etwas merkwürdig fand. Aber von Augenblick zu Augenblick sah es mehr danach aus, als würde sie sich über etwas freuen, als hätte sie etwas in mir erkannt, was sie mochte.

»Frau Gruber, darf ich Sie etwas fragen?«

»Selbstverständlich.«

»Wie fühlt sich der neue Jordan an, wenn man ihn anfasst?«

»Der Schuh?«

»Ja.«

»Ich weiß nicht. Edi, wie fühlt sich dein neuer Schuh an?«

Edita überlegte eine Weile.

»Wie Oliver«, sagte sie dann.

»Oliver ist unser Kater«, sagte Frau Gruber.

»Oliver hat ein ganz weiches Fell!«, rief Edita von hinten.

Frau Gruber musste lachen, und auch Edita hielt sich nun die Hand vor den Mund und prustete los. Ich ließ mich davon anstecken.

Zu dritt lachten wir und hörten überhaupt nicht mehr auf. So fuhren wir über die Rheinbrücke und an einer Moschee und an einer Kakaofabrik vorbei und dann weiter auf die Autobahn. Mit jedem Meter, den wir auf ihn zufuhren, breitete sich vor uns der Odenwald aus, und bald schon wurde das Licht heller, der Himmel blauer, und die Farben der Häuser wurden bunter und kräftiger.

3

Für den Rest der großen Ferien stellte Frau Gruber mich als Hausmeister und Tierpfleger ein.

Edita hatte zur Trennung ihrer Eltern nicht nur den Kater Oliver geschenkt bekommen, sondern auch drei Zwergkaninchen, und diese hatten sich in den vergangenen Monaten rapide vermehrt. Inzwischen waren es zwölf Zwergkaninchen, von denen einige in den Wochen nach ihrer Kastration und Sterilisation erbitterte Feinde geworden waren und sich nun böse Wunden zufügten. Mit der Liebe im Kaninchenstall war es vorbei, und Edita hatte darüber die Freude an den nun wahnsinnig gewordenen Tieren fast vollständig verloren.

Aus diesem Grund sollte ich ganz hinten im Garten der Grubers drei große, überdachte Gehege anlegen, damit die Kaninchen den Sommer über getrennt voneinander leben und sich ein neues Glück aufbauen konnten. Außerdem gab es einen großen Teich mit Goldfischen, die von mir versorgt werden mussten. Und nicht zu vergessen Oliver, der Kater, der stets sehr freundlich war und sich für nichts sonderlich zu interessieren schien. Immer wieder bat Frau Gruber mich auch darum, ein paar Dinge im Garten zu erledigen. Es gab viel zu tun auf einem so großen Grundstück und in einem so großen Haus.

Für all diese Arbeiten hatte meine Mutter mich bei Frau Gruber empfohlen. Und obwohl ich anfänglich befürchtete, nicht wirklich geeignet dafür zu sein, war das alles doch eine gute Gelegenheit, Frau Gruber öfter sehen zu können.

Ein paar Wochen lang verbrachte ich beinahe jeden Tag auf dem Anwesen der Grubers in Heidelberg.

Frau Gruber und meine Mutter hatten sich im Krankenhaus kennengelernt. Meine Mutter war auf der Station zum Putzen eingeteilt, auf der Frau Gruber sich gerade von einer Operation erholte. Frau Gruber bemerkte schnell, wie sorgfältig und gewissenhaft meine Mutter arbeitete, die beiden kamen ins Gespräch, und wie der Zufall es wollte, verstarb in jenen Tagen Frau Grubers langjährige Haushaltshilfe an einem nie erkannten Diabetes. Zwar war die Fahrt nach Heidelberg für meine Mutter mit der Straßenbahn sehr weit, aber Frau Gruber zahlte gut und schwarz.

So hatte meine Mutter also drei Putzstellen: im Krankenhaus, im Friedenszentrum und bei Frau Gruber. Mehr Zeit hatte meine Mutter nicht.

Ich bekam für meinen Ferienjob bei Frau Gruber jeden Tag zehn Mark. Außerdem durfte ich abends die Zeitung mitnehmen und mir so viele Bücher aus der Bibliothek der Grubers ausleihen, wie ich wollte. Der größte Verdienst jedoch bestand für mich darin, einfach nur in der Nähe von Frau Gruber zu sein.

Am besten gefielen mir die sonnigen Tage, an denen wir beide im Garten waren und arbeiteten. Ich war die meiste Zeit im hinteren Teil des Gartens, skizzierte Pläne für die Kaninchengehege, schnitt Maschendraht zurecht oder schlug Holzpflöcke in den Boden.

Frau Gruber saß derweil auf der Terrasse unter einer weißen Markise. Sie hatte sich dort am Pool einen Sommerschreibtisch eingerichtet und bereitete ihre Seminare für das nächste Semester vor. Frau Gruber war eine echte Professorin.

Jeden Tag trug sie ein anderes Kleid, den immer gleichen Strohhut, unter dem ihre blonden Haare hervorschauten, und eine Sonnenbrille mit kreisrunden Gläsern. Ich fand es schön, Frau Gruber beim Denken, beim Schreiben, beim Klugsein zu beobachten. Über den gesamten Garten hinweg bewunderte ich sie für ihre Intelligenz.

Genauso interessant fand ich es aber auch, wenn Frau Gruber schwimmen ging. Das machte sie jeden Tag genau einmal, meist am frühen Nachmittag. Sie stand dann erst noch eine Weile im Schatten unter der Markise. Weil sie eine Sonnenbrille trug, konnte ich nicht erkennen, wohin sie schaute. Ein paar Minuten lang schien sie ihren Blick einfach durch den weiten Garten gleiten zu lassen. Manchmal hatte ich den Eindruck, sie würde zu mir schauen, um festzustellen, ob ich zu ihr schaute. Ich erklärte es mir damals aber so, dass sie nach dem langen Sitzen und Denken erst für eine gewisse Zeit stehen wollte, um ihren Kreislauf bei dieser Hitze mit einem raschen Wechsel zum Sport nicht zu sehr zu belasten. Vielleicht, dachte ich, benötigt sie aber auch ein paar Minuten, um aus der Welt der Theorie wieder in die Realität des Gartens herüberzutreten, an dessen Ende ich stand, ein braun gebrannter Junge mit nacktem Oberkörper, der Holz sägte.

Irgendwann legte Frau Gruber den Strohhut zur Seite, zog sich das Kleid über den Kopf und band sich die Haare zusammen. Sie trug einen dunkelblauen Badeanzug und hatte noch immer die Sonnenbrille auf.

Frau Gruber fing nun an, Gymnastik zu machen.

Erst stellte sie die Beine hüftbreit auseinander und beugte sich mit den Händen voraus zum Boden. Dabei wippte sie immer wieder ein bisschen vor und zurück, was ich sehr aufregend fand und was sie so lange machte, bis sie mit den Handflächen tatsächlich ganz auf den Boden kam. Frau Gruber richtete sich wieder auf, griff sich mit der linken Hand an den rechten Ellenbogen und drückte ihn hinter den Kopf. Dabei stand sie nun ganz aufrecht. Das Gleiche machte sie auch mit dem anderen Arm. Für die letzte Übung tauschte Frau Gruber die Sonnenbrille dann bereits gegen eine Schwimmbrille. Sie trat ein paar Meter unter der Markise hervor und ging zu einem Baum. Dort drückte sie einen Arm längsseits an den Stamm und drehte ihren Oberkörper vom Baum weg. Weiter und weiter, rechts und links.

Dann ging sie zum Pool und sprang hinein.

Eine Dreiviertelstunde lang schwamm Frau Gruber nun Bahn um Bahn. Im immer gleichen Tempo, im immer gleichen Rhythmus, mit der immer gleichen Atmung. Es war eine einzige Gleitphase.

Alles bei Frau Gruber sah so einfach aus.

Das wirklich Interessante aber waren die Minuten nach dem Schwimmen. Weil Frau Gruber so helle Haut hatte, war das der einzige Moment, in dem sie sich im Badeanzug außerhalb des Pools aufhielt und sich in die Sonne legte. Ich nutzte dieses Zeitfenster meist, um zurück zum Haus zu gehen und etwas Wasser aus dem Gartenschlauch zu trinken.

Frau Gruber lag auf einer Liege in der Sonne und atmete schnell und laut und gleichmäßig. Sie hatte schöne kräftige Beine und schöne kräftige Arme, aber was ich an ihrem Körper vor allem so anziehend fand, waren ihre Ohren. Nur wenn Frau Gruber nasse Haare hatte, konnte ich ihre Segelohren gut sehen. Ich kann bis heute nicht sagen, dass ich das jemals an einem anderen Menschen schön gefunden habe, aber ich glaube, Frau Grubers Ohren waren der Grund dafür, dass ich in diesen Minuten gern zum Haus ging, um etwas zu trinken.

Einmal fragte ich Frau Gruber bei einer solchen Gelegenheit, ob sie mal professionelle Schwimmerin gewesen sei.

»In deinem Alter war ich Landesmeisterin auf hundert Meter Brust«, sagte Frau Gruber. »Dann habe ich angefangen, mich für Jungs zu interessieren.«

Die Kombination aus »hundert Meter Brust« und »für Jungs interessieren« machte mich an jenem Tag, in meinem so jugendlichen Körper, sehr verlegen. Am folgenden Wochenende dachte ich immerzu nur an die schwimmende Frau Gruber in ihrem blauen Badeanzug, ihre helle Haut, das zusammengebundene Haar, die Oberschenkel, die Arme, die Ohren, hundert Meter Brust, für Jungs interessieren.

Martha, also Frau Gruber, erschien mir damals, was ihren Körper betraf, gleichermaßen selbstbewusst und zurückhaltend. Sie hatte kein Problem damit, im Badeanzug Gymnastik zu machen, wenn ich in der Nähe war; gleichzeitig aber achtete sie darauf, mir während der restlichen Zeit des Tages nur angezogen gegenüberzutreten, obwohl es sehr heiß war.

Aus späteren Gesprächen weiß ich, dass sie zu jenem Zeitpunkt noch davon ausging, dass ich sie im Vergleich zu Mädchen in meinem Alter wenig anziehend finden könnte. Das vermutete ich auch, als ich einmal aus dem Küchenfenster heraus beobachtete, wie sie sehr umständlich versuchte, sich selbst den Rücken mit Sonnenmilch einzucremen. Sie bat mich nicht um Hilfe.

Nur einmal unternahm ich einen unbeholfenen Versuch, ihr meine Unterstützung anzubieten. Ich stand auf der Terrasse, wickelte grundlos den Gartenschlauch auseinander und wieder auf und tat dann so, als würde ich einen kurzen Moment verschnaufen müssen.

»Sie werden rot zwischen den Schulterblättern«, sagte ich.

»Danke«, sagte Frau Gruber und stand gleich von der Liege auf. »Ich habe dich ja gar nicht bemerkt.«

Sie zog sich das Kleid über und setzte sich an ihren Sommerschreibtisch in den Schatten. Dabei wirkte sie sehr höflich und freundlich, sie lächelte mich an. Es war alles überhaupt nicht anstrengend. Ganz anders als die Mädchen in meinem Alter strahlte Frau Gruber eine sinnvolle Übereinkunft zwischen Wesen und Körper aus. Sie war genau das, was sie war: ein schöner Mensch.

In meiner zweiten Woche auf dem Anwesen der Grubers, sah ich ein neues Buch auf dem Sommerschreibtisch liegen. Es trug den Titel *Krieg und Frieden in Bosnien-Hercegovina*. Das Buch musste mit der Arbeit von Frau Gruber als Professorin zu tun haben. Schnell hatte ich aber auch die Hoffnung, dass Frau Gruber es vielleicht meinetwegen las. Immer wieder ließ sie es irgendwo herumliegen, suchte es dann und bat mich, ihr bei der Suche zu helfen. Meist war ich es, der es fand. Unter dem Liegestuhl, zwischen den Sofakissen, neben der Kaffeemaschine. Jedes Mal hatte Frau Gruber ein ganzes Stück weitergelesen, und ich sah, dass sie viele Seitenecken umgeknickt und mit einem Bleistift einige Stellen markiert hatte.

Wie die meisten Menschen zu der Zeit nannte auch Frau Gruber mich der Einfachheit halber »Jimmy«, obwohl sie wusste, dass das nicht mein richtiger Name war.

Im Englischunterricht in der fünften Klasse hatte jeder für die ersten Monate einen englischen Namen bekommen, und ich hatte meinen über den Unterricht hinaus behalten. Für alle war es eine große Erleichterung, dass ich nun einfach »Jimmy« hieß.

»Jimmy« gefiel mir gut. »Jimmy« klang cool. Zudem sollte ich damit bald in einer Linie großer Boxer vom Balkan stehen. Aus Adnan Ćatić wurde später Felix Sturm, aus Muamer Hukić wurde Marco Huck. Deutsche Boxweltmeister. Aus Željko Draženko Kovačević war Jimmy geworden.

Obwohl mich also alle »Jimmy« nannten und ich sogar einen deutschen Kinderausweis hatte, fühlte ich mich sehr geschmeichelt von Frau Grubers neuer Lektüre. Um ihr zu zeigen, dass auch ich mich für sie interessierte, lieh ich mir jenes Buch aus ihrer Bibliothek aus, das mir am stärksten durchgearbeitet erschien und so aussah, als wäre es mehrfach gelesen worden. So kam es, dass ich in jenen Sommerferien jeden Morgen und jeden Abend in der Straßenbahn saß und mit großer Begeisterung *Die Päpstin* von Donna Cross las.

Die ersten zwei Wochen verbrachten Frau Gruber und ich hauptsächlich arbeitend. Wir beobachteten uns, aber sprachen nicht viel miteinander. Immer wenn ich dachte, nun könnten wir uns über eines der Bücher unterhalten, sprang Edita dazwischen, wollte zu ihrem Pferd oder zum Hockeyplatz gefahren werden.

Dass sich das bald ändern sollte, fand ich zur Mitte der großen Ferien heraus, als wir nachmittags bei Kaffee und Kuchen im Schatten unter der Markise saßen. Es gab Donauwellen vom Konditor, aber für mich hatte Frau Gruber eine Rosinenschnecke vom Vortag mitgebracht. Was Kuchen betraf, gab es für mich damals kaum etwas Schöneres als den festen Biss und die leicht poröse Zuckerglasur einer zwei Tage alten Rosinenschnecke zum halben Preis. Dazu hatte Frau Gruber für Edita und mich einen eiskalten Kakao mit Sprühsahne zubereitet.

Edita bekleckerte sich bei jedem Schluck, weil sie ununterbrochen redete. Sie war in heller Aufregung, und ich musste lachen, wenn ich ihr zuguckte. Doch je mehr sie erzählte, desto aufgeregter wurde auch ich: Ihr Vater hatte angekündigt, in der letzten Ferienwoche mit ihr gemeinsam nach Fuerteventura fliegen zu wollen.

Ich hatte Herrn Gruber bis dahin nie persönlich gesehen, und ich konnte nicht wissen, ob er ein freundlicher oder ein unfreundlicher Mensch war. Es war mir sympathisch, dass er zusammen mit seiner Tochter Urlaub machen wollte.

Noch zwei Wochen und auf dem Anwesen in Heidelberg waren nur noch wir beide, Frau Gruber und ich.

4

Die Besonderheit des Tages, von dem ich nun erzählen will, ist mir erst viele Jahre später bewusst geworden. Damals war es ein ganz normaler Samstag in den großen Ferien, den ich mit meiner kleinen Schwester bei uns zu Hause verbrachte. Mein Vater war mit Kruno Gebrauchtwagenmärkte besichtigen gefahren, meine Mutter war im Krankenhaus und putzte.

Als ich aufwachte und aus dem Flur ins Wohnzimmer ging, saß Ljuba im Schlafanzug auf dem Boden vor dem Fernseher und schaute eine Zeichentrickserie. Zuerst öffnete ich den Vogelkäfig und füllte das Futter für Lothar auf, dann ging ich weiter in die Küche und bereitete je eine große Schale Honig-Smacks für Ljuba und mich zu.

»Hey!«, rief ich zwei- oder dreimal, »Hey!«, bis meine Schwester mich hörte und zu mir sprang, weil ihr endlich einfiel, dass sie noch nichts gefrühstückt hatte.

Wir lagen auf dem Sofa, aßen zusammen die Honig-Smacks und sahen fern. Ich hätte die Fernbedienung nehmen und umschalten können. Aber weil mein großer Bruder das früher immer mit mir gemacht hatte und ich *Knight Rider*, *Magnum* und *Das A-Team* deshalb schon kannte, guckte ich jetzt eben mit fünfzehn Jahren die Zeichentrickserien, die ich als kleines Kind nicht hatte sehen dürfen. Ich mochte es gern, wenn Ljuba ihre Serien schauen konnte, sich über etwas amüsierte oder vor etwas Angst hatte und sich dann in meinen Arm verkroch.

Meistens wollte meine kleine Schwester irgendwann, dass ich eine Videokassette einlegte, weil sie das allein nicht hinbekam. An dem Samstag, das weiß ich ganz genau, schauten wir *Richie Rich*, die Geschichte eines sehr reichen Jungen, der alles hat, was ein Kind sich wünscht, einen eigenen Freizeitpark im Garten, einen eigenen McDonald's im Haus und alle Spielsachen dieser Welt. Aber keine Freunde.

Wir hatten den Film schon ein paarmal gesehen, es ist ein lustiger Film, und ich glaube, es ist der letzte Film mit Macaulay Culkin in einer Kinderrolle. Der Junge, den er spielt, muss zum ersten Mal in seinem Leben Freunde finden, weil er nur so das Böse besiegen und sein millionenschweres Familienerbe verteidigen kann.

»Weißt du, was ich jetzt mache?«, sagte ich während des Films zu Ljuba.

»Hm?«

»Kaffee.«

»Du spinnst«, sagte Ljuba, guckte weiter auf den Fernseher und registrierte mich erst wieder, als ich ihr meinen Kaffeebecher vor das Gesicht hielt.

»Willst du probieren?«

Ljuba nahm einen Schluck, verzog das Gesicht, und auch ich selbst habe danach nie wieder in meinem Leben einen so bretttharten Kaffee getrunken wie diesen.

»Weißt du, was wir nach dem Film machen?«

»Wir gehen rüber und putzen das Friedenszentrum?«

»Richtig«, sagte ich. »Aber weißt du, was wir danach machen?«

Schon während ich diese Frage aussprach, fingen Ljubas Augen an zu leuchten.

»Wir geben ein geheimes Konzert?«

»Richtig.«

»Mit Verband und Ventilator?«

»Mit allem, was wir haben.«

Ich stand, den Blick wie eingefroren auf den Boden gerichtet, mit voller Körperspannung mitten im Raum. In Stille und Dunkelheit lag der Gemeindesaal des Friedenszentrums vor mir. Ich zählte den Rhythmus voraus, der gleich über uns hereinbrechen würde, ich schnippte, und auf dieses Kommando machte Ljuba einen Deckenfluter an, der auf dem Boden lag und nun die Dunkelheit zerschnitt, mich frontal anstrahlte. Ich wusste, hinter mir an der Wand war jetzt der Schatten meines Körpers in vielfacher Vergrößerung abgebildet, und weil ich nur eine Radlerhose und ein Unterhemd trug, musste es so aussehen, als wäre es der Schatten eines nackten Wesens, der sich auf die Wand und über das große Jesuskreuz legte. Ich schnippte wieder. Ljuba startete die CD.

Als würde ganz langsam ein übergroßes Getriebe in Gang gesetzt werden, als würden Bahnarbeiter immer härter mit ihren Werkzeugen auf Gleise schlagen, begann das Lied. Ich bewegte mich dazu wie ein Roboter, bei dem gerade jemand zum ersten Mal den Startknopf gedrückt hatte und der nun genau die ersten Takte benötigte, um sich aus seiner Unbeweglichkeit zu befreien, die in einen Tritt durch eine unsichtbare Hülle und in eine wütende Oberkörperdrehung mündete.

Das Schlagzeug setzte ein.

Mit jedem Bums hämmerte sich das Gefühl der vergangenen Wochen stärker in meinen Körper.

Die ersten Bewegungen mit der rechten Schulter erweiterte ich und nahm auch die linke Schulter dazu, eins, zwei, drei, vier. Dann erklang die Stimme von Michael Jackson, flüsternd vor Spannung: »*The way she came into the place I knew right then and there, there was something different about this girl*«, ich fuhr langsam mit der Hand an meiner Radlerhose entlang, erst rechts, »*The girl was bad*«, dann links, »*the girl was dangerous*«, ich warf den rechten Arm zur Seite, streckte den Zeigefinger zur Decke, ich marschierte wie ein Soldat durch den Gemeindesaal, Kopf nach oben, Kopf nach unten, der Refrain setzte ein, und die Energie drang jetzt so sehr durch meinen Körper, dass ich immer wieder von rechts nach links und zurück rannte, wobei ich jedes Mal kurz vor der Wand stehen blieb, als würde sich ein komplett ausverkauftes Stadion vor mir ausbreiten, das ich bis zur letzten Reihe mit dieser Energie erreichen wollte, die linke Hand hinter dem Rücken, Oberkörper runter, die rechte Hand wegschnippen, Oberkörper hoch, ich sprang im Kreis, als würde ich um ein Feuer tanzen und die Götter anrufen, eins, zwei, drei, vier, die Atmung schob meinen Arm vor und zurück, ich ging einige Meter mit dem immer gleichen Seitwärtsschritt auf meine kleine Schwester zu, wippte mit dem Kopf, meine kleine Schwester fing an, die gleiche Bewegung mit dem Oberkörper zu machen wie ich, auch sie trug eine Radlerhose und ein Unterhemd, ich nahm Ljuba an die Hand, sie stellte sich neben mich, in der Mitte des Songs dann nur noch Atmung, gar kein Text mehr, einfach nur »*Hoooouh, hoooouh*«, immer auf die Eins und die Drei, »*Hoooouh, hoooouh*«, gemeinsam tanzten meine Schwester und ich nebeneinander, von hinten angestrahlt, »*Hoooouh, hoooouh*«, unsere Schatten metergroß auf der Wand hinter dem Altar, immer einen Schritt pro Atmung nach vorne, »*Hoooouh, hoooouh*«, ich machte die Tanzschritte vor, meine kleine Schwester machte sie mir nach. Ich tanzte zwölf Lieder, und Ljuba tanzte zwölf Lieder mit mir.

Das mit den geheimen Konzerten hatten wir begonnen, weil wir bei uns in der Wohnung die Heizung erst am Abend anmachen durften. Heizen war teuer, und so froren wir tagsüber. Während wir Zeichentrickserien schauten, konnten wir manchmal unseren eigenen Atem sehen und so tun, als würden wir Zigaretten rauchen.

Wenn Ljuba und ich am Wochenende also zusammen den Gemeindesaal putzten, weil unsere Mutter woanders putzte, drehten wir einfach die Heizung von den Friedens-Menschen voll auf und drückten unsere Körper dagegen, bis uns das zu heiß wurde. Nach dem Putzen blieben wir dann noch dort, und weil es so schön warm war und da eine Musikanlage stand, hörten wir meine CDs, und weil es so viel Platz gab, fingen wir an, zu tanzen.

Wir hatten immer Angst, dass wegen unserer Konzerte irgendwann alles auffliegen würde. Dass herauskommen würde, dass wir die Heizungswärme klauten, dass herauskommen würde, dass wir die Musikanlage benutzten, dass deshalb herauskommen würde, dass gar nicht unsere Mutter putzte, weil sie woanders putzen musste, dass dann auch herauskommen würde, dass mein Vater gar nicht der Hausmeister war, weil er woanders auf einer Baustelle arbeiten musste, und dass meine kleine Schwester und ich wegen all dieser Vergehen vom Jugendamt in ein Kinderheim gesteckt werden würden und der Rest von uns aus der Zweizimmerwohnung rausfliegen würde.

Ein noch brauneres Haus, in das unsere Familie mit Lothar hätte einziehen können, gab es in dieser Stadt nicht.

Unsere geheimen Konzerte waren von Woche zu Woche wagemutiger geworden, wir trauten uns immer mehr. Einen Ventilator benutzten wir als Windmaschine, einen Deckenfluter als Spotlight, Mundschutz und Verband hatte meine Mutter beim Putzen im Krankenhaus für uns mitgehen lassen.

Zu manchen Liedern hatten wir es über die Monate sogar hinbekommen, synchron auf den Knien zu rutschen; linkes Bein aufstellen, rechtes Bein aufstellen, Oberkörper im gleichen Rhythmus bewegen.

In den Pausen hüpfte Ljuba vor Freude und klatschte in die Hände. Sie war völlig verrückt danach, zu tanzen. Beinahe wirkte es so, als hätte man ihr ein Leben lang das Tanzen verboten und als könnte sie nun alles nachholen, was sie schon immer hatte tanzen wollen, sie war nicht zu bremsen. Immer wieder musste ich sie führen, um ihr zu zeigen, wie sie ihren Körper bewusster einsetzen, wie sie mit ihrem Körper die Musik dominieren konnte und nicht umgekehrt. In meinen Händen spürte ich die Kraft, die Ljuba in sich trug, die jeden Moment unkontrolliert aus ihr herauszubrechen drohte und die in überhaupt keinem Verhältnis zu ihrem kleinen Zweitklässler-Körper zu stehen schien. Sie war wirklich winzig.

Der Höhepunkt jedes geheimen Konzerts war das Lied, das im Abspann von *Free Willy* lief. Ein langsamer Song. Ljuba und ich liebten beide den Film, und wir liebten beide das Lied, deshalb war es immer das große Finale. Wir hatten alles perfekt einstudiert, und auch an jenem Samstag in den großen Ferien klappte alles genau so, wie wir es uns von einem Konzertmitschnitt abgeguckt hatten.

Über der schwarzen Radlerhose hing lose ein goldener Gürtel von meiner Mutter. Außerdem trug ich nun ein weißes Hemd von meinem Vater, offen, die Ärmel hochgekrempelt, darunter das Unterhemd, den rechten Arm in einen Verband gehüllt.

Das Lied beginnt mit dem dramatischen Gesang eines Erwachsenenchores, der nach mehr als einer Minute in die engelsgleiche Solostimme eines Kindes übergeht. Dieses Kind war Ljuba, die dazu ihren Mund bewegte, so dass es aussah, als würde sie singen. Dann setzt ein Klavier ein und gibt einen Rhythmus vor, der sofort von einem ganzen Gospelchor aufgenommen wird. Ljuba war auch dieser Gospelchor.

Zur Stimme von Michael Jackson erklingen dann nur ein Schlagzeug, das Klavier und eine Rassel. Ich war Michael Jackson und sang fast acht Minuten lang über niemals endende Freundschaft, griff mir dabei mit der rechten Hand immer wieder an die Wange, als würde ich ein Headset festhalten.

Das Lied baut sich auf, wird immer lauter, immer mächtiger, immer voller, ganz so, als hätte jemand ein Feuer entzündet, das immer größer und schließlich unaufhaltsam wird.

Bei dem Konzert, das wir im Fernsehen gesehen hatten, steht Michael Jackson zu Beginn des Liedes vor einem mit Graffitis vollgesprühten Auto inmitten von Kindern, die zerrissene Lumpen tragen. Im Hintergrund sind auf Hebebühnen mehrere Chöre verteilt, die aussehen wie Ägypter zur Zeit der Pharaonen.

Diese Stimmung versuchten wir auch in den Gemeindesaal des Friedenszentrums zu übertragen, und deshalb war Ljuba in einen Putzlappen gehüllt und hielt die Hände vor dem Oberkörper gegeneinandergepresst, als würde sie beten.

Gegen Ende wird das Lied wieder so still wie am Anfang. Zwei Kinder bringen eine Weltkugel und ein großes Buch auf die Bühne. Ein kleiner Junge wird zu Michael Jackson geführt. Er ist ein Gebärdensprachdolmetscher. Dieser Junge war Ljuba, die jetzt direkt vor mir stand. Michael Jackson spricht auf den nun ruhigen Klangteppich, er singt nicht mehr. Immer wieder bricht ihm die Stimme weg, er muss sich zusammenreißen. Alles, was Michael Jackson sagt, übersetzt der Junge in Gebärdensprache.

Ljuba machte nun vor mir diese Bewegungen mit den Händen, die auch der Junge bei dem Konzert macht. Vom Bühnenhimmel fliegt langsam ein Engel herab. Während Michael Jackson die letzten Worte spricht und ihm eine Träne die Wange herunterläuft, wird er von hinten von dem Engel umarmt, verschwindet ganz in seinen Flügeln.

Dieser Engel war nun ich, und ich umschloss meine Schwester. So blieben wir noch für ein paar Sekunden stehen, nachdem das Lied zu Ende war.

Es war völlig still. Der Gemeindesaal lag in einer Ruhe

vor uns, als wären gerade die letzten Worte der Menschheit darin gesprochen worden.

Ich merkte, dass Ljuba unregelmäßig atmete. Meine kleine Schwester weinte. Sie weinte leise in den Putzlappen hinein, in den sie gehüllt war.

Dann löste sie sich aus meiner Umarmung, drehte sich zu mir um und schaute mich mit feuchten Augen an.

»Bitte geh nie weg«, sagte sie.

Ich verstand sie kaum.

Und nach einer Weile sagte sie noch einmal: »Bitte geh nie weg.«

Bis heute weiß ich nicht, warum meine Schwester plötzlich so einen großen Abschiedsschmerz in sich fühlte und warum mir in dem Moment nichts anderes einfiel als das, was ich dann sagte.

»Michael Jackson kann keiner kaputt machen.«

Nun weinte und lachte Ljuba gleichzeitig. Das war so ansteckend, dass ich auch lachen musste. Ich strich ihr mit dem Daumen über die Wange, sie war heiß und nass. Wir umarmten uns und drückten uns so fest aneinander, dass es weh tat.

5

Dass Frau Gruber für mich das Gleiche fühlen könnte wie ich für sie, das ahnte ich zum ersten Mal, als am Rand unseres Stadtteils eine Trocknungsanlage explodierte und Frau Gruber ihren Namen rülpste, obwohl beides nichts miteinander zu tun hatte.

Bis dahin waren Chemieunfälle für mich vor allem interessant gewesen, weil ich dadurch erst erfahren hatte, was in den Fabriken unserer Nachbarschaft hergestellt wurde.

Die explodierte Trocknungsanlage war eine Fertigungsstätte für Bügelstärke. Manchmal kam es mir so vor, als würde in Ludwigshafen wirklich alles hergestellt, was man sich nur vorstellen konnte – oder besser gesagt, was man sich eben nicht vorstellen konnte: Verpackungsklebstoffe, Babywindeln, Kassettenbänder, Ölfeldchemikalien, Hundefutter, Industrielacke, Waschmittel.

An welchem Ort ich da aufwuchs, dass das der größte Chemiestandort der Welt war, das habe ich erst viel später verstanden. Damals war es nur wichtig, kein Gift einzuatmen.

Als das Telefon klingelte, saß ich gerade unter einer Klemmlampe auf meinem Bett im Flur, las eine zwei Jahre alte Ausgabe von *Psychologie heute* und wartete darauf, dass die Waschmaschine fertig wurde. Es war kurz vor Mitternacht, ab zehn war der Strom günstiger. Meine Mutter und Ljuba schliefen nebenan im Ehebett, mein Bruder schlief im Wohnzimmer, mein Vater in Frankfurt in einem Baustellencontainer.

Weil das Telefon bei mir auf dem Flur stand, musste ich mich nur ein bisschen strecken und konnte den Hörer so zu mir ins Bett angeln.

»Hallo?«

»Hallo … Hier ist Gruber, Martha Gruber.«

Es entstand eine längere Pause, weil ich mich einerseits riesig darüber freute, so spät am Abend noch Frau Grubers Stimme zu hören, andererseits aber auch so überrascht war, dass ich überhaupt nicht wusste, was ich sagen sollte.

»Soll ich meine Mutter wecken?«

Noch während ich das aussprach, ärgerte ich mich über mich selbst.

»Ja, nein, ich … Im Radio sagten sie gerade, dass es bei euch einen Störfall gibt …«

»Ja?«

»Haben sie nichts durchgesagt?«

»Wir schlafen alle …«

Tatsächlich konnte ich in genau dieser Sekunde an der Wand zum ersten Mal Blaulicht von draußen hereinleuchten sehen, und aus der Bahnhofstraße hörte ich nun auch die Durchsagen.

»Ja, jetzt kommen sie«, sagte ich und stand auf, um einen Blick ins Wohnzimmer zu werfen. »Warten Sie bitte kurz.«

Kruno lag auf dem Sofa und schnarchte. Lothar flatterte etwas nervös auf dem Käfigboden umher. Das Fenster stand auf Kipp, ich machte es schnell zu. Ich schaute nach dem Wellensittich, aber es schien alles okay zu sein bei ihm, der Wasserspender war gefüllt, ausreichend Futter war im Napf. Ich stupste Lothar mit dem Finger an, und die kurze Berührung beruhigte ihn.

Dann ging ich ins Schlafzimmer zu meiner Mutter und meiner kleinen Schwester. Sie hielten sich im Arm und schliefen. Auch hier war das Fenster gekippt, und ich schloss es.

»Da bin ich wieder.«

»Was ist passiert?«

»Ich habe nur die Fenster zugemacht.«

»Gut.«

»*Begeben Sie sich in geschlossene Räume. Schließen Sie Fenster und Türen. Schalten Sie Lüftungsanlagen aus. Begeben Sie sich in geschlossene Räume. Schließen Sie Fenster und Türen. Schalten Sie …*«

Das Auto fuhr an unserem Haus vorbei, die Durchsage wurde wieder etwas leiser.

»… So, jetzt.«

»Ja.«

»Alles gut bei uns.«

»Sehr gut.«

»Das ist nur die BASF, das kommt manchmal vor.«

»Das kann ich mir vorstellen.«

»Ja?«

Frau Gruber lachte am anderen Ende, also lachte ich auch.

»Tut mir leid, dass ich so spät angerufen habe deshalb«, sagte sie. »Ich wollte nur hören, ob es dir gut geht …«, es entstand eine Pause, und je länger sie andauerte, desto lauter schlug mein Herz, »… und deiner Familie.«

»Es geht uns allen gut«, sagte ich gleich. »Danke, dass Sie angerufen haben, Frau Gruber.«

Ich konnte Lothar in seinem Käfig flattern hören, und dann sagten Frau Gruber und ich ziemlich lange gar nichts. Wir hörten nur uns selbst in der nächtlichen Stille und den Schleudergang der Waschmaschine neben meinem Bett. Ich hörte in den Raum hinein, in dem Frau Gruber sich aufhielt, und ich konnte hören, wie sie atmete.

»Was machen Sie jetzt noch?«

»Ich?«

»Ja.«

»Ich lese. Und du?«

»Ich auch.«

»Gut.«

»Ja.«

»Dann sehen wir uns also morgen wieder.«

»Ja.«

»Schlaf gut.«

»Sie auch.«

»Gute Nacht.«

»Gute Nacht.«

In der Einfahrt zum Anwesen der Grubers kniete ich auf dem Boden und schabte mit einem Fugenkratzer das Moos zwischen den Gehwegplatten weg. Das war eine Tätigkeit, die in den Rücken ging, aber das machte mir nichts. In den vergangenen Wochen hatte ich durch die Arbeit bei Frau Gruber ein paar Muskeln am Oberkörper aufgebaut, auch mein Bartwuchs war stärker geworden. Zwar würde ich mir noch lange nicht so einen Schnurrbart wachsen lassen können, wie mein Vater einen trug, aber ich freute mich über den Flaum. Sogar auf der Brust und auf den Schultern wuchsen jetzt Haare, die ich jedoch wegrasierte.

Es war der Tag nach der Trocknungsanlagenexplosion und der Tag bevor Edita mit ihrem Vater für eine Woche in den Urlaub fliegen sollte.

Frau Gruber erledigte noch letzte Einkäufe für ihre Tochter. Parallel zu meiner Arbeit musste ich deshalb Edita im Blick haben, die draußen auf der Straße mit einer Freundin herumsprang.

Ich sah die zwei Mädchen ein paar Häuser weiter an einer Tür klingeln. Jemand öffnete, und die beiden sagten etwas, woraufhin die Frau im Haus verschwand und ihnen zwei Gläser Wasser herausbrachte.

Dass etwas mit den Kindern nicht stimmte, wurde mir aber erst klar, als sie kurz danach an einer anderen Villa klingelten. Wieder öffnete eine Frau, und auch sie verschwand im Haus, nur um gleich darauf zur Tür zurückzukommen. Die Frau gab den Mädchen nun zwei Scheiben Brot. Ich konnte hören, wie die Kinder sich artig dafür bedankten, und sah, dass sie sofort wie wild von dem Brot abbissen, als hätten sie seit Wochen nichts zu essen bekommen.

Ich stand auf und winkte die Mädchen zu mir. Sie kamen sogar.

»Was ist los mit euch?«

»Nichts«, sagte Edita.

»Die Menschen hier wollen ihre Ruhe haben. Warum klingelt ihr überall?«

»Ja«, sagte das andere Mädchen.

»Was ›Ja‹?«, fragte ich.

»Wir spielen arme Kinder.«

Jetzt sah ich auch, dass sie barfuß waren und sich sogar etwas von meinem weggeschabten Moos ins Gesicht geschmiert hatten.

»Wir betteln.«

»Arme Kinder betteln nicht«, sagte ich.

»Wir spielen aber arme Kinder.«

»Dann spielt ihr es falsch.«

Ich ging ins Wohnzimmer, und die beiden Mädchen eilten hinter mir her. In der Sofaecke blieb ich stehen, Edita und ihre Freundin blieben auch stehen und schauten mich an.

»Setzt euch da hin.«

Die Mädchen setzten sich brav nebeneinander auf das Zweiersofa.

»Jede auf ein eigenes Sofa und Füße auf den Tisch.«

Die Kinder freuten sich, fläzten sich in die Sofas und legten ihre kleinen, dreckigen Füße auf den Glastisch in der Mitte. Dann nahm ich die Fernbedienung in die Hand und machte den Fernseher an.

»Wir dürfen nicht fernsehen.«

»Müsst ihr aber«, sagte ich.

Ich warf Edita die Fernbedienung zu, sie drehte sie vorsichtig in der Hand.

»Und jetzt«, sagte ich, »braucht ihr noch etwas Vernünftiges zu trinken.«

Ich ging in den Flur zu meinem Rucksack und kramte darin herum. Die Mädchen schauten hinter den Sofas hervor, um zu sehen, was ich machte.

»Zum Fernseher gucken!«, rief ich. »Und Edita, du musst ein bisschen rumschalten, Videotext an und aus, ein paar Programme vor, ein paar zurück, guck doch mal, was da alles kommt.«

Ich konnte hören, wie Edita tatsächlich von einem Sender zum nächsten schaltete und wie die Mädchen immer wieder kicherten.

Mit einer Flasche Cola kam ich zurück ins Wohnzimmer.

»Wir dürfen das nicht trinken«, sagte Edita. »Außerdem hast du schon aus der Flasche getrunken.«

»Wir trinken alle aus dieser Flasche. Weil wir dann keine Gläser abwaschen müssen. Weil wir auch keine Spülmaschine haben.«

»Verstehe«, sagte das Besucherkind und streckte mir die Hand entgegen.

Ich gab ihm die Flasche, es nahm einen Schluck, ohne abzuwischen, und reichte die Cola dann an Edita weiter.

»Wisst ihr, was noch fehlt?«

»Hä?«, machten die Mädchen. Ich wusste nicht, ob sie in ihrer Rolle waren oder ob sie mich veräppelten.

»Chips.«

»Die sind in der Küche über dem Weinkühlschrank«, sagte Edita. »Aber da komme ich nicht dran.«

Sie waren jetzt ganz bei der Sache.

Ich ging in die Küche, öffnete den Süßigkeitenschrank und fand darin Chips in Teddybärform.

Ich suchte eine große Schüssel, im Kühlschrank entdeckte ich sogar Ketchup in einer kleinen Glasflasche. Mit allem ausgestattet, setzte ich mich zu den Kindern ins Wohnzimmer. Ich schüttete die ganze Tüte Chips in die Schüssel und kippte etwas Ketchup darauf.

Zu dritt lagen wir in der Sofalandschaft herum, knusperten die Teddybärchen und tranken Cola. Dann brachte ich den Mädchen bei, wie man Kohlensäure einatmet und auf Kommando rülpst. Wir versuchten alle, unsere Namen zu rülpsen, Edita schaffte nur »E-di«, was für den Anfang ganz in Ordnung war.

Irgendwann waren wir so erschöpft vom vielen Essen, Trinken, Quatschmachen und Fernsehgucken, dass wir alle ein bisschen wegdösten. Wir schliefen sogar richtig ein.

Ich wachte erst wieder auf, als jemand durch die Programme schaltete. Es war Frau Gruber. Sie saß am Ende des Sofas, auf dem ich lag. Meine Füße in ihrem Schoß. Frau Gruber hatte die Schüssel mit den Bärenchips auf meinen Beinen abgestellt, griff immer wieder hinein und strich durch den Ketchup.

»Entschuldigung«, murmelte ich und richtete mich auf.

Edita und das Besucherkind schliefen noch.

»Schon gut«, sagte Frau Gruber und guckte weiter zum Fernseher. »Es ist alles gut.«

Ich nahm die Cola vom Boden neben mir und hielt Frau Gruber die Flasche hin.

»Können Sie Ihren Namen rülpsen?«

Jetzt schaute sie mich an.

»Vorname reicht«, sagte ich.

Frau Gruber nahm die Flasche.

Frau Gruber trank.

Frau Gruber atmete tief die Kohlensäure ein.

6

Die Frage, die mich in jenen Tagen umtrieb, war nicht, *ob*, sondern *wann* wir uns zum ersten Mal küssen würden, und am Ende wählten wir den romantischsten Moment, der sich uns bot, weil wir wussten: Wenn wir uns jetzt nicht küssen, küssen wir uns nie.

Die Woche, in der Frau Gruber und ich allein auf dem Anwesen waren, war jedoch zunächst von einer unerwarteten Distanz bestimmt, als wäre mit der Abwesenheit von Frau Grubers Tochter eine Brücke zwischen uns abhandengekommen. Es schien so, als fänden wir beide nun nicht den Mut, ins Wasser zu springen und uns entgegenzuschwimmen.

Frau Gruber war es, die am Ende der Woche den ersten Schritt machte, als sie mir in die Hausbibliothek folgte und mir einen Zwetschgenschnaps anbot.

Die Bibliothek der Grubers beeindruckte mich. An zwei Wänden standen Bücherregale, die vom Boden bis zur Decke reichten. An einer anderen Wand hingen Fotos, lehnten Gemälde, davor ein Lesesessel, ein Schachspiel, ein Notenständer, ein Globus.

Bei uns zu Hause gab es nur zwei Bücher: die Bibel und *Ganz unten* von Günter Wallraff. Zusammen mit den Bedienungsanleitungen für Fernseher und Videorekorder standen sie bei uns im Wohnzimmerregal. Über der Eckbank in unserer Küche hing da Vincis *Abendmahl*, um dessen Goldrahmen ein riesiger Rosenkranz gespannt war. In den Flur hatte mein Vater im vergangenen Winter eine Luftaufnahme der Großbaustelle am Frankfurter Flughafen gehängt, die als Weihnachtsgeschenk an alle Baumaschinenführer ausgegeben worden war. Mein Vater war sehr stolz darauf und hatte das Foto gerahmt.

Hier lag der Unterschied.

Hier, in der Bibliothek der Grubers.

Nicht im Haus.

Nicht im Pool.

Nicht im Garten.

Nicht in einer Schwarzwälder Kirschtorte.

Es war dieser Raum.

Es war der Zugang zu diesem Raum.

Ganz gleich, wie viele Arbeitsstellen meine Eltern noch annehmen würden – hier sah ich alles, was ich von ihnen nie würde bekommen können. Hier in diesem Raum, das dachte ich damals, lag das verborgen, was die Voraussetzung dafür sein musste, ein kluger Mensch zu sein.

Ich hatte die Hoffnung, dass ich bereits durch das bloße Herumstehen in der Bibliothek etwas lernen könnte, dass mich etwas von dem besonderen Geist des Raumes durchdringen und weiterbringen würde.

Auch die vielen skurrilen Fotos, die die Grubers unsortiert an eine Wand gehängt hatten, gefielen mir. Vor dieser Fotowand stand ich, als Frau Gruber sich mit zwei Gläsern Zwetschgenschnaps neben mich stellte und ebenfalls auf die Wand guckte.

»Sind Sie das?«, fragte ich und zeigte auf eine Schwarz-Weiß-Aufnahme, auf der ein kleines Mädchen auf einer Segeljolle zu sehen war. Nach hinten hielt es die Pinne in der Hand, sein Blick war hochkonzentriert in den Himmel und auf die Stellung des Segels gerichtet. Das Mädchen war sieben oder acht Jahre alt.

»Das bin ich«, sagte Frau Gruber. »Als Kind wurde ich in den Ferien immer zu meinen Großeltern an den Starnberger See geschickt. Wenn man in Bayern nicht vor Langeweile sterben will, fängt man an zu segeln, zu wandern oder zu jodeln. Bleibt man zu lange dort, macht man ziemlich sicher sogar alles davon.«

Frau Gruber lächelte mich an und hielt mir eines der Schnapsgläser entgegen.

»Ich bin fünfzehn«, sagte ich, woraufhin Frau Gruber ihren und dann meinen Schnaps trank, sich bückte und die leeren Gläser vor uns auf den Holzboden stellte. Zum ersten Mal trug Frau Gruber im Haus nur ihren dunkelblauen Badeanzug. Ihre Schultern waren voller Sommersprossen.

»Dieses Bild mag ich besonders gern«, sagte ich, ging ein paar Schritte zur Seite und zeigte auf ein Farbfoto, auf dem Frau Gruber als junge Frau zu sehen war: Sie stand vor einer Zapfsäule gegen ein weißes Porsche-Cabriolet gelehnt. Sie hatte offenes Haar, trug ein langärmliges Kleid in rötlichem Orange, das bis zum Hals zugeknöpft war, aber kaum über die Oberschenkel reichte. Sie hatte die Hände tief in den Taschen des Kleides zu Fäusten geballt, die Füße in schwarzen Ledersandalen mit Absatz, dazu weiße Kniestrümpfe. Frau Gruber stand als junge Frau so lässig vor diesem Porsche wie ein Cowboy, der sich gegen eine Wand lehnt und am Ende eines großen Abenteuers eine Zigarette in der Abendsonne raucht.

»Der Hund auf der Rückbank«, sagte ich, »der sich für das Foto gar nicht interessiert, sondern nach vorne aus dem Auto schaut, als würde er endlich weiterfahren wollen, die Zapfsäule, die Absurdität der ganzen Szene, es sieht so aus, als wären Sie im Stress und absolut ruhig zugleich, als wäre es ein Affront, in diesem Moment zu posieren und ein Foto zu machen, als wären Sie auf der Flucht und würden im Rausch und voller Adrenalin Erinnerungsfotos schießen, als hätten Sie eine Leiche oder mindestens einen Koffer voller Geld im Auto, als wäre dieses Foto kein Urlaubsfoto, sondern eine Trophäe für später, das Foto, Frau Gruber, sieht verboten aus.«

Frau Gruber lachte.

»Nicht schlecht«, sagte sie.

Sie freute sich.

»Ich bin auf dem Foto siebzehn, stehe auf einer Landstraße sechsundachtzig Kilometer vor Rom, der Porsche ist mehr oder weniger gestohlen, und ich habe keinen Führerschein«, sagte sie, ohne zu verraten, wer Teil dieser aufregenden Unternehmung war, wer das Foto gemacht hat. »Du hast einen guten Blick für die Menschen.«

Ich schaute weiter auf das Foto und wusste nicht, was ich nun sagen sollte. So gern hätte ich Frau Gruber angesehen und ihr geantwortet: Nein, ich habe keinen guten Blick für die Menschen, ich habe einen guten Blick für dich, Frau Gruber.

Aber das traute ich mich nicht.

»Mit siebzehn werde ich höchstens in Oppau an der

Tankstelle stehen und arbeiten. Ohne Rom, ohne Porsche, ohne Hund.«

»Das ist alles von meinem Vater«, sagte Frau Gruber etwas zu schnell. Sie drehte sich in den Raum, als wollte sie auf den Reichtum hinweisen und gleichzeitig unterstreichen, dass sie damit aber genau genommen nichts zu tun habe. »Das ist alles geerbt.«

Weil die Situation mir unangenehm war, wechselte ich das Thema.

»Ich frage mich, was wohl aus dem Hund geworden ist.«

»Er ist gestorben«, sagte Frau Gruber.

Nun standen wir beide in der Bibliothek vor den Fotos und sagten lange Zeit gar nichts, dachten über den Hund nach und über das Ende des Lebens.

Ich stellte mir vor, wie der Hund im Alter zu den Großeltern nach Bayern abgeschoben worden war, lahm und immer lahmer mit Hüftproblemen eine Runde am Starnberger See drehte, am Ende nur noch die halbe Strecke schaffte, bis er schließlich von Frau Grubers Großeltern getragen werden musste, um überhaupt noch einen Rest vom Leben zu haben.

Irgendwann atmete Frau Gruber schwer in die Stille hinein.

»Sind Sie müde?«

Frau Gruber schwieg eine Weile.

»Ich versuche, dir zu gefallen. Das kostet Kraft.«

Ich schaute Frau Gruber an. Sie schaute mich an.

»Seien Sie doch einfach, wie Sie sind.«

Es war jener Tag, an dem wir die Tür zu einer Welt aufstießen, die wir für die nächsten Jahre nicht mehr verlassen sollten. Das wussten wir damals noch nicht. Aber was wir wussten, war, dass jetzt etwas passieren musste.

Und so bat Frau Gruber mich am späten Nachmittag des gleichen Tages, als ich gerade meine Arbeit an den Bäumen im Garten beendet hatte, den Rucksack im Hausflur zusammenpacken und mich verabschieden wollte, darum, sie am darauffolgenden Abend ins Theater zu begleiten.

»Wenn ich mit dir rülpsen muss, musst du mit mir in die Oper gehen.«

»Dann spielen wir schlaue Erwachsene?«

»Warst du schon mal in der Oper?«

»Ist *Peter und der Wolf* eine Oper?«

Frau Gruber lachte.

»Soll ich mit deiner Mutter sprechen?«

»Auf keinen Fall. Ich denke, wenn ich sage, wie es ist, ist es kein Problem.«

»Wie ist es denn?«

»Weil ich in den vergangenen Wochen so eine gute Arbeit gemacht habe, lädt Frau Gruber mich in die Oper ein.«

»Das klingt vernünftig.«

Ich stand nun vor Frau Gruber, den Rucksack über meiner Schulter.

»Eine Sache noch«, sagte sie.

Sie holte tief Luft und atmete schwer ein und aus, sie schaute erst lange an mir vorbei, und dann, mit dem Beginn des ersten Wortes, das Frau Gruber sprach, sah sie mir in die Augen, als würde sie weit in mich hineinklettern.

»Hättest du keine Bedenken, wenn wir uns küssen würden?«

Ich fühlte zu viele Dinge gleichzeitig.

»Nicht jetzt natürlich«, schob Frau Gruber schnell hinterher, wie um mich und vielleicht auch sich selbst zu beruhigen. »Eher grundsätzlich.«

»Nein ... Nein, ich glaube ... Ganz grundsätzlich hätte ich keine Bedenken ... Ich ... Ich denke ... Wir mögen uns und ... Also ... Ich mag Sie.«

Wir standen voreinander, inmitten dieses merkwürdigen Moments. Frau Gruber schaute mich an, als täte es ihr leid, mich in diese Situation gebracht zu haben. Als hätte sie gerade festgestellt, dass das alles überhaupt keine gute Idee war, als würde sie etwas bereuen. Dabei hatte ich tatsächlich keine Bedenken, im Gegenteil, alles fühlte sich gut und richtig an, ich war nur wirklich sehr aufgeregt.

Ich verließ das Haus und ging den Weg hinunter zum Einfahrtstor. Ich wusste, dass Frau Gruber in der Haustür stand und mir nachschaute. Als ich gerade das Tor öffnete und auf den Gehweg hinaustrat, rief sie meinen Namen.

Ich drehte mich um.

»Ich hingegen«, rief Frau Gruber mir zu, »habe große Bedenken!«

Ein warmer Windstoß blies durch die Birken in der Einfahrt. Frau Gruber sagte noch etwas, halb zu sich selbst, halb zu mir und so, dass ich es auch gut hätte verstehen können, wenn das Rauschen der Blätter über mir nicht so laut gewesen wäre. Die Worte, die ich, auf dem Gehweg stehend, glaubte verstanden zu haben, raubten mir in dieser Nacht den Schlaf.

»Aber ich will es auch so sehr.«

7

Von dem Geld, das ich in den vergangenen Wochen bei Frau Gruber verdient hatte, kaufte ich mir zwei Bücher und die neuen Jordans. Die Bücher brauchte ich, um klüger zu werden, die Jordans für den Opernbesuch mit Frau Gruber.

Eines der Bücher war das *DUDEN-Lexikon A–Z* , das andere war ein Zufallsfund: ein Band mit Texten von Hertha Kräftner, der in der Auslage vor dem Schaufenster einer kleinen Buchhandlung lag. Ich hatte zuvor noch nie den Namen der Autorin gehört, schlug ihr Buch auf dem Gehweg stehend auf und las.

Aus deinen Zeilen steigt Melancholie,
dein abgegriffener Einband sagt Verzicht,
und dein Papier wird gelb vom Sonnenlicht.
In deinen Blättern rauscht die Einsamkeit.

Auf dem Buchdeckel las ich, dass die Autorin nur dreiundzwanzig Jahre alt geworden war und zu Lebzeiten nie ein Buch veröffentlicht hatte. Dieser Band mit nachgelassenen Texten war Jahrzehnte nach ihrem Tod erschienen. Ich hielt das Buch sanft in meinen Händen. Der Deckel hatte eine Struktur, ich kratzte mit den Fingern darüber, eine dunkle Klangfarbe, die ich trotz des Stadtlärms gut hören konnte. Ich schlug es noch einmal auf, roch an den Seiten. Umgehend war mir dieser Fund von Bedeutung, und so kaufte ich das Buch. Bis heute ist es bei mir.

Außerdem besaß ich nun also ein Lexikon. Bislang war ich mit meinen Pappkarten immer wieder in die Stadtbücherei gegangen und hatte mich dort mit einem Lexikon an einen Tisch gesetzt. Zu allen Wörtern, die ich nicht verstanden und aus den Zeitungen und Magazinen herausgeschrieben hatte, notierte ich mir die Bedeutung.

Subversion
Kolportage
Plutokratie
Casus Belli
Ultima Ratio
aristotelisch
Junta
Menetekel
Affront
Demiurg
Ambivalenz
Erker
Ariadnefaden
Nihilismus
Kontemplation
Semiotik
Wolfsschanze
Swastika
Pogrom

Weiße Rose
Januskopf
Vasall
Philanthrop, Misanthrop
Ödipuskomplex
Anmut
obsolet
affirmativ
Pennäler
deduktiv begründbar
Dante und Petrarca
Sokrates und Kant
Legalität und Moralität
Chuzpe
Dekadenz
Paradoxon

All diese Karten schaute ich mir immer wieder an, lernte die Bedeutung der Wörter, lernte, in welchen Zusammenhängen man sie verwendete. Ich wollte diese Wörter in meinen Wortschatz integrieren, denn ich wusste, dass ich nur so eines Tages als einer von ihnen gelten würde, ohne dass ich damals genauer hätte sagen können, wer »sie« eigentlich waren.

Dass jedoch die richtige Kleidung genauso wichtig war, wurde mir klar, als ich bei Frau Gruber in Heidelberg klingelte, um sie für die Oper abzuholen.

»Wie siehst du denn aus?«

Frau Gruber sagte das nicht herablassend. Sie sagte es wie eine Lehrerin, die herzlich und offen mit mir sprach und an meine Besserung glaubte. Das nahm mir sofort all meine Aufregung. Es kam mir auch gleich ganz absurd vor, dass ich versucht hatte, mich für Frau Gruber und für die Oper zu verkleiden.

Meine Jordans waren schwarz-rote Astronautenschuhe, von Kruno hatte ich mir die schwarzen Jeans geliehen, von meinem Vater das schickste Hemd. Darüber trug ich eine Lederjacke, die mein Vater sich von seinem ersten in Deutschland verdienten Geld bei Hertie gekauft hatte. Echtes Rindsleder. Einparfümiert war ich mit Tabac Original. Ich muss ausgesehen haben wie eine Vogelscheuche und gerochen haben wie ein Schlafcontainer voller Gastarbeiter.

Frau Gruber trug die Haare offen, ein schwarzes geschlossenes Kleid, eine dünne Strumpfhose und schwarze Halbschuhe. Sie hatte sich viel Mühe gegeben, um sehr gut auszusehen und so, als hätte sie sich sehr wenig Mühe gegeben, um sehr gut auszusehen. Frau Gruber sah aufregend aus.

»Komm schnell rein«, sagte sie. »Ich helfe dir.«

Ich wartete in der Küche, trank ein Glas Wasser und spielte mit Oliver, der auf der Anrichte lag und schnurrte, wenn ich ihn am Bauch berührte. Nach einer Weile kam Frau Gruber aus dem ersten Stock herunter und sagte, dass ich jetzt nach oben ins Badezimmer gehen könne, dass sie mir ein paar Sachen herausgelegt habe.

Ich fand dort alles fein säuberlich über einen stummen Diener gehängt: einen schwarzen Anzug, ein weißes Hemd mit Stehkragen. Daneben standen schwarze Lederschuhe.

Nie zuvor war ich in diesem Stockwerk gewesen. Das Schlafzimmer der Grubers war hier oben, ein Ankleideraum, ein Arbeitszimmer und Editas Kinderzimmer. Ich hatte hier nie sein wollen, weil ich gefürchtet hatte, eifersüchtig zu werden, wenn ich zu viel vom Familienleben der Grubers sah.

Es war aber nicht so. Es fühlte sich okay an. Es fühlte sich sogar gut an. Der Geruch von Frau Gruber war überall und mit ihm eine unumstößliche Ruhe, die mir sagte, dass alles gut sei, dass ich sicher sei in ihrer Nähe.

Die Kleidung passte mir wie angegossen, sogar die Schuhe. Von Herrn Gruber konnte dieser Anzug nicht stammen. Herr Gruber hatte auf den Fotos in der Bibliothek viel größer und schwerer ausgesehen als ich, eine ganz andere Statur, eher wie ein Schuldirektor.

Ich schaute in den Spiegel. Ich hielt den Kopf unter den Wasserhahn, schmierte mir etwas Gesichtscreme in die nassen Haare, weil ich kein Gel fand. Ich zog mir die Haare nach hinten und zur Seite, dann schüttelte ich kurz den Kopf, damit sie wieder etwas natürlicher fielen.

Ich schloss die Augen für einen Moment.

Ich wollte Abstand gewinnen, um den jungen Mann im Spiegel noch einmal betrachten zu können, als hätte ich ihn nie zuvor gesehen.

Dunkles Haar, schwarzer Anzug, das weiße Hemd, der Stehkragen. Ich sah gut aus. Ich sah aus wie Leonardo DiCaprio in *Titanic*.

Als ich die Treppe aus dem ersten Stock herunterkam, bedauerte ich es sehr, dass Frau Gruber nirgends zu sehen war. Es wäre sicher ein Auftritt von großer Anmut gewesen, wie ich nun Stufe für Stufe ins Wohnzimmer der Grubers hinabstieg, zum ersten Mal als junger Mann und neuer Mensch.

Frau Gruber war draußen im Garten. Sie stand vor dem Pool und schaute über ihn hinweg zur Wiese und zu den Bäumen, als würde sie das alles zum ersten oder zum letzten Mal sehen. Ich blieb für einen kurzen Moment auf dem Absatz der Terrassentür stehen und schaute Frau Gruber zu, wie sie in den Garten schaute.

Ich räusperte mich.

Frau Gruber drehte sich um.

In ihrem Blick konnte ich gleich das Erstaunen sehen. Die Überraschung darüber, wer nun vor ihr stand, eine ehrliche Freude über meine Verwandlung. Frau Gruber schaute, als wäre sie mir dankbar. Als hätte ich ihr etwas geschenkt, als hätte ich sie mit meinem Räuspern und mit meiner Anwesenheit aus einer großen Traurigkeit befreit. Ich konnte sehen, dass ihr Herz schneller schlug.

Das Fahrrad, das ich bekam, musste schon lange ungenutzt in der Garage der Grubers gestanden haben, eine dünne Staubschicht lag darauf. Als wir den Berg hinab und dem Neckar entgegenfuhren, fragte ich Frau Gruber, warum wir mit dem Fahrrad in die Oper führen, wo wir doch so gut gekleidet seien.

»Das macht man so in Heidelberg«, sagte sie, als hätte sie damit nichts zu tun. »Es ist schön, oder?«

Ja, da hatte Frau Gruber recht. Es war ein beflügelndes Gefühl, auf einem Fahrrad in einem so schönen Anzug mit einer so tollen Frau zusammen einen Berg hinunter in einen der letzten Sommerabende des Jahres zu rollen, uns gegenüber und hoch über der Stadt der Königstuhl und das Heidelberger Schloss, unter uns der Neckar, alles in ein goldenes Abendlicht getaucht.

Der Fluss, die Sonne, der rote Sandstein – das alles konnte man hier seit Hunderten von Jahren genau so sehen, wie Frau Gruber und ich es in diesem Moment sahen, und so würde es sicher auch in den nächsten hundert Jahren sein. Ich spürte ein großes Vertrauen in die Welt.

Wir fuhren mit unseren Rädern über die Alte Brücke in die Steingasse, am Marktplatz, an der Heiliggeistkirche und am Hard Rock Café vorbei, und bogen links in die Theaterstraße ein. In Heidelberg war alles klar benannt, wie in einem Märchen, auf dem Theater stand »Theater«.

Wir betraten das Gebäude. Frau Gruber sah sich immer wieder um, als würde sie damit rechnen, von jemandem erkannt zu werden, und so fühlte ich mich mit meiner Nervosität etwas alleingelassen. Ich hatte große Sorge, etwas falsch zu machen oder aufzufallen.

Immer wieder schaute ich anderen Paaren hinterher und versuchte, mir abzugucken, wie sich die Männer verhielten, wie sie ihren Körper in den Raum stellten, wie sie gingen, wo sie ihre Hände hatten, ob sie die Treppen neben, vor oder hinter ihrer Frau hochgingen, ob sie sie einhakten oder nicht, ihr etwas zu trinken brachten, mit welchen Worten sie sich auf die Toilette verabschiedeten, wie sie andere Männer grüßten, ihnen zunickten oder sie an der Schulter berührten.

»Was machst du da?«, fragte Frau Gruber mich, als ich gerade ausprobierte, mit den Händen hinter dem Rücken durch das Theater zu spazieren, als wäre ich ein Rentner auf einem schon Hunderte Male gegangenen Feldweg.

Ich deutete auf einen Mann um die neunzig, der gerade am Ende des Foyers mit dem gleichen Schritt auf die Garderobe zuging.

»Komm her«, lachte Frau Gruber.

Sie nahm meinen Arm, hielt ihn mir vor den Brustkorb und hakte sich dann bei mir ein.

»Pass auf.«

Immer wenn ich stehen bleiben oder eine andere Richtung einschlagen sollte, griff Frau Gruber etwas bestimmter in meine Armbeuge. Das gefiel mir sehr gut. Nicht nur, weil ich lernte, Premierenpublikum einer Oper zu sein, sondern auch, weil ich es mochte, wie Frau Gruber mich anfasste. Es war das erste Mal, dass wir uns so berührten, und es war ein festes Anfassen.

»Wir brauchen Alkohol«, sagte Frau Gruber leise, ohne mich anzuschauen.

»Das wäre gut.«

»Kauf uns zwei Gläser Sekt«, sagte sie und führte mich zur Bar.

Ich bestellte und bezahlte die Getränke für uns. Dass ich nur fünfzehn Mark dabeihatte und gleich mein ganzes Geld ausgab, fiel niemandem auf, alles lief reibungslos.

Wir gingen ein paar Meter weiter an einen Stehtisch. Als wir angestoßen und den ersten Schluck getrunken hatten, nahm Frau Gruber mir das Sektglas aus der Hand.

»Ich trinke ein bisschen mehr als du«, sagte sie und goss einen großen Schluck von meinem in ihr Glas.

Alles in dem Theater war ein großes Spiel zwischen uns und vor den anderen. Beide versuchten wir die ganze Zeit über, so wenig wie möglich aufzufallen, beide fühlten wir uns wie Hochstapler, deren Tarnung am meisten dadurch gefährdet war, dass sie selbst von einem auf den anderen Moment in ein lautes Lachen über die Welt fallen könnten.

Von der Oper, die wir an jenem Abend sahen, weiß ich nichts mehr, außer dass es *Die Zauberflöte* war und ich einige Teile der Arien aus Fernsehwerbungen kannte. Die meiste Zeit war ich sehr auf Frau Gruber konzentriert. Wo hat Frau Gruber ihre Füße, wie halte ich meine Füße, wo hat Frau Gruber ihre Arme, wohin mit meinen Armen, guckt sie zur Bühne, wohin gucke ich, hat sie etwas gesagt, muss ich etwas sagen, wie atmet sie, atme ich zu laut?

Als wir nach dreieinhalb Stunden aus dem Theater kamen und zu den Fahrrädern gingen, fühlte es sich an, als würde der Abend erst beginnen, dabei war es schon dunkel geworden. Die Straßenlaternen leuchteten orange auf das Kopfsteinpflaster der Altstadt, die Nacht lag warm und schwer auf dem alten Gemäuer.

Wir schoben unsere Räder zum Neckar hinunter. Wir überquerten nicht die Brücke. Wir gingen nicht zum Anwesen der Grubers zurück. Ohne es miteinander abzusprechen, gingen wir auf der falschen Seite des Flusses. In die falsche Richtung.

Nachdem wir eine Weile schweigend nebeneinanderher spaziert waren, eine halbe Stunde, in der wir uns immer mal angeschaut und dann wieder weggeschaut hatten, sagte ich: »Kommen Sie, wir fahren ein bisschen.«

Ich schwang mich auf das Fahrrad, trat in die Pedale, klingelte ein paarmal und war sofort einige Meter voraus. Ich hörte, wie Frau Gruber ihre Handtasche auf den

Gepäckträger klemmte, auch auf ihr Fahrrad sprang und mir hinterherklingelte.

»Halt!«, rief sie. »Warte auf mich!«

In jener Nacht fuhren wir im Kreis, im Zickzack und geradeaus, wir fuhren über Felder und Bundesstraßen, wir fuhren durch ein Wohngebiet und kurz auf der Autobahn, wir grüßten eine alte Dame mit Hund und lachten uns tot, wir kamen zweimal an derselben Baustelle vorbei, wir schoben die Räder durch ein Waldstück und bekamen Angst, wir erzählten uns Geschichten, ich erzählte, wie ich mal die Trennwand in der Schulturnhalle kaputt gemacht hatte, Frau Gruber erzählte von ihrem Hund, wir sprachen über Gott, wir sprachen über Kirchen, Frau Gruber erzählte von Musik, die ich nicht kannte, Frau Gruber sang mir Lieder vor, wir machten eine Pause auf einer Pausenbank, wir berührten uns versehentlich und zufällig, und ja, wir sahen eine Sternschnuppe und verrieten uns nicht, was wir uns wünschten, und wussten es trotzdem, wir lachten grundlos und immer, ich erzählte Filme und Bücher nach, ich erzählte, warum mir *Die Päpstin* so gut gefiel, und Frau Gruber erzählte, dass sie *Die Päpstin* noch nie gelesen habe, aber ihr Mann, wir hielten an einer Tankstelle und tranken Kaffee, dann aßen wir Chips, dann Eis, dann wieder Chips, wir kauften uns Zigaretten und fuhren weiter, wir hatten kein Feuer und fuhren wieder zurück, wir tranken noch einmal Kaffee, kauften eine Flasche Wasser, eine Schokolade und vergaßen wieder das Feuerzeug, wir fuhren an knutschenden Teenagern vorbei und fragten einen Taxifahrer nach dem Weg, obwohl wir nirgendwohin wollten, wir gingen in eine Bar und klauten Streichhölzer, wir setzten uns im Schneidersitz auf den Fahrradweg und versuchten, erst Ringe und dann den Mond wegzurauchen, wir schauten auf den Neckar und schwiegen uns an, Frau Gruber machte ihre Haare zusammen, Frau Gruber machte ihre Haare auf, wir trafen drei Füchse, sieben Katzen und zwölf Hasen, ich versuchte, einen zu fangen, und stolperte ins Gras, Frau Gruber pfiff mit einem Halm und ich mit meinen Fingern, ich pinkelte an einen Baum und Frau Gruber ins Gebüsch, ich erzählte einen Witz und wusste das Ende nicht mehr, Frau Gruber lachte trotzdem, und irgendwann, irgendwann, irgendwann kamen wir doch irgendwo an. Lange waren wir nur noch durch schlafende Ortschaften gefahren, lange waren wir nur noch über einsame Feldwege gefahren, und nun stiegen wir von den Rädern und standen vor einem Eisentor, und hinter diesem Eisentor, das konnten wir beide sehen, lag ruhig und mitten in der Nacht ein Badesee.

»Na dann«, sagte ich.

»Wie wollen wir da reinkommen?«

»Ich könnte das Tor auftreten oder wir klettern drüber.«

»Ich habe so etwas noch nie gemacht«, sagte Frau Gruber.

»Was haben Sie noch nie gemacht?«

»Irgendwo einzubrechen.«

»Ich war auch noch nie in der Oper und habe noch nie so einen Anzug getragen.«

Frau Gruber warf die Handtasche über das Tor und zog die Schuhe aus. Ich machte eine Räuberleiter und half ihr, mit einem Fuß auf das Türschloss zu treten; von dort konnte Frau Gruber sich allein hochziehen.

»Hey«, sagte sie plötzlich. »Nicht gucken!«

»Ich gucke nicht«, sagte ich, obwohl ich Frau Gruber in dem Moment tatsächlich unter das Kleid geschaut hatte.

Tief in der Nacht spazierten wir über die Wiese dieses uns unbekannten Badesees. Die Stille verstärkte sich doppelt in unseren Ohren, weil dieser Ort am Tag so laut sein musste. Die Pommesbude, die Tischtennisplatten, das Volleyballfeld, alles lag nun in der Dunkelheit verlassen vor uns und sah so friedlich aus.

Wir kamen zu einem Holzsteg, der aus dem Schilf herausführte und weit in den See hineinragte. Am Ende des Steges setzten wir uns hin und zogen die Schuhe aus. Ich ließ die Füße ins Wasser baumeln. Beide hatten wir die Hände unter die Oberschenkel geklemmt und sprachen nun viel ruhiger miteinander als noch auf den Fahrrädern.

»Ich gehe jetzt schwimmen«, sagte ich nach einer Weile, stand auf, zog das Jackett aus, zog die Hose aus, zog das Hemd aus, zog die Unterhose aus und sprang kopfüber in den See.

Nachdem ich einige Meter weit durch die Finsternis getaucht und dann wieder an die Wasseroberfläche zurückgeschossen war, machte ich ein lautes »Hoooouh« und holte Luft. Frau Gruber winkte mir vom Steg aus zu.

»Kommen Sie!«, rief ich und machte noch ein paar Züge in den See hinein.

Ich schaute mich um. Frau Gruber schien etwas zu zögern. Dann aber konnte ich in der Dunkelheit erkennen, wie sie aufstand, sich ihr Kleid über den Kopf zog, die Strumpfhose auszog und sich die Haare zusammenband. Frau Gruber stand in Unterwäsche auf dem Steg und machte einen hochprofessionellen Kopfsprung.

Sie blieb lange unter Wasser, und gerade als ich begann, mir Sorgen zu machen, tauchte sie direkt hinter mir auf und machte auch ein lautes »Hoooouh« in die Nacht.

Neben Frau Gruber fühlte ich mich im Wasser wie ein nackter Nichtschwimmer. Ich bat sie darum, drei korrekte Schwimmzüge am Stück zu machen, damit ich mir etwas von ihrer Technik abschauen konnte, aber es war zu dunkel und Frau Grubers Bewegungen blieben mir unerklärlich. Es sah bei ihr so aus, als würde es schon genügen, einen Muskel nur anzuspannen, schon trieb sie vorwärts.

Wir schwammen in die Mitte des Sees und wieder zurück. Weil mir das Tempo zu hoch war, hielt ich mich auf dem Rückweg an Frau Grubers Schulter fest und ließ mich von ihr ziehen. Ich schaute auf die Wasseroberfläche des Sees. Es sah aus, als schwämme Frau Gruber mit mir durch die Sterne über uns.

Als wir wieder am Steg angekommen waren, kletterte ich gleich aus dem Wasser. Frau Gruber tat mir den Gefallen und tauchte währenddessen im Kreis. Ich zog mir schnell meine Unterhose an, stellte mich in die warme Nacht und wartete darauf, zu trocknen.

»Ich komme auch raus«, sagte Frau Gruber nach einiger Zeit, und sofort war ich noch aufgeregter.

Ich reichte ihr die Hand und half ihr den Steg hoch aus dem Wasser. Frau Gruber stand nun genau vor mir. Sie triefte und tropfte. Ich machte einen Schritt zurück.

»Hoouh«, sagte Frau Gruber ganz leise und lächelte mich an.

»Hoouh«, antwortete ich.

So standen wir nun mitten in der Nacht und in Unterwäsche voreinander auf dem Steg eines Badesees irgendwo in Süddeutschland.

Frau Gruber und ich.

Zwischen unseren Körpern lagen Jahre.

Zwischen unseren Augen lag nichts.

Wasser tropfte von Frau Gruber auf das Holz unter uns. Für ein paar Augenblicke war es das einzige Geräusch, das wir neben unserem Herzschlag hören konnten. Dann berührte ich Frau Grubers Gesicht. Die Wange. Die Sommersprossen. Die borstigen Augenbrauen. Die kleinen Falten überall. Die Segelohren. Den Hals. Frau Gruber drückte ihren Körper fest an meinen. Ihre Haut auf meine. Ihre Brust an meine. Ihre Hüfte an meine. Unsere Hände berührten sich. Mit den Fingerspitzen. Mit der ganzen Fläche. Fest umschlossen. Ineinandergelegt. Es war, als stellten wir zum ersten Mal im Leben fest, dass wir überhaupt Hände hatten.

»Jetzt ist es also passiert«, sagte Frau Gruber, nachdem wir uns so lange geküsst hatten, dass es bereits wieder hell geworden war. Die ersten Rentner trieben wie schlafende Wale an unserem Steg vorbei. Einige grüßten uns sogar aus dem Wasser heraus, als würden wir hier jeden Morgen auf dem Steg stehen.

Wir schenkten ihnen das Bild zweier Verliebter im

Sonnenaufgang, und vielleicht war es das, wofür sie sich mit diesem morgendlichen Gruß bei uns bedankten. Wir grüßten freundlich zurück, als wäre nichts geschehen, und mussten jedes Mal lachen, sobald die Rentner wieder außer Hörweite waren.

Das Schöne an diesem Zustand war, dass man zusammen so unfassbar peinlich sein konnte, dass man sich unter normalen Umständen wirklich geschämt hätte dafür und dass man sich ja vor allem niemals so hatte vor jemandem verhalten wollen, dem zu gefallen man doch bemüht war.

»Paradoxon« war das passende Wort von einer meiner Pappkarten. Die Liebe ist eine durch und durch paradoxe Angelegenheit.

»Dreh dich um«, sagte Frau Gruber, als sie sich das Kleid überziehen und die klamme Unterwäsche darunter ausziehen wollte.

Ich bedauerte diese Aufforderung zunächst, aber als wir schon ein paar Minuten später auf der Seewiese in der Morgensonne lagen und dösten, während es im Bad immer betriebsamer wurde, fand ich es aufregend, dass Frau Gruber nun in ihrem schwarzen Kleid so nah bei mir lag und darunter keine Unterwäsche trug. Frau Gruber legte die Hand auf mein Gesicht und berührte meinen Mund. Ich betrachtete ihr Brustbein, das sich mit jedem Atemzug hob und senkte.

»Wir können so nicht weitermachen«, sagte sie mit ruhiger Stimme.

»Warum nicht?«

»Du bist ein Junge. Ich bin eine Frau.«

»Aber es fängt doch gerade erst an.«

Und dann schliefen wir ein, und es betrübt mich heute sehr, dass meine Erinnerung so unscharf ist, dass ich nicht mit Sicherheit sagen kann, ob Martha an jenem Morgen in meinem oder ich in ihrem Arm lag.

Zweiter Teil

8

Heute kommt es mir so vor, als wäre unsere Geschichte von Beginn an eine Geschichte des Abschiednehmens gewesen.

Sowohl Martha als auch ich sollten damals auf der Wiese des Badesees gleichermaßen recht behalten. Jene Sommernacht, unser erster Kuss, war für lange Zeit tatsächlich das letzte Mal, dass wir uns so nahegekommen waren, und trotzdem sollte jene Nacht für alles zwischen uns erst der Anfang sein.

Ein paar Jahre später lebte ich in München, in einem kleinen Apartment im Olympischen Dorf, und ich war so stolz darauf, es bis an eine Universität geschafft zu haben.

Zu verdanken hatte ich das meiner wachsenden Wut.

Und Martha.

Als ich in die Grundschule kam, schlug die Klassenlehrerin meinen Eltern nach der ersten Unterrichtswoche vor, ich solle einen Deutschkurs besuchen. Meine Eltern hätten mich viel lieber in einen Kroatischkurs geschickt, damit ich ihnen nicht immer auf Deutsch antwortete, wenn sie mit mir sprachen. Sie waren so überrascht von dem Vorschlag, dass sie es zum Glück nicht in Erwägung zogen, auf ihn einzugehen, und das Ganze als Missverständnis werteten. Anders konnte es nicht sein, anders konnten meine Eltern es sich gar nicht erklären. Ich sprach zu Hause ausschließlich Deutsch. Ich war einfach nur ein schüchternes Kind.

Am Ende der Grundschule erhielt ich trotz guter Noten eine Empfehlung für die Realschule. Meine Klassenarbeiten hatte ich von den Lehrerinnen oft zurückerhalten mit den Worten »Noch mal Glück gehabt!«. Ich glaubte es selbst und dachte: Besser ist es, wenn ich auf die Realschule gehe, denn meine guten Noten sind Zufall, pures Glück – immerhin nicht Hauptschule. Meine Eltern folgten der Empfehlung, sie vertrauten den Institutionen.

Auf der Realschule hatte ich eine Lehrerin, die nicht Frau Meyer oder Frau Moser hieß, sondern Frau Kasakowa. Frau Kasakowa nannte mich immerzu »mein kleiner Professor« und wurde wütend, wenn ich nach einer gelösten Mathe-Aufgabe zu ihr sagte: »War nur Zufall.« Frau Kasakowa schimpfte und fragte, was ich hier auf der Realschule verloren habe, wo ich doch direkt an die Universität gehen könne. Sie war richtig sauer und wollte mich bald wieder loswerden. Sie setzte sich auf den Notenkonferenzen dafür ein, dass ich auf das Gymnasium wechseln sollte, und handelte einen Deal aus. Der Deal war: Weil ich nur Einsen hatte, sollte ich ab dem nächsten Schuljahr aufs Gymnasium gehen (Vorschlag Frau Kasakowa), musste dort aber die fünfte Klasse wiederholen (Vorschlag Rektor Scheuer).

In der zehnten Klasse des Gymnasiums besuchten wir das Berufsinformationszentrum. Dort trug ich meine Vorlieben, Neigungen und Interessen in einen Fragebogen ein, und eine Stunde später saß ich in einem Büro vor einem Mitarbeiter des Arbeitsamtes Ludwigshafen, der nach Filterkaffee roch und mir nun mit einem Blick in seinen Computer verkünden sollte, wie eine Zukunft im Leben für mich aussehen könnte.

»Ich möchte Ihnen die Möglichkeit nahelegen, mit Ihren guten Noten nach der zehnten Klasse abzugehen und eine Ausbildung zum Gärtner zu beginnen.«

Ich dachte, er mache einen Witz.

»Ich lese aus Ihren Unterlagen ein Interesse für diesen Beruf heraus, und weil Sie so gut in Mathematik und Biologie sind, könnten Blumen und Bäume für Sie genau das Richtige sein.«

Ich wusste nicht, was ich sagen sollte.

»Was sagen Sie?«, fragte der Mann.

»Es tut mir leid, ich ... Ich glaube nein.«

»Wie meinen Sie das?«

»Ich fürchte, ich ...«

»Ja?«

»Ich bin kein Gärtner.«

Der Mitarbeiter lachte.

Ein schreckliches Gefühl stieg in mir auf. Wie damals, als ich die Brieftasche von Dr. Otto auf der Straße gefunden und dafür eine Handvoll Schokolinsen erhalten hatte. Ich fühlte, dass ich schwach war.

»Ihr Fragebogen ist kaputt«, sagte ich.

Und während der Mann weitersprach und mit großer Ernsthaftigkeit versuchte, mich darüber aufzuklären, dass mein Weg nicht über ein Studium gehen, aber trotzdem viele interessante Chancen bieten werde, erhob ich mich langsam von meinem Stuhl. Der Blick des Mannes folgte meinem Blick. Die ganze Zeit über schauten wir uns in die Augen.

Ich dachte an die Musik von Michael Jackson. Und dann tat ich etwas, das mich selbst überraschte. Ich trat mit einer einzigen Bewegung den Computermonitor vom Schreibtisch. Er rutschte nach hinten weg und ging zu Bruch. Der Mann und ich starrten auf den schwarzen Bildschirm, das Geräusch eines Kurzschlusses drang durch die Röhre. Dann war es für einen Moment still.

»Entschuldigung«, sagte ich.

Ich meinte es so.

Für zwei Wochen wurde ich von der Schule verwiesen. Ich hatte genau das getan, was von Željko Draženko Kovačević erwartet wurde. Ich hatte die Vorurteile bestätigt, die dieser Mann gegen mich hegte. Noch viel schlimmer aber war, dass ich das Vertrauen meiner Lehrer erschüttert hatte. Sie zweifelten jetzt an mir, ich war eine Enttäuschung, möglicherweise nicht zu retten.

Ich wusste, dass ich etwas Falsches gemacht hatte, aber ich wusste auch, dass andere Mädchen und Jungen auf die Einschätzung dieses Mannes vertrauten, weil er der Einzige war, der ihnen überhaupt eine Zukunft aufzeigte, und weil sie und ihre Eltern genau das hatten, was man so sehr von ihnen einforderte: Respekt vor Deutschland. Wenn der Mann vom Amt das vorschlägt, wird das stimmen. Das hätte mein Vater gesagt. Das hätte meine Mutter gesagt. Aber es stimmte nicht.

Als Kruno mitbekam, dass ich noch immer stapelweise Zeitungen aus Altpapiercontainern sammelte, Fremdwörter lernte und drauf und dran war, als Jahrgangsbester das Abitur zu machen, fragte er mich eines Abends, warum ich das alles mache, wo das noch hinführen solle.

Ich erzählte meinem großen Bruder, dass ich vorhätte, nicht nur das beste Abitur an meiner Schule, sondern das beste Abitur in ganz Rheinland-Pfalz zu machen.

»Wir müssen besser sein. Wir müssen die Besten sein.«

»Und dann?«, fragte Kruno.

»Dann bekomme ich ein Stipendium und kann studieren.«

»Wir haben dafür kein Geld«, sagte Kruno sofort.

»Ich werde zusätzlich noch arbeiten.«

»Weißt du, was du unseren Eltern damit antust?«, fragte er und packte mich an den Schultern, als wollte er mich zur Besinnung bringen.

»Warum ›antun‹?«

»Weil sie dich lieben und dir jeden Pfennig geben werden, den sie übrig haben, um dir damit zu helfen, aber dadurch machst du uns alle noch ärmer. Du musst hierbleiben.«

Und dann sagte er einen Satz, den ich nie mehr vergaß, und die Tatsache, dass nicht irgendwer, sondern mein eigener Bruder ihn gesagt hatte, wurde für mich nun über Jahre hinweg der Antrieb für alles, was ich tat.

»Das ist nichts für Kinder wie uns.«

Fortan lernte ich wie ein Besessener. Ich las Tag und Nacht. Ich sammelte noch mehr Zeitungen aus noch mehr Altpapiercontainern und schrieb mir noch mehr Fremdwörter auf noch mehr Pappkarten. Ich lieh wahllos Romane aus der Stadtbücherei aus, ich studierte Dramaturgien, studierte Satzbau, studierte Vokabular. Ich verbrachte meine Freizeit in der Stadtbücherei oder im Computerraum unserer Schule. Jeden Flyer, auf dem Worte standen wie »Durchstarten nach dem Abitur!«, nahm ich mit nach Hause, hielt ihn abends vor dem Schlafengehen in den Händen und träumte. Ich bereitete mich auf ein anderes Leben in einer anderen Stadt vor.

Ich verfasste ein Motivationsschreiben, ich organisierte eine Empfehlung von der Schulleitung, ich schrieb einen Aufsatz mit dem Titel »Die Ästhetik der Einsamkeit in nachgelassenen Gedichten, Prosastücken und Briefen von Hertha Kräftner«. Ich schickte alles ab und wartete.

Und letztlich war es beinahe enttäuschend leicht gewesen. Ich hatte sehr viel Aufwand betrieben dafür, dass irgendwann in unserem Briefkasten in Ludwigshafen ein Schreiben aus München lag, das sehr nüchtern besagte, dass ich alle Voraussetzungen erfüllt hätte und zum kommenden Wintersemester ein Studium an der Universität beginnen könne. Das war alles.

Mit dem aufgerissenen Umschlag und dem Brief in der Hand ging ich vor das Haus und schaute rechts und links unsere Straße hinunter, auf der Suche nach irgendwem, mit dem ich das teilen konnte, aber da war keiner. Es nieselte, eine Mutter eilte mit drei Kindern an mir vorbei. Als sich unsere Blicke trafen, nickte ich ihr zu und sagte: »Hallo.« Dann ging ich wieder rein.

München war das Zentrum aller Kroaten in Deutschland. Ich wollte meiner Familie signalisieren, dass ich zwar von ihr wegziehen würde in eine andere Stadt, dass ich der erste Kovačević sein würde, der studierte, aber dass ich unsere Herkunft nicht vergessen und deshalb in eine Stadt ziehen würde, in der mehr Kroaten lebten als irgendwo anders in Deutschland.

Nun konnte ich also in München studieren.

Beinahe.

Zwar erhielt ich tatsächlich ein Stipendium von einer Stiftung, zwar bekam ich von meinen Eltern künftig das Kindergeld auf mein Konto überwiesen, aber das Problem, vor dem ich bald stand, war, dass ich über das Studentenwerk kein Wohnheimzimmer zugelost bekam. Und für jede private Unterkunft sollte ich eine Bürgschaft für die Miete vorweisen.

Wie aber sollte ich eine Bürgschaft für etwas organisieren, das ich ausschließlich mit einem Stipendium und Kindergeld finanzieren konnte? Meine Familie konnte für überhaupt gar nichts bürgen.

9

Der Brief, den ich nun an Martha schrieb, war der erste Kontakt zwischen uns seit Jahren.

Meine Mutter hatte mir gelegentlich Neuigkeiten von den Grubers berichtet. Dass Herr Gruber noch einmal für ein paar Tage da gewesen sei, dass Edita viel Unordnung mache, dass Oliver neuerdings tote Vögel in die Einfahrt lege, dass es Frau Gruber gut gehe.

Nach unserer gemeinsamen Nacht am Badesee hatten Martha und ich uns nicht mehr gesehen. Auf dem Weg zurück zum Anwesen der Grubers waren wir langsam nebeneinanderher gegangen, hatten die Fahrräder geschoben, wenig geredet und viel geschwiegen. Martha sagte, dass sie viel an mich denke und sich auf nichts mehr konzentrieren könne, dass sie alles so aufregend finde, als wäre sie selbst noch einmal fünfzehn Jahre alt, dass sie mir dafür dankbar sei, dass sie aber eben nicht fünfzehn Jahre alt sei und dass sie keine Möglichkeit sehe, unsere Aufregung und Freude über einander, von dem Moment der Umarmung auf dem Steg des Badesees aus, weiterzuführen.

Es waren sehr komplizierte Darlegungen voller Widersprüche, die mir klarmachten, dass es mit uns nicht weitergehen könne. Auch wenn sich Marthas Worte brennend in mein Herz bohrten, so spürte ich gleichzeitig die Gewissheit darüber, dass Martha auf uns aufpasste, auf mich achtgab, dass dieses Ende zwischen uns im Kern ein liebevoll motiviertes Ende war. Ich vertraute ihr.

Zwei Tage später waren die großen Ferien vorbei, und mit dem Beginn des neuen Schuljahres kamen mir die Nachmittage auf dem Anwesen der Grubers in Heidelberg schon bald vor wie ein lange zurückliegender Traum.

Ich wollte Martha einen kurzen Brief schreiben.

Mit jeder Zeile jedoch, die ich niederschrieb, merkte ich, wie schön es war, diese Worte nach so langer Zeit an Martha zu richten und in ein stilles Gespräch mit ihr zu versinken. Und so erzählte ich ihr, was in den vergangenen Jahren geschehen war. Sogar, dass ich eine Freundin gehabt hatte, erwähnte ich. Dass Kruno seine Ausbildung zum Industriemechaniker abgebrochen und stattdessen in der Verwaltung der BASF eine Ausbildung zum Industriekaufmann begonnen und abgeschlossen hatte. Dass Ljuba inzwischen nicht nur in einer herzegowinischen Folkloregruppe, sondern auch in einer Jazzdance-Gruppe tanzte. Und dass unser Wellensittich Lothar vor ein paar Wochen an einem Tumor gestorben war.

Erst ganz am Ende schrieb ich von meinen Bemühungen und meinem Vorhaben, ein Studium an einer Universität in München zu beginnen, für das ich alles aufgebracht hätte, was ich selbst aufbringen könne, für das mir nun aber eine Bürgschaft für eine Zimmermiete fehle.

Eine Woche lang wartete ich auf eine Antwort von Martha. Dann erhielt ich einen Briefumschlag, in dem nichts weiter zu finden war als eine formale Erklärung.

Ich, Prof. Dr. Martha Gruber, bürge ohne zeitliche Begrenzung für sämtliche entstehenden finanziellen Verpflichtungen von Željko Draženko Kovačević.

Es folgten ihre Personalausweisnummer, ihre Adresse, das Datum und eine Unterschrift.

Ich faltete das Papier wieder zusammen und steckte es zurück. Ich schaute so lange auf den Umschlag in meinen Händen, bis mir auffiel, dass er nicht in Heidelberg abgestempelt worden war. Über die Briefmarke zog sich in sattem Blau der Schriftzug: »Nordseebad Juist«.

Diese Bürgschaft sollte für die erste Zeit meines Studiums in München die einzige Verbindung zwischen uns bleiben, bevor Martha und ich in eine erneute, intensive Beziehung zueinander traten.

Wenige Wochen nach dem Abitur zog ich aus unserer Straße in Ludwigshafen aus. Mein Vater war auf einer Baustelle in Ingolstadt, saß in einem Bagger und hob Gruben für ein Erlebnisbad mit Thermalbereich aus. Mein Bruder saß in einem Büro der BASF, meine kleine Schwester war in der Nachmittagsbetreuung. Nur meine Mutter hatte sich freigenommen und mir eine karierte Plastiktasche mit zwei Garnituren Bettwäsche gepackt, zugeklebt mit Paketband, damit ich nicht bestohlen würde.

Mit nichts als meinem vollgestopften Rucksack und dieser Plastiktasche kam ich ein paar Stunden später in München an, wo nun also mein neues Leben in einer neuen Welt beginnen sollte.

Es regnete stark, als ich aus dem Bahnhof in München trat. Ich kaufte mir eine Schachtel Zigaretten, rauchte sieben Stück hintereinander weg, schaute den Menschen zu, wie sie durch den Regen eilten. Ich war aufgeregt, wie vielleicht Sportler es ganz kurz vor dem wichtigsten Wettkampf ihres Lebens sind.

Ein paar Stationen fuhr ich mit einer Tram bis zum Leonrodplatz und ging den restlichen Weg zu Fuß durch den Olympiapark. Kein Mensch war zu sehen. Es war früher Abend und bereits dämmrig, die Laternen leuchteten schwach. Mit meiner zugeklebten Plastiktasche in der Hand ging ich durch den Regen, suchte den richtigen Weg, immer in der Sorge, jemandem zu begegnen, der von meinem Anblick in Angst versetzt werden könnte. Ich bildete mir ein, dass meine Ankunft in München aussah wie die unsichere Heimkehr eines Verbrechers nach jahrelanger Haft.

Ich hatte zwar kein Glück bei der Verlosung von Wohnheimzimmern gehabt, aber über die Privatzimmervermittlung des Studentenwerks war es mir gelungen, an ein Apartment im Olympischen Dorf zu kommen. Der Wohnkomplex am Helene-Mayer-Ring war zusammen mit den davorliegenden Bungalows als Unterkunft für die Sportler bei den Olympischen Spielen in den Siebzigern erbaut worden; nun war er das Zuhause von jungen Studierenden und alten Akademikern, die hier seit Jahrzehnten lebten. Die Aussicht darauf, an diesem Ort wohnen zu dürfen, überhaupt in einer Stadt zu leben, in der Olympische Spiele Realität werden konnten, machte mich stolz. Gleichzeitig hatte ich das Gefühl, mich dafür entschuldigen zu müssen, anwesend zu sein.

Die Wohnanlage gefiel mir gut. Ich musste nur wenige Meter gehen und stand auf den grünen Wiesen des

Olympiaparks, konnte an einem kleinen See auf und ab spazieren, mich vom Charme einer vergangenen Olympiade umarmen lassen.

Für Erholung ließ mir das Leben an der Universität jedoch kaum Zeit. Jeden Tag besuchte ich Vorlesungen, Seminare und Tutorien, saß in der Bibliothek, schrieb Hausarbeiten, bereitete Referate vor.

Als Stipendiat einer Stiftung wurde ich zu Freizeitaktivitäten mit anderen Stipendiaten und zu Einzelgesprächen mit Vertrauensdozenten eingeladen. Ich ging nicht hin. Bis jetzt hatte ich in meinem Leben alles allein gemacht. Nun wollten Menschen mit mir die Fortschritte meiner Arbeiten und meines Studiums besprechen. Ich fühlte mich eingeengt. Es bedeutete mir viel, alles in meinem Leben alleine zu machen, alles alleine zu schaffen.

Wäre ich auf meinen Wegen zwischen Bibliotheksbesuchen und Seminaren nicht durch die Maxvorstadt gegangen, fast hätte ich vergessen, wie hübsch diese Stadt doch ist, in der ich nun lebte. Sosehr ich auch versuchte, ein bisschen Geld zu sparen und mir ein Fahrrad zu kaufen, um etwas mehr von der Stadt sehen zu können, als es aus der U-Bahn heraus möglich war, es blieb nicht genug übrig. Und das, obwohl ich rasch eine Arbeit fand, die mir gut gefiel.

Jeden Sonntag arbeitete ich im »Balkan Grill« in der Amalienstraße. Der Laden gehörte einem Mann, dessen Familie aus dem Nachbardorf der Familie meines Vaters in der Herzegowina stammte und für den mein Vater vor über zwei Jahrzehnten gelegentlich Deutsche Mark mit nach Jugoslawien genommen hatte, kleinere Tausenderbeträge, um sie dort dessen Familie zu übergeben. Der

Imbiss hieß einfach nur »Balkan Grill« und war ein recht schicker Laden. Auch Studierende kamen gern hierher, oft mit Dozenten. Es gefiel ihnen, auf einem Imbissstuhl zu sitzen und Zwiebeldampf und Bodenständigkeit einzuatmen. Nie hat einer von ihnen vermutet, dass ich ein Kommilitone sein könnte, nie hat mich jemand aus einem Seminar wiedererkannt.

Trotz des Stipendiums, trotz des Kindergeldes und trotz des Jobs im »Balkan Grill« kam ich nur schwer über die Runden. München war teuer.

Ich war nicht geübt darin, mit Geld umzugehen. Sogar ein Fahrrad vom Flohmarkt zu kaufen, erschien mir viel zu gefährlich. Ich hatte Angst davor, hundert Euro auszugeben, die ich im nächsten Monat möglicherweise dringend für Essen oder Bücher benötigen würde.

Abends vor dem Schlafen las ich in den Texten von Hertha Kräftner. Ihr Buch war mir über die Jahre ein treuer Begleiter geworden. Weil die Autorin jedes Fragment datiert hatte, war der gesamte Text nach der Chronologie ihres Lebens sortiert. Je weiter hinten man also in das Buch hineinblätterte, desto näher kam man einer Hinwendung zum Tod. Ganz genauso wie in *Die Leiden des jungen Werther*, nur dass dieses Buch zu großen Teilen wahr und keine Fiktion war und deshalb viel näher an mein Innerstes rückte. In meiner ersten Zeit in München schlug ich das Buch am liebsten irgendwo in der Mitte auf, las in einem Tagebuch, das Hertha Kräftner beim Anblick der ihr neuen Stadt während eines Paris-Aufenthalts geführt hatte.

Niemand weiß, warum die Maler am Montmartre malen, auch die Maler nicht. Aber die Versuchung, es anderen gleichzutun, ist groß.

Wie alle anderen wollte auch ich mit dem Fahrrad durch München fahren, und so beschloss ich, eines zu stehlen. Die Stadt war übervoll mit Fahrrädern. Der immer blaue Himmel und die Sonne, die königlichen Fassaden und roten Ziegeldächer, die kleinen Handwerksbetriebe, die Blumenläden und Buchhandlungen, der warme Wind, der sich, aus den Alpen kommend, über die Stadt legte, die Isar mit ihren Kieselstränden, der Englische Garten mit seinem Eisbach und den saftig grünen Wiesen, die gut erzogenen Hunde, von denen selbst der wildeste noch freundlich war, die Marktstände der Beerenverkäufer und Gemüsebauern, die Biergärten, die zu einer Brotzeit einluden, das alles schien die Münchner stark zum Radeln aufzufordern.

Was meinen geplanten Diebstahl erleichtern sollte, war die Tatsache, dass die Fahrräder alle gleich aussahen. Alle waren irgendwie dunkel, irgendwie gut erhalten, keine Schrottmühlen. So standen sie tausendfach und überall in der Stadt herum, und da war es doch beinahe egal, wer eines der Räder fuhr, ein anderer oder ich.

Und so begab ich mich eines Abends in sicherer Dunkelheit auf einen langen Spaziergang.

Vom Helene-Mayer-Ring aus ging ich eineinhalb Stunden lang Richtung Norden aus der Stadt heraus, bis ich in einer bereits ländlich anmutenden Gegend vor einem Fitnessstudio stand, was mir in jeder Hinsicht weit genug von meinem Leben entfernt schien. Ich stand im Dunkeln unter einem Baum, ein paar Laternen leuchteten den Parkplatz aus. Ein Mann um die vierzig fuhr an mir vorbei, er war nicht sehr groß, trug eine dunkle Hose, ein weißes Hemd, eine schwarze Weste, ein schwarzes Sakko. Zurückgegeltes Haar. Eine Sporttasche von Nike hing ihm quer auf dem Rücken.

Dieser Mann fuhr ein dunkles Fahrrad mit einem geflochtenen Korb am Lenker. Dieser Mann war klein, er war selbstbewusst, er sah klug und wohlhabend aus. Das alles deutete darauf hin, dass eine blutige Rache ausbleiben würde.

Letztlich aber stahl ich das Fahrrad dieses Mannes aus einem anderen Grund: weil er es nicht abschloss.

Als er im Fitnessstudio verschwunden war, trat ich aus dem Schatten, ging über die Straße, griff mir das Rad, schwang mich auf den Sattel und fuhr, ohne zurückzuschauen, ins Olympische Dorf, wo ich das Fahrrad in mein Apartment trug und für zwei Wochen in mein Zimmer stellte, ein Bettlaken darüber, das mir meine Mutter mitgegeben hatte.

Was den Diebstahl erzählenswert macht, waren nicht die Umstände des Diebstahls selbst, sondern dass der Mann, dem ich gerade das Fahrrad gestohlen hatte, für mich bald schon der wichtigste Mensch in München werden sollte.

10

Das Fahrrad gehörte Alex Donelli, dem aufregendsten Literaturprofessor der Universität. Man sagte über ihn, dass er zwanzig Jahre zuvor als Student mit dem Cambridge-Achter den jedes Jahr live aus London in Hunderte Länder übertragenen Ruderwettkampf auf der Themse gegen das traditionell verfeindete Oxford gewonnen habe. Man sagte über ihn, dass er in Cambridge eine echte Berühmtheit sei, dass ihn dort noch immer, nach so vielen Jahren, ihm völlig unbekannte Menschen auf der Straße grüßten, Erstklässler ihm aus hupenden Doppeldeckerbussen heraus winkten, ältere Frauen eine Pause auf ihrem Rollator machten, wenn sie Donelli vor einem Sainsbury's-Supermarkt sähen.

Was Alex Donelli für immer zur Legende in Cambridge gemacht hatte, war nicht die Tatsache des Sieges, sondern dass er für einen erkrankten Ruderer eingesprungen und am Tag des Rennens aus dem Reserveteam aufgerückt war. So war er – mit einer Körpergröße von nur einem Meter vierundsechzig – der kleinste Ruderer geworden, der je in der traditionsreichen Geschichte der Universität in einem Cambridge-Achter zu einem Sieg mitgerudert war. Gern erzählte er von dem zerstörerischen Training, das er im Vorhinein und ohne jede Aussicht auf eine Rennteilnahme auf sich genommen hatte, von den gefährlichen Wetterbedingungen am Tag des Wettkampfes, von den unkalkulierbaren Strömungen der Themse während des Rennens.

Vom Fahrraddiebstahl abgesehen, nahm die Beziehung zwischen uns ihren Anfang in einer Kirche.

Es war in der Adventszeit, ich war seit etwas mehr als einem Jahr in München und fühlte mich zunehmend allein im Leben, da geriet ich an einem Sonntag vor meiner Abendschicht im »Balkan Grill« in das Konzert eines Knabenchores.

Seit ein paar Wochenenden schon kam ich zur Theatinerkirche am Odeonsplatz und setzte mich für einige Minuten in den nahezu leeren Raum. Es war ein Ritual geworden, eine Gewohnheit, die mir Struktur gab, ich betete nicht. Wenn es an der Zeit war, stand ich wieder auf, fuhr zum »Balkan Grill«, begann meine Schicht.

An dem Tag jedoch, an dem jener Knabenchor in München sang, war alles anders. Es war viel los vor der Kirche. Ich schloss das Fahrrad zwischen vielen anderen auf dem Odeonsplatz ab, stellte mich an den Eingang und wartete auf den Einlass, da erkannte ich in der Menschentraube der Gläubigen und Touristen hinter mir das zurückgegelte Haar und die schräg über den Rücken gehängte Nike-Tasche des Mannes wieder, dessen Fahrrad ich seit einiger Zeit fuhr. Mein Herz schlug fester und beruhigte sich erst wieder, als ich mir selbst versicherte, dass an dem Abend des Diebstahls zwar ich ihn, er aber nicht mich gesehen hatte. Der Mann konnte mich hier zwischen all den Menschen nicht erkennen.

Nun war ich zu jener Zeit kein sehr gläubiger Mensch, und doch war es mir unangenehm, mit den Gedanken an meinen Diebstahl und in der Anwesenheit des Bestohlenen dem Konzert eines Knabenchores in einer jahrhundertealten Kirche beizuwohnen. Im Innenraum breitete sich eine schummrige Atmosphäre aus, die weißen Säulen und der Stuck wurden von unten angestrahlt, ein paar Kerzen leuchteten. Ich fand einen Platz nahe der Seitenkapelle, wo die Sarkophage von Maximilian II. und Marie stehen, König und Königin von Bayern.

Die ganze Zeit über fühlte ich mich beobachtet, und als ein Priester zur Eröffnung die Wörter »Erlösung« und »Sünder« aussprach, bemerkte ich, dass in der Reihe schräg hinter mir ebenjener Mann saß, dem ich das Fahrrad gestohlen hatte, sein Gesicht vom Schein der Kerzen erleuchtet, und dass er mich anschaute, als wäre er schon seit einer ganzen Weile ausschließlich auf mich konzentriert.

Der Gesang der Knaben setzte ein.

Ich übertreibe nicht, wenn ich sage, dass dieser Gesang in mir die Erinnerung an eine abhandengekommene Unschuld weckte, die mich sogleich in eine tiefe Traurigkeit über diesen Verlust stürzte, ehe mit fortschreitendem Gesang der Kinder sehr langsam der Glaube daran zurückkehrte, dass doch so etwas wie Hoffnung für alle bestehen könnte.

Der Chor war eine große Attraktion. Sein Singen war Ende und Anfang, besang meine Erschöpfung und meinen Aufbruch. Zugleich fühlte ich mich unwohl und beobachtet. Mitten im Gesang der Knaben stand ich auf und drängte mich durch meine Reihe zum Seitengang. Meine Sitznachbarn murmelten mir unflätige Kommentare hinterher.

Ich lief Richtung Ausgang. Meine Aufregung wuchs, als ich mich noch einmal umdrehte und bemerkte, dass auch der von mir Bestohlene aufstand und sich, die Nike-Tasche unter den Arm geklemmt, ebenfalls durch seine Reihe zum Seitengang drängte.

Draußen war es bereits dunkel, der aufsteigende Mond leuchtete über das Dach der gegenüberliegenden Feldherrnhalle auf den Odeonsplatz. Dieser war nun menschenleer. In meiner Erinnerung rief sogar ein Uhu.

Ich eilte zu den Fahrrädern. Gerade als ich das Schloss öffnete und mein Fahrrad, das ja gar nicht mein Fahrrad, sondern das meines Verfolgers war, zwischen den anderen hervorzog, hörte ich, wie die schwere Holztür des Gotteshauses aufging, der Gesang des Knabenchores sich noch einmal für einen Moment aus der Kirche schob und mit ihm der Mann mit der Nike-Tasche. Ich sah ihn, wie er stehen blieb und zu mir schaute, mir dabei zusah, wie ich das Fahrrad ein paar Meter anschob, hinaufsprang und im Stehen in die Pedale trat.

Ich raste direkt an ihm vorbei, weiter in die Drückebergergasse hinter der Feldherrnhalle, bretterte über das Kopfsteinpflaster, schoss auf der anderen Seite des Gebäudes wieder zurück über den Odeonsplatz und bog in den Hofgarten ein. Im Kies konnte ich dort das Tempo zwar nicht halten, und es war ohnehin verboten, hier mit dem Fahrrad entlangzufahren, aber es war ein Schleichweg, der Verwirrung stiften sollte. Durch einen Torbogen preschte ich zurück auf einen Fahrradweg und raste Richtung Amalienstraße, Richtung »Balkan Grill«.

Erleichtert, meinen Verfolger abgehängt zu haben, begann ich meine Schicht. Doch schon nach zehn Minuten betrat er den zu diesem Zeitpunkt leeren Imbiss. Er nahm die Nike-Tasche von der Schulter und setzte sich an einen Tisch.

Er ließ sich nicht anmerken, ob er zufällig hereingekommen war oder ob er wusste, dass ich hier arbeitete, auch nicht, ob er mich überhaupt erkannt hatte. Jedenfalls saß er jetzt hier, und ich musste seine Bestellung aufnehmen, einen Kinder-Grillteller und ein Glas Sprite ohne Eiswürfel, und als ich ihm eine Viertelstunde später beides an den Tisch brachte, wurde mir plötzlich klar, wer hier saß, wessen Fahrrad ich gestohlen hatte, und jeder, wirklich jeder hätte es nun gewusst. Direkt hinter ihm an der Wand hing ein Foto, auf dem ein Mann in diesem Imbiss zu sehen war, an genau diesem Tisch, und der Mann mit dem zurückgegelten Haar, der davorsaß und mich anblickte, das war er, das war der Mann auf dem Foto hinter ihm, das war ein und dieselbe Person, das war Alex Donelli.

Überall an den Wänden des »Balkan Grills« hingen Zeitungsartikel und Fotos von bekannten Menschen aus München, die hier tatsächlich oder angeblich schon gegessen hatten: Franz Beckenbauer, Veronica Ferres, Uschi Obermaier. Jeder liebt Ćevapčići. Sogar eine Montage von Freddie Mercury und Karl Valentin hing dort, wie sie gemeinsam Ćevape essend in unserem Imbiss verweilten. Auch aus Wissenschaft, Kunst und Literatur hingen Persönlichkeiten an der Wand: Werner Heisenberg, Gabriele Münter, Thomas Meinecke. Der Freund meines Vaters aus der Herzegowina hatte Philosophie studiert.

»Guten Appetit, Herr Donelli«, sagte ich.
»Willst du dich kurz zu mir setzen?«

Donelli rollte mit der Gabel die Ćevape auf dem Teller zurecht, verteilte die Pommes und schob den Kinder-Grillteller wortlos in die Mitte.

Ich nahm mir einen Ćevap, obwohl es uns verboten war, während der Schicht etwas zu essen. Aber es war sowieso nicht gern gesehen, wenn wir uns zu Gästen an den Tisch setzten und uns unterhielten, wobei man nicht sagen konnte, dass Donelli und ich ein Gespräch führten. Wir teilten uns die Ćevape und schwiegen.

Ich wartete darauf, dass Donelli etwas sagte, worauf ich reagieren konnte, aber er schien das Sprechen mir überlassen zu wollen. Sein Schweigen schien der diplomatische Versuch zu sein, mich nicht zu beschuldigen, mir die Möglichkeit zu eröffnen, die Sache selbst zu bereinigen.

»Hören Sie, das mit dem Fahrrad tut mir wirklich leid«, sagte ich. »Ich möchte es Ihnen zurückgeben.«

»Du kannst es gern behalten«, sagte Donelli.

Weitere Gäste kamen in den Imbiss, und ich konnte nicht mehr lange an diesem Tisch sitzen bleiben.

»Ich war auch mal so tüchtig wie du. Ich musste mir auch alles selbst erarbeiten. Meine Eltern sind Italiener. Keine Bildung, Fabrikarbeiter. Weißt du, woran reiche Leute uns immer erkennen? Am Weichspüler. Man kann die Unterschicht riechen.«

Beide schwiegen wir eine Weile.

»Warum erzählen Sie mir das?«

»Du studierst doch an unserer Fakultät.«

»Ja.«

»Ich habe das Fahrrad in den letzten Wochen oft in der Schellingstraße stehen sehen.«

»Ja.«

»Ich suche jemanden, der mir hilft«, sagte Donelli und biss von einem Ćevap ab.

»Was bedeutet das?«

»Ich suche eine Art Hilfskraft.«

»Sie wollen mir einen Job anbieten?«

»Du hilfst mir, ich helfe dir.«

»Warum sollten Sie mir einen Job anbieten wollen?«

»Ich würde mich darüber freuen, jemanden wie dich an meiner Seite zu wissen.«

Ich stand auf und schob meinen Stuhl zurück an den Tisch. Die Art und Weise, wie Alex Donelli mit mir sprach, brachte mich durcheinander. Ich war beeindruckt und fühlte mich gleichzeitig geehrt.

»Ich muss weiterarbeiten«, sagte ich.

»Genau das«, sagte Donelli. »Genau das meine ich.«

11

Nur einen Tag später saß ich in Alex Donellis Büro und arbeitete für ihn. Er gab mir seinen Zweitschlüssel für die Räume des Instituts, seinen Bibliotheksausweis und seine Passwörter. Obwohl er mich nicht kannte, brachte er mir all sein Vertrauen entgegen. Er zahlte gut, er kaufte mir ein Handy, er setzte auf mich.

Es fällt mir schwer, die Beziehung, die Donelli und ich nun zueinander aufbauten, genau zu benennen. Ob es von seiner Seite aus eher eine väterliche oder doch eine amouröse Idee gewesen war, die am Anfang gestanden hatte und von der alles getragen wurde? Vielleicht war das nie so wirklich klar, und gerade diese Unklarheit machte den Reiz, aber auch die Gefahr unserer Beziehung aus.

Es verging kaum ein Tag, an dem wir uns nicht kurz sahen und austauschten, und sei es nur, dass Donelli, während ich in seinem Büro am Computer saß und an einem Aufsatz schrieb, vorbeikam, um mir ein Buch zu schenken, das ich unbedingt lesen sollte. Beinahe jedes Mal, wenn wir uns sahen, schenkte er mir ein Buch. Manche hatte er extra für mich gekauft, andere schien er von zu Hause mitgebracht und bereits selbst durchgearbeitet zu haben. Mit jedem Buch, das ich in jener Zeit las, fühlte es sich an, als würde ich mich weiter weglesen von meiner Herkunft, als könnte ich mich zu einem anderen Menschen lesen, mich so sehr mit Geschichten anfüllen, dass die eigene keine Rolle mehr spielte.

Mit dem Ausweis von Donelli konnte ich Bücher in der Bibliothek für ein halbes Jahr ausleihen statt nur für einen Monat. Zudem nahm er mich zu seinen Seminaren, Vorlesungen und auch zu seinen Kolloquien mit, wodurch ich als Jüngster mit Doktoranden zusammensaß, zuhören und von ihnen lernen konnte. Ich bereitete seine Vorlesungen mit vor und freute mich, wenn Donelli einen Gedanken von mir übernahm und als eigenen vortrug. Ich fühlte mich gebraucht. Alex Donelli gab mir das Gefühl, etwas Besonderes zu sein. Er nahm mich wahr.

Nicht als Hausmeister.

Nicht als Gärtner.

Nicht als Fahrraddieb.

Das gesamte Institut wollte zu Alex Donelli. Seine Vorlesungen fanden vor vollen Rängen statt, die Studierenden drängten sich sogar noch außerhalb des Hörsaals auf dem Gang, nur um ein paar der Worte zu hören, die er sprach.

Das Geheimnis seines Erfolgs lag darin, dass er alles, was er tat, auf das Publikum ausrichtete, das vor ihm stand. Ob er mit einem Großmütterchen auf der Straße sprach oder vor Hunderten Studierenden oder mit einer bayerischen Kulturpolitikerin – er verstand es, sofort die Sprache seines Gegenübers zu sprechen; es war nie er selbst, der das Niveau vorgab.

In einem einseitigen Artikel hatte die *Abendzeitung* ihn als »*Late-Night*-Professor« porträtiert, der mit seinem Auftreten die akademische Welt, ihre elitären Strukturen und jahrhundertealte Thesen durchpflüge, wie er es einst als Ruderer im Cambridge-Achter auf der Themse getan habe. Die einen lasen dieses Porträt als Hohngesang, die anderen als Hymne.

Äußerlich verkörperte Alex Donelli Tradition und Moderne wie kein anderer. Seine Gelfrisur war proletarisch und adelig zugleich, seine Kleidung klassisch und konservativ: Er trug immer einen Dreiteiler. Diese auffällige Erscheinung durchbrach er stets mit einem kontrastierenden Accessoire, das ihn mit Gegenwart und Zeitgeist auflud. Traf man ihn auf der Straße, war es die umgehängte Nike-Tasche, hielt er Vorlesungen, war es eine Flasche Bionade oder ein Starbucks-Becher, den er in einer Hand hielt, während er mit der anderen seine hypnotisierenden Worte zu dirigieren schien. Er brachte die Ideen Adornos mit Kuppelshows aus dem Fernsehen zusammen, als wäre es ganz nebensächlich. Als würde er, in einer Bahnhofshalle stehend, einer anderen Person nur kurz den Weg zu den Toiletten erklären, widersprach er den Theorien großer Denker, formulierte überraschende Thesen. Weder trank er die Limonade, noch trank er den Kaffee.

Betrat man als Student den Hörsaal, kannte man Kuppelshows, verließ man ihn, kannte man Adorno und konnte ihn in drei Sätzen auseinandernehmen, obwohl man von nichts ein tieferes Verständnis gewonnen hatte. Donelli betrieb Boulevard-Wissenschaft, zuckersüß und belebend.

Und ich war mittendrin.

Nach kurzer Zeit kannten alle am Institut auch mich. Jungs wollten mit mir befreundet sein, Mädchen unterbrachen ihre Gespräche und spielten mit den Haaren, wenn ich an ihnen vorbeiging. Und schon im darauffolgenden Herbst übertrug Donelli mir die Leitung eines Seminars. Inoffiziell. Sein Name stand im Vorlesungsverzeichnis, in Wahrheit aber war ich es, der das Seminar leitete. Er moderierte mich in der ersten Stunde als Experten an und erschien dann erst wieder am Ende des Semesters, um alle Scheine zu unterschreiben. Keiner stellte das in Frage.

So kam es, dass ich, nur zwei Jahre nachdem ich hinter dem Vorhang auf dem Flur hervorgetreten und aus der Wohnung in Ludwigshafen ausgezogen war, in München in einem kleinen Seminarraum stand und vor zwölf Zweitsemestern sprach.

Als ein Mädchen ein Heft aus seiner Tasche hervorholte und anfing, mit einem Stift darin herumzumalen, wurde meine Stimme für einen Moment brüchig, weil ich dachte, es würde sich etwas Interessanterem zuwenden, bis nach und nach auch die anderen ihre Blöcke und Zettel hervorholten und mir klar wurde, dass sie aufschrieben, was ich dachte und sagte.

Sie hörten mir zu.

Sie notierten sich meine Worte und ihre Gedanken zu meinen Worten.

An jenem Tag lud ich Alex Donelli zu einem Abendessen bei McDonald's ein. Als Vorspeise teilten wir uns eine 12er-Box Chicken McNuggets. Wir hatten gute Laune und alberten miteinander herum.

»Das ist wie Geburtstag und Weihnachten zusammen«, sagte ich.

»Warum sind wir dann hier?«

»Genau deshalb.«

»Du feierst deinen Geburtstag noch immer bei McDonald's?«

Ich biss in meinen Big Mac, deutete dann kauend mit dem Burger in der Hand auf Donelli.

»Du hast auch bei McDonald's gefeiert?«

»Ich verdränge es.«

Ich mampfte vor mich hin und erzählte, dass ich mich noch genau daran erinnern könne, dass der Tag, an dem ich zum ersten Mal alleine einen ganzen Big Mac geschafft hätte, für mich große Bedeutung gehabt habe: Ich war erwachsen. Keine Junior-Tüte mehr, endlich Menü-Niveau.

Unser Gespräch bekam nun eine größere Ernsthaftigkeit, der Ton von Donelli veränderte sich.

»Warum sind unsere Eltern mit uns zu McDonald's gegangen? Wenn man nicht viel Geld hat, warum feiert man dann seinen Geburtstag bei McDonald's?«

»Grillen und Sackhüpfen im eigenen Garten ist teurer. Dafür brauchst du die Zeit, um das Essen vorzubereiten, du brauchst nette Kinder, die geduldig sind, und vor allem brauchst du einen Garten. Ein Kindergeburtstag bei McDonald's ist das Beste, was es gibt. Erstens: Ein McDonald's ist immer gut an Bus und Bahn angebunden. Zweitens: Bei McDonald's tobt der Kindergeburtstag in einem eingezäunten Bereich herum. Und drittens: Alle Kinder lieben McDonald's. Wenn du also arm bist, ermöglicht dir McDonald's für hundert Euro ein zweistündiges, maximal großes Ereignis, und das Wichtigste ist viertens: Du kannst als Mutter alles planen und umsetzen, ohne dass ein Vater in der Nähe sein muss.«

Donelli strich mit seinen Pommes durch die Mayonnaise und schien darüber nachzudenken, ob er meine

Ausführungen weiterspinnen und in eine seiner künftigen Vorlesungen einbauen könnte. Er liebte solche Gespräche.

»Ich glaube sogar«, sagte ich, »dass Ronald McDonald deshalb ein Mann ist. Damit man sich als Kind vorstellen kann, es sei der eigene Vater, der sich als Clown verkleidet hat.«

»Das ist traurig«, sagte Donelli, nachdem er einen Schluck von seiner Sprite getrunken hatte. »Der Kapitalismus entzieht den Kindern die Väter und schickt zum Trost einen Clown?«

Natürlich hatte Alex Donelli recht. Es war traurig, als Kind am Geburtstag mit einer überforderten Mutter und zehn auf Cola durchdrehenden Kids in einem blassen Burgerrestaurant zu sitzen und sich nichts mehr zu wünschen, als dass sich der eigene Vater hinter der Schminke von Ronald McDonald verberge.

Für mein neues Leben aber schien meine Herkunft ein riesiger Vorteil zu sein, denn von den meisten meiner Mitstudierenden unterschied ich mich in einem wesentlichen Punkt.

Ich hatte keine Angst.

Ich hatte überhaupt keine Angst.

Ich fühlte mich so besonders neben Alex Donelli. Ich bewunderte ihn. Ich konnte gar nicht glauben, dass es wirklich so war, dass er mich teilhaben ließ an seiner Welt, an seiner Arbeit; alle Türen hielt er mir auf.

Alex Donelli war ein Superstar für mich, ich wollte werden wie er, ich wollte sein wie er. Ich versuchte in jener Zeit sogar, *Faserland* von Christian Kracht gut zu finden, obwohl ich nicht mal wusste, was Barbourjacken waren. Es dauerte nur ein paar Monate, und dann trennte Donelli und mich kaum noch etwas.

Wir dachten gleich, wir sprachen gleich.

Ich dachte wie er, ich sprach wie er.

Meine Bewunderung drängte alles zur Seite, das Ungleichgewicht zwischen uns und die darin liegende Gefahr.

Von heute aus betrachtet kommt es mir vor, als hätte ich in jener Zeit eine mir fremde Sicht auf die Welt übernommen, weil ich keine andere kannte. Erst viel später wurde mir bewusst, wie groß mein Bedürfnis nach einem Mann in meinem Leben gewesen war, an dem ich mich orientieren konnte, wie leer dieser Platz so lange Zeit gewesen war.

Von den älteren Jungs rund um unsere Straße in Ludwigshafen wusste ich, dass manche von ihnen über die Jahre sehr religiös, andere Nazis geworden waren. Mich unterschied nichts von ihnen. Alle waren wir anfällig. Alle vermissten wir unsere Väter und liebten unsere Mütter. Alle suchten wir Anerkennung und fanden sie bei einem Mentor und in einer Ideologie.

In jenen Wochen war ich zum ersten Mal zu Besuch im Landhaus von Alex Donelli. Er hatte mich für den frühen Abend zu sich eingeladen, um für mich zu kochen und mir ein paar Bücher zu schenken.

Donelli lebte ganz allein in einem alten, freistehenden Haus Richtung Garching, am Rande von München. Eine Frau und Kinder hatte er nicht, das wusste ich. Wovon er mir zuvor aber nie erzählt hatte, war, dass sein Landhaus eine Auffangstation für versehrte Tiere war. Überall im Haus und auch im Garten waren Tiere: Aquarien voller Fische, die ursprünglich an größere Fische hatten verfüttert werden sollen, Vögel ohne Flügel, Katzen mit Geschwüren, Hunde mit zwei oder drei Beinen, nackte Hühner. Tiere, die Donelli bei sich aufgenommen und vor dem Tod bewahrt hatte. Aus Produktionsbetrieben, aus der Tierklinik, aus einer Zoohandlung. Er hatte das bereits feststehende Todesurteil der Tiere revidiert, er pflegte, hegte und fütterte sie. Mit dem Einzug bei Donelli diente ihr Dasein keinem besonderen Zweck mehr, sie durften einfach nur existieren. Die Tiere waren frei.

Als ich bei Donelli ankam und mein Fahrrad, das ursprünglich seines gewesen war, an den Gartenzaun lehnte, sah ich ihn weit hinten auf dem Grundstück in Arbeitskleidung und mit einer Taschenlampe im Mund über eine Ziege gebeugt. Er winkte mich zu sich und gab mir ein Zeichen, dass ich mich ruhig und behutsam nähern sollte. Als ich bei ihm ankam, nahm ich ihm vorsichtig die Taschenlampe aus dem Mund und gab Licht. Donelli kniete auf dem Boden, redete beruhigend auf die Ziege ein, die in seinem Arm lag, streichelte sie. Die Ziege schien große Schmerzen zu haben, sie krümmte sich und zappelte immer wieder mit den Beinen.

»Sie ist krank«, flüsterte Donelli, »und blind.«

Er hatte nun eine Hand auf den Kopf der Ziege gelegt und schien ihr damit all ihre Angst zu nehmen. Die Ziege war mit einem Mal ganz ruhig. Tief und fest atmete sie ein und aus, ein und aus, ein und aus. Dann griff Donelli in eine Tasche und holte aus einem Plastikbeutel zwei Socken hervor, die zuvor mit einer Tinktur getränkt worden waren. Die Arznei verteilte sich farblich gleichmäßig die Socken hinauf. Vorsichtig zog Donelli die Socken über die Hinterbeine der Ziege und straffte sie mit einem Gummiband, damit sie nicht herunterrutschten. Dann gab er der Ziege einen Klaps auf den Hintern, und wie nach dem Aufwachen aus einer Hypnose richtete das Tier sich auf, schüttelte sich kurz und sprang dann vorsichtig, aber mit neuer Energie zwei, drei Meter über die Wiese, bevor es wieder stehen blieb und sich zu uns drehte. Man konnte nun gut erkennen, dass das Tier nichts sehen konnte; orientierungslos stand es in der Landschaft. Trotzdem schien es ganz auf Donelli fixiert zu sein. Das Tier senkte seinen Kopf und stieß zweimal einen Laut aus. Die Ziege bedankte sich, sie bedankte sich bei Alex Donelli.

Viel später an diesem Abend, als wir am Kamin saßen und uns ein Tiramisu teilten, lenkte ich das Gespräch auf einen Vorgang meiner Arbeit für Donelli, der mir nicht leichtfiel und mein Gewissen belastete. Donelli hatte mich in den vergangenen Wochen immer wieder darum gebeten, Briefe für ihn und in seinem Namen, in seiner Sprache zu verfassen. Ebenso unterschrieb ich universitätsinterne Dokumente in seinem Namen – nicht »im Auftrag«, sondern als Alex Donelli. Wobei ich anhand eines von der Stadt München an ihn gerichteten Briefes festgestellt hatte, dass sein vollständiger Name wohl Alessio Emanuele Donelli lautete.

Jedenfalls war es mehr und mehr zu meinem Job geworden, er zu sein, für ihn zu sprechen und seine Unterschrift zu fälschen. Er, also ich, unterschrieb stets mit »A Donelli«. Ohne Punkt nach dem A, so hatte er es sich bei Roland Barthes abgeschaut. Abgesehen von diesem Charakteristikum war Donellis Unterschrift so unspezifisch, dass ich sie gut fälschen konnte.

»Was nicht bestraft werden kann«, sagte Donelli, der mir nun eine Lektion erteilen sollte, »ist erlaubt.«

Dann schwieg er eine Weile und ließ mir Zeit, über diesen Satz nachzudenken, der für ihn die Conclusio einer vorangegangenen längeren Auseinandersetzung gewesen sein musste, für mich jedoch eine mir unbekannte Definition von Lebensführung und Moral bedeutete.

Ein Hund kam aus dem Flur zu uns an den Kamin. Sein Körper war mit einem kleinen Rollstuhl verbunden. Die Hinterläufe waren amputiert worden. Vorne ging der Hund, hinten rollte er.

»Das Leben ist ein Assessment-Center«, sagte Donelli dann.

Ich wusste nicht, was er damit meinte, weil ich nicht wusste, was ein Assessment-Center ist. Es war mir peinlich.

»Das ist ein Bewerbungsverfahren, wie es etwa Banken und Unternehmensberatungen einsetzen. Du bekommst unzählige Aufgaben gestellt, allein und in der Gruppe. Es ist völlig unmöglich, all diese Aufgaben zu lösen, kein Mensch auf der Welt kann das. Aber darum geht es auch nicht, das ist nicht die Idee dieser Prüfung. Es geht ausschließlich darum, wie du mit dieser Situation zurechtkommst, wie du die Überforderung meisterst, was du ausstrahlst.«

Donelli streichelte jetzt den halben Hund, der die Augen schloss und zufrieden knurrte.

»Es kommt im Leben nicht darauf an, alles richtig zu machen, Jimmy. Es kommt darauf an, wie du dabei aussiehst.«

Das Geld für meine Arbeit bei Donelli erhielt ich wöchentlich. Ich war nicht als Hilfskraft über das Institut angestellt, alles basierte auf einer privaten Abmachung zwischen Donelli und mir. Donelli schien bei der Bezahlung durchaus Hemmungen zu haben, weshalb er mir das Geld nicht überwies und auch nie persönlich gab. Ich weiß nicht, wie er das machte, ob er vielleicht sogar einen anderen dafür bezahlte, jedenfalls lag jeden Freitag ein unbeschrifteter Umschlag mit hundert Euro in meinem Briefkasten im Olympischen Dorf.

Die Briefkästen waren nummeriert, und an der Wand vor den Briefkästen hing eine Tafel, auf der stand, hinter welcher Nummer sich welcher Bewohner verbarg. In meinem Briefkasten fand sich neben den Geldumschlägen von Donelli sonst immer nur Werbung.

Die Broschüren in meinem Fach stammten oftmals von Unternehmen, die dafür warben, dass man sich bei ihnen um einen Job bewerben sollte. Traditionelle Großunternehmen, bayerischer Mittelstand und dynamische Start-ups baten um die Aufmerksamkeit künftiger Absolventen der Universität.

Die Werbeaktion eines Automobilzulieferers wurde für einige Tage zum Gespräch an der gesamten Universität. Der Coup bestand darin, dass an jede Werbeschrift ein Fünf-Euro-Schein geheftet war. Die meisten Studierenden waren gar nicht so scharf auf das Geld in ihren Briefkästen, vielmehr diskutierten sie die schonungslose und direkte Art der Ansprache. Einige stellten umgehend Berechnungen an, ob man dieses Modell ebenso auf Endkunden in der freien Wirtschaft übertragen könnte, ob es effektiver sein könnte, Menschen auf der Straße einen Geldschein zu geben, damit sie einen Supermarkt betreten, anstatt ihnen eine Werbung mit Sonderangeboten in die Hand zu drücken: Die Werbung landet im Mülleimer, das Geld kommt auf direktem Weg zurück in die Kassen. Jurastudenten verwiesen auf die steuerlichen Probleme einer monetären Schenkung als Werbemaßnahme, und sogar Mediziner schalteten sich in diese Diskussionen ein und machten in ihren Ausführungen auf die selbstzerstörerischen Auswirkungen des Eigenblutdopings im Hochleistungssport aufmerksam. Das kapitalistische System würde durch diese Form der Dynamisierung des Wirtschaftskreislaufs schneller kollabieren, als es ohnehin irgendwann kollabieren werde, darum sei von dieser Idee dringend abzuraten, wenn man uns nicht alle unmittelbar in den Tod reißen wolle.

Die Briefkastendebatte war ein großer Spaß und eine rhetorische Spielform, um eine sonst an der Universität kaum vorhandene Rivalität zwischen Instituten und Fachschaften auszutragen. Die Bedeutung der Nachrichten in meinem Briefkasten für mein Leben blieb jedoch nicht allein auf die Zahlungen von Alex Donelli und die Werbemaßnahmen möglicher Arbeitgeber beschränkt. Nein, mehr als zwei Jahre nachdem ich mein Studium in München begonnen hatte, in einer Zeit, in der der Einfluss von Alex Donelli auf mich immer stärker wurde, lag, als hätte sie die drohende Gefahr über Hunderte von Kilometern hinweg gespürt, in meinem Briefkasten ein Brief von Martha Gruber. Als würden wir mitten in einer gewöhnlichen Unterhaltung stecken, stand darin nur ein einziger Satz.

Schreib mir, was du gerade machst. Martha

12

Der Brief versetzte mich umgehend in Aufregung. Mein Herz schlug bis in meine Schläfen, ich vergaß zu atmen, mir wurde heiß. Ich faltete den Zettel schnell wieder zusammen und schaute mich um, als hätte ich allein mit dem Lesen dieses Satzes am helllichten Tag, auf dem Gang vor den Briefkästen stehend, etwas Verbotenes und Schmutziges getan. Ein paar Jungs verließen das Haus, sie scherzten herum, raunten sich Gerüchte über sexuelle Abenteuer vom zurückliegenden Oktoberfest zu.

Nach so vielen Jahren, in denen wir nicht miteinander gesprochen hatten, uns nicht gesehen hatten, schickte Martha mir nur einen einzigen Satz. Keine Geschichte, keine Frage. In völliger Distanzlosigkeit schickte sie mir einen Befehl.

Stundenlang lag ich an diesem Abend im Olympischen Dorf auf meinem Bett und schaute mir den Zettel an, las immer wieder ihre Worte. Ich studierte das Papier, suchte nach Spuren oder Informationen, die mir etwas über Martha hätten erzählen können. Ich fand nichts. Lediglich die Absenderadresse war ungewöhnlich, wenn auch nicht überraschend. Wie schon die Bürgschaft war auch dieser Brief von der Nordseeinsel Juist aus verschickt worden, als Adresse war das »Haus Friesland« in der Strandstraße angegeben.

Ich hielt und drehte den Umschlag so lange in meinen Händen, bis ich mir einbildete, dass er nach Martha roch, aber wenn ich ehrlich war, war es wohl nur die Ahnung eines Geruchs oder noch weniger: nur die Vorstellung einer Ahnung eines Geruchs von Martha.

Ich wollte Martha gern von mir erzählen und hatte ebenso viele Fragen zu ihrem Leben, ich wollte aber auch den Satz, die Aufforderung, die sie mir geschickt hatte, pointiert parieren und sie nicht mit seitenlangen Geschichten über Höhen und Tiefen meines Studentenlebens langweilen. Ich erinnerte mich daran, dass bei den Grubers in der Bibliothek ein Schachspiel gestanden hatte und dass ich immer gern einmal Schach gegen Martha gespielt hätte. Also zog ich eine alte Ausgabe der *Süddeutschen Zeitung* aus dem Stapel vor meinem Bett, riss ein Stück Papier heraus und schrieb darauf:

d2–d4
PS: Ich liege auf meinem Bett und spiele Schach.

Ich schob den Zettel in einen Umschlag und gab den Brief am nächsten Morgen in einer Änderungsschneiderei ab, die seit ein paar Wochen auch eine Postfiliale war. Nur vier Tage später hatte ich eine Antwort von Martha in meinem Briefkasten. Auf die Rückseite einer Rechnung hatte sie geschrieben:

d7–d5
PS: Hands up!

Die Rechnung war von der Gastwirtschaft In't Veerhues. Martha schien dort zwei Tage zuvor am Mittag einen Schellfisch mit Senfsauce gegessen und dazu zwei König Pilsener getrunken zu haben, und aus dem Umstand, dass nur eine Mahlzeit abgerechnet worden war, schloss ich, dass sie wohl alleine auf Juist war. Außerdem hatte Martha meine Schacheröffnung exakt gespiegelt, woraus ich noch nicht folgern konnte, ob sie eine erfahrene oder eine unerfahrene Spielerin war.

Über mehrere Wochen hinweg entspann sich nun ein Briefwechsel zwischen uns, in dem wir kaum miteinander sprachen. Unsere Partie Fernschach wurde ein beherzter Kampf, ein energischer Tanz, den Martha bald dominierte, indem sie mir auf der Seite meiner Dame gefährlich wurde, bevor ich mich befreien und ihren Königsflügel unter Druck setzen konnte. Seit Jahren war ich ein Leser von Schachaufgaben in Zeitungen und spielte die Züge in meinem Kopf nach. Praktische Erfahrung hatte ich kaum, weshalb ich mich umso mehr über unser Brief-Match freute. Beinahe wirkte es so, als würden wir uns gegenseitig zeigen wollen, wozu wir fähig waren, bevor wir dann wieder einen Fehler begingen, um das Spiel in die Länge zu ziehen und den anderen in die Partie zurückzuholen.

Wir wollten beide nicht gewinnen. Wir wollten beide nicht verlieren. Wir spielten miteinander. Und wir schrieben uns Dinge, von denen ich dachte, dass nur Menschen in zweitklassigen Liebesromanen sie sich schreiben würden.

c2–c4
PS: Hände sind über der Bettdecke.
[Auf Kinoticket: Cinema München, Row F, Seat 7: OV – *Mr. & Mrs. Smith*]

c7–c6
PS: Haha.
[Auf Papier aus Werbenotizblock: Onno Arends Inselfachgeschäft, »Es gibt fast nichts, was Arends nicht hat! – An der roten Leuchttonne, bei Arends im schönen Ostdorf auf dem 7. Längengrad«]

Sg1–f3
PS: Ich weiß noch genau, wie du riechst.
[Auf Konzertflyer: Sinfonietta, Sinfonieorchester der Münchener Universitäten, Igor Strawinsky, *Le sacre du printemps*, Große Aula LMU, Geschwister-Scholl-Platz 1]

Sg8–f6
PS: Glaubst du, du würdest mich mit verbundenen Augen erkennen?
[Auf herausgetrennter Titelei: D. H. Lawrence, *Lady Chatterley's Lover*, Penguin Books, 1968]

Sb1–c3
PS: Wer verbindet sie mir?
[Auf Menükarte von »The Ivy Circle Munich Stammtisch«: Celeriac, Sweet Potato & Mushroom Soup

* * * Navarin of Lamb, Dauphinoise Potatoes, Vegetable Medley * * * Fruit Cheesecake * * * Cheese Board * * * Coffee & Mints]

d5xc4

PS: Zum Glück sind auch meine Hände über der Bettdecke.

[Auf Vorderseite einer Aktionskarte aus dem Spiel *UNO*: Spielfarbe Rot, Ziehe 2 Karten]

a2–a4

PS: Zuerst will ich, dass du noch mal mit mir in die Oper gehst. Ich habe große Lust auf Orchesterwumms.

[Auf herausgetrennter Titelei: Dietrich Schwanitz, *Bildung. Alles, was man wissen muss*, 2002]

Lc8–f5

PS: Ich mag, wie du mit mir sprichst.

[Auf Rückseite eines Fotos aus einem Passbildautomaten, Vorderseite: Martha Gruber mit Sonnenbrille, eine Basecap von den Los Angeles Lakers tragend]

e2–e3

PS: Wie groß ist der Interpretationsspielraum dieses Gesprächs?

[Auf weißer Serviette, darauf in dunklem Blau: »Ein Dorf, in dem Paläste stehen« – Heinrich Heine (1797–1856) über München]

e7–e6
PS: Konzentrier dich lieber.
PPS: In elf Zügen bist du matt.

Diese Nachricht schrieb Martha auf eine Quittung für Schiesser-Unterwäsche, Doppelripp, »*Cotton Essentials*«, Zweierpack, Unterhose und Unterhemd in Weiß.

Ich musste lachen. Vor allem, weil ich wusste, dass Martha wusste, dass ich das lustig finden würde. Zudem stellte ich sie mir auch in Doppelrippunterwäsche sehr schön vor. Noch mehr mochte ich, dass Martha auch das wusste. Dass sie sich darin sicher war und dass sich ihre Sicherheit auf mich übertrug.

In den weiteren Spielzügen unseres Fernschachspiels waren wir beide darum bemüht, ein Remis auf das Feld zu stellen, wobei Martha nach und nach in Vorteil kam und sich Mühe geben musste, ihre Figuren so zu führen, dass sie wieder in Verteidigung geriet. Sie spielte einen absurden Fehler und schrieb mir dazu auf die Titelseite einer alten Ausgabe der *Gala*:

PS: Nichts ist so schwer, wie eine gewonnene Partie zu gewinnen.

Auf dem Cover war Julia Roberts abgebildet, die Zwillinge bekommen hatte und sie erstmals zeigte, »fotografiert vom stolzen Papa«, zudem in einer linken Spalte William und Harry: »Ja zur Hochzeit des Vaters. Wie Camilla die Prinzen eroberte.«

Am Ende hatten Martha und ich uns über Monate hinweg achtundfünfzig Briefe geschickt, um in unserer Schachpartie ein Remis zu erzwingen. Alles daran hatte etwas Verschwenderisches. Dass keiner von uns beiden gewinnen und keiner von uns beiden verlieren wollte. Aber auch das Wissen darum, dass Postzusteller daran mitwirkten, dass wir oft nicht mal einen Satz, sondern nur ein einziges Wort voneinander zugestellt bekamen, machte jeden einzelnen Brief noch wertvoller.

Die letzte Nachricht schrieb Martha mir auf eine Reservierungsbestätigung für das übernächste Wochenende.

Tf6 1/2–1/2 REMIS
PS: Bis in zwei Wochen?
[Auf Reservierungsbestätigung: »Haus Friesland«, Strandstraße 27, 26571 Juist. Zahlung: American Express, Name: Prof. Dr. Martha Gruber, Zimmer: Royal Suite, Anreisende Personen: 2]

13

Die Tage im »Haus Friesland« verbrachten wir zusammen im Bett, auf dem Sofa oder in der Badewanne. Wir ließen uns Club-Sandwiches und Pommes aufs Zimmer bringen, wir redeten miteinander, schwiegen miteinander und taten ansonsten kaum mehr, als uns sehr genau zu betrachten.

Als ich an einem Donnerstag mit einem Sparticket von München bis nach Norddeich Mole fuhr, saß ich die meiste Zeit über allein in einem Abteil. Ich hatte das Buch von Hertha Kräftner dabei und las darin.

Das sind die Feste, die uns nie geschehen:
auf denen wir in unbekannten Tänzen
durch fremde, blaue Säle wehn,
wo unsagbare Lieder aus den Geigen glänzen,
vor deren Süßigkeit wir nicht bestehen,
und die Nichtwirklichkeit sich ohne Grenzen
in Spiegeln wiedersieht, in deren Weiß wir untergehn.

Ich las das Gedicht mehrere Male. Bislang hatte ich es immer so verstanden, dass die Sehnsucht nach pompösen und sinnlichen Festen in den Untergang führt. Nun aber las ich es zum ersten Mal so, dass der Untergang nur an die Feste gebunden ist und dass, da diese Feste für das lyrische Ich nie geschehen, auch sein Untergang ausbleiben wird.

Ich schaute stundenlang aus dem Zugfenster, sah über Weideland und Spargelfelder, sah in Wälder voller Buchen, Kiefern und Fichten. Noch nie in meinem Leben war ich irgendwo anders gewesen als in Süddeutschland, an der kroatischen Küste und in der Herzegowina. Meine Eltern waren keine Kroaten aus Kroatien, sondern Kroaten aus Bosnien-Herzegowina.

Auf die Frage, wer ich war, gab es keine leichte Antwort. Wenn ich aber selbst nicht sagen konnte, wer ich war, wie sollten andere mich dann als jemanden erkennen, mit dem ich einverstanden war? Es gab nur einen Ort, an dem ich einfach sein konnte, wo niemand, nicht mal ich selbst, in Frage stellte, dass ich da war: Das war der Friedhof im Dorf meines Vaters, wo auf jedem zweiten Grabstein mein Nachname stand.

In Bremen stieg ich um in einen Regional-Express, meine Aufregung wuchs. Ich war dreiundzwanzig Jahre alt und hatte bis zu dem Tag noch nie in einem Hotel übernachtet. Ich kannte Hotels nur aus Filmen, in denen die Geschichten entweder in billigen Absteigen mit einem Doppelmord ihren Anfang nahmen oder in denen in stilvollen Suiten miteinander gefrühstückt und geschwiegen wurde.

Es hatte bisher in meinem Leben keine Notwendigkeit gegeben, in einem Hotel zu übernachten. Wenn ich in den Sommerferien mit meinen Eltern und Geschwistern in die Herzegowina gefahren war, hatten wir auf dem Weg an einer österreichischen Raststätte kurz hinter Villach zu fünft im Auto geschlafen und im Haus meiner Baba und meines Dedos dann auf mitgebrachten Luftmatratzen. Nun war ich nicht nur auf dem Weg in ein nobles Insel-Hotel, sondern ich wollte dort auch drei Nächte mit einer viel älteren Frau verbringen, die ich zuletzt als Neuntklässler gesehen hatte.

Es war ein wolkenloser und sonniger Tag im späten Frühjahr. Ich trat aus dem Zug am Bahnhof Norddeich Mole, in meiner Hand die Nike-Tasche, die Alex Donelli mir geschenkt hatte. Ein frischer Wind wehte mir ins Gesicht. Möwen standen in der Luft und riefen, das Hafenbecken lag ruhig hinter den Gleisen. Ich setzte eine Sonnenbrille auf und hatte die Befürchtung, jemand könnte mich beobachten, wie ich versuchte, ruhig und entspannt und souverän zu wirken. Martha und ich hatten nichts weiter besprochen. Sie hatte mir mit ihrem letzten Schachzug einen Tag und einen Ort mitgeteilt, und ich wollte an jenem Tag an jenem Ort eintreffen.

Der Fahrplan der Fähre zwischen Festland und Insel war tidegebunden, richtete sich nach der Natur und den Wasserständen. Auf der *Frisia II* ging ich gleich nach unten in den Salon und schaute mich um. Als das Schiff ablegte und ich Martha nirgendwo sah, setzte ich mich, bestellte ein Krabbenbrötchen und trank ein König Pilsener aus der Flasche. Drinnen war es warm und muckelig, draußen zog es sich zu, ein aufkommender Wind schlug auf die See, machte sie rau und grau.

Auf Juist war es nur ein kurzer Weg vom Hafen zum »Haus Friesland« am Ende der Strandstraße. Die Menschen strömten von der Fähre, gingen zu Fuß zu ihren Unterkünften, ließen sich von Freunden und Verwandten mit einem Gepäckwagen abholen, auf den sie ihre Koffer stapelten, andere fuhren mit einer der bereitstehenden Pferdekutschen. Die Menschen schienen froh über die Einschränkungen, die das Inselleben ihnen schon bei der Ankunft bereitete; über allem lag die Aufregung vor bevorstehender Erholung.

Das »Haus Friesland« war ein vornehm verstecktes, reetgedecktes Ziegelhaus, das ganz am Ende der Strandstraße hinter ausladenden Hotels stand, die sich mit ihrer Architektur zwar auch in die Landschaft einfügten, aber ganz anders auftraten, auf großen Tafeln ihr Restaurant und ihr Wellness-Programm anpriesen.

Als ich das »Haus Friesland« betrat, war ich überrascht, wie prunkvoll und dennoch zurückhaltend es wirkte. Das Hotel war klein, verwinkelt und mit Teppichen ausgelegt; gleichzeitig fühlte sich alles so an, wie wenn man die Tür von unserem Mercedes öffnete: kultiviert, kostbar, nobel.

Ich ging auf die Rezeption zu und wurde mit meinem richtigen Namen angesprochen. Der ältere Mann an der Rezeption stellte sich als Concierge und als Herr Mihajlović vor, sagte, dass er eigentlich auch Željko heiße, aber der Einfachheit halber könne ich ihn »Dragan« nennen, das habe sich hier auf der Insel über die Jahre bei allen so durchgesetzt, auch bei ihm selbst.

»Zu mir können Sie ›Jimmy‹ sagen«, sagte ich.

»Gute Wahl«, sagte Herr Mihajlović.

Wir führten einen höflichen Smalltalk über meine Anreise. Dann fragte ich nach Martha, woraufhin Herr Mihajlović den Hörer eines Schnurtelefons abnahm und eine Taste drückte.

»Jimmy ist da«, sagte er und legte wieder auf, ohne ein

weiteres Wort an Martha gerichtet zu haben. Stattdessen wandte er sich mir zu und sagte: »Frau Professor Gruber erwartet Sie in Zimmer zwölf«, um gleich darauf etwas auf einem Block zu notieren, was einen anderen Bereich seiner Arbeit zu betreffen schien, dem er sich nun wieder widmen wollte.

Ein paar Minuten lang stand ich auf dem Flur vor der Tür mit der Nummer zwölf. In meiner linken Hand hielt ich die Nike-Tasche, wobei es sich eher so anfühlte, als hielte ich mich an dieser Tasche fest, um nicht umzufallen. Ich versuchte, gleichmäßig zu atmen. Dann klopfte ich.

Martha und ich standen voreinander und schauten uns an.

Martha hatte kürzere Haare. Sie waren jetzt etwas lockig und kringelten sich um ihre Segelohren. Das sah anders, aber auch sehr gut aus. Außerdem war Martha nun deutlich kleiner als ich. Überhaupt kam sie mir schmaler vor. Hatte ich Martha in meiner Erinnerung alterslos bewahrt, so sah ich nun zum ersten Mal einen Menschen, den ich in seinem Leben verorten konnte.

Martha war auf Socken und ging einen Schritt auf mich zu. Sie trat an mich heran, berührte mich nicht. Dann stellte sie sich auf die Zehenspitzen und atmete mich ein, bevor sie den gleichen Schritt wieder zurück machte und einen Moment wartete.

»Hi«, sagte Martha und strahlte auf die ehrlichste Art. »Du bist groß geworden.«

Es muss für Martha viel aufregender gewesen sein, mich wiederzusehen, als umgekehrt. Das wurde mir erst in diesem Moment bewusst. Als wir uns das letzte Mal gesehen hatten, war ich fast noch ein Kind gewesen.

Martha ging ein Stück zur Seite und gab den Weg in das Zimmer frei. Durch einen Flur hindurch trat ich in die Royal Suite.

In der Mitte des Raumes stand ein großes rundes Bett, an dessen Kopfseite vier Flügeltüren auf einen Balkon führten und den Blick auf die Dünen und auf die Nordsee lenkten. Über dem Zentrum des Bettes hing ein Baldachin, von dem aus weiße Tücher zu vier Seiten tief über den Raum gespannt waren. Dem Bett gegenüber stand frei eine Badewanne mit Klauenfüßen.

Ich ging zur Sofaecke und setzte mich dort neben meine Tasche, legte einen Arm auf ihr ab. Mit der anderen Hand griff ich gedankenverloren in die Sofaritzen; ich fand fünfzig Cent. Ich saß dort, als bestünde die Möglichkeit, dass ich die Tasche jederzeit wieder greifen, aufstehen und verschwinden müsste. Ich schaute mich um und versuchte, mich daran zu gewöhnen, hier zu sein.

Die Schönheit des Raumes war mir fremd. Vor allem aber war mir die Freude, die Martha mir entgegenbrachte, so fremd. Ich fühlte mich allein und zugleich bedrängt, ich blieb sitzen und wollte weg. Ich spürte ein Gefühl in mir anwachsen, das sich auf niemanden zu richten schien und genau daraus all seine Gefährlichkeit schöpfte. Es fühlte sich schrecklich an.

Marthas Koffer stand am Ende des Flurs an der Wand, ihre Schuhe mitten im Raum. Es machte den Eindruck, als ob sie nicht lange vor mir im »Haus Friesland« angekommen wäre.

»Ganz schön krass hier, nicht wahr?«

Ich mochte es, wenn Martha Sätze sagte, die nicht zu ihr passten und sprachlich überhaupt keinen Sinn ergaben. Der erste Teil des Satzes hatte einen völlig anderen Ton als der zweite Teil, und ich wusste, dass Martha den ersten Teil nur meinetwegen gesagt hatte. Und ja, Martha wirkte jünger, wenn sie so sprach, aber nicht durch den Gebrauch dieser Wörter, sondern weil nur amourös aufgeregte Menschen so unsouverän sein können, solche sinnlosen Sätze zu sagen.

»Megakrass«, sagte ich mit einiger Übertreibung und sehr langsam. Martha musste lachen. Ich nicht. Das Gefühl in mir wurde schlimmer, je netter Martha sich mir gegenüber verhielt.

»Machst du dich lustig?«

»Ja.«

»Idiot«, sagte Martha, schüttelte den Kopf und trug ihren Koffer in den Raum hinein, schwang ihn auf den Kofferbock.

»Soll ich dir helfen?«

Martha schaute mich an, schaute auf den Koffer, der bereits in seiner finalen Position lag, schaute wieder zu mir. Ich konnte ihr ansehen, dass sie kurz das Wort »Arschloch« dachte, und ich konnte ihr ansehen, dass sie daraufhin merkte, dass etwas Grundsätzliches nicht zu stimmen schien mit mir. Martha sagte nichts und setzte sich zu mir aufs Sofa.

Ich war froh, dass wir zu zweit in allem waren. Die Situation wäre ohne Martha ab hier in eine falsche Richtung abgebogen – ich war schon fast verschwunden –, wenn Martha nicht genau das getan hätte, was sie tat. Nichts.

Sie kam zu mir und machte nichts. Sie sagte nichts. Sie fragte nichts. Sie berührte mich nicht. Sie setzte sich neben mich und wartete. Es war ein Warten, das keine Aufforderung und kein Ende in sich trug; Martha wartete nicht darauf, dass irgendetwas geschah. Sie saß mit mir zusammen auf dem Sofa. Sie ließ mich nicht allein.

Es dauerte nicht lange, eine halbe Stunde vielleicht. Ohne körperliches oder sprachliches Zutun hatte mein inneres Flirren sich auf Marthas Ruhe zubewegt.

Viele Jahre später, als ich für einige Zeit nichts anderes tat, als fernzusehen und Chips zu essen, sah ich eine Dokumentation über einen Menschen, der mich an Martha erinnerte. Der Mann war ein Hundetrainer, dem sich Hunde ganz allein wegen seiner Körpersprache bereitwillig unterwarfen, Hunde, die richtig einen an der Waffel hatten und auf niemanden mehr hörten. Der Mann führte die Hunde, ohne ein einziges Wort zu ihnen zu sagen, er setzte nur seinen Körper ein.

Ein durchgeknallter Straßenhund mit einem angebissenen Ohr wurde zu ihm in einen Raum gebracht, die beiden waren alleine und wurden gefilmt. Der Mann stand in der Mitte des Raumes und tat nichts, der Hund drehte durch. Er rannte von links nach rechts, umkreiste den Mann, rannte im Zickzack, dabei hielt er immer Augenkontakt und bellte den Mann an; der Hund war die pure Panik, bis nach und nach sein Umherrennen immer langsamer und seine Wege kürzer wurden, sein Blick sich veränderte, er das Bellen nur noch andeutete, es erst zu einem Husten wurde, dann ganz verstummte und der Hund sich schließlich direkt vor den Mann auf den Boden legte, wachsam und stark, aber entspannt in Geist und Muskulatur, ganz in Erwartung seines Gegenübers.

»Pizza?«, fragte Martha.

Ich nickte.

Wenn ich an die Tage mit Martha im »Haus Friesland« zurückdenke, kann ich den Ablauf der Ereignisse nicht mehr in allen Einzelheiten rekonstruieren, was zum einen daran liegt, dass wir das Hotel in der Zeit, die wir gemeinsam dort verbrachten, kein einziges Mal verließen und sich die Tage deshalb kaum voneinander unterschieden, und zum anderen daran, dass wir zahllose Joints miteinander rauchten.

Es war noch am ersten Abend, spät in der Nacht, wir hatten uns Pizza liefern lassen, auf dem Balkon gesessen, und ich hatte gedacht, dass wir bald schlafen gehen würden, als ich von der Toilette kam und Martha in Schlafanzughose und T-Shirt im Schneidersitz auf dem Sofa fand, wo sie gerade einen Joint baute. Vor sich hatte sie zwei Kosmetikbeutel liegen, die gefüllt waren mit Marihuanablüten. Ich setzte mich zu ihr.

»Das ist medizinisch«, sagte sie. »Dieses hier macht dumpf und schön müde.«

Ich schaute interessiert, sagte aber nichts.

»Du bist überrascht?«, fragte Martha.

»Ich dachte, wenn hier einer romantisch Drogen mitbringt, dann doch ich und nicht du.«

»Nein, du verkaufst sie«, lachte Martha. »Der Konsum in noblen Nordsee-Hotels ist mir vorbehalten. Aber ich lade dich ein.«

Von nun an waren Martha und ich durchgehend leicht bekifft, bis wir wieder voneinander Abschied nahmen. Ich bin mir deshalb nicht ganz sicher, ob es der nächste

Morgen war, an dem ich davon aufwachte, dass Martha badete.

Ich hörte Wasser plätschern und roch Badeschaum. Im Halbschlaf schaute ich auf, und obwohl ich Martha in diesem Moment zum ersten Mal nackt sah, tat ich nichts weiter, als mich kurz aufzurichten; ich sah Martha an, die im Schaum saß, ihr Körper war hell wie alles an ihr, ich fand sie wunderschön. Ich winkte Martha, und Martha winkte zurück. Dann ließ ich mich wieder ins Kissen sinken und schlief weiter.

Das nächste Mal wachte ich davon auf, dass Martha auf mir saß. Ich lag auf dem Bauch und war gespannt, was nun passieren würde. Martha schob mein T-Shirt nach oben und schien sehr lange einfach nur meinen Rücken zu betrachten. Immer wieder fiel ein Tropfen Wasser aus ihren Haaren auf meine Haut, und ich erschrak. Dann kam sie mit dem Kopf ganz nah, legte ihr nasses Haar knapp über meiner Unterhose auf die Haut und strich mir sehr langsam den Rücken hinauf; ein paarmal bewegte sie sich mit dem Oberkörper von unten nach oben und fuhr mit dem nassen Haar über meine Haut.

»Das ist schön«, sagte ich leise, und als wäre das ein Schlusswort, kletterte Martha von mir herunter und stand auf.

Ich drehte mich um und schaute ihr hinterher. Als sie sich ein Handtuch nahm und es sich um den Kopf band, sah ich auf dem Radio hinter ihr, dass es erst kurz vor sieben Uhr war. Martha zog sich einen Bademantel über, öffnete die vier Balkontüren und legte sich neben mich ins Bett. Ich konnte die Nordsee hören, das Licht wurde heller, es war frisch.

»Warum hast du aufgehört?«

»Es wurde ein bisschen spießig, oder?«, sagte Martha und drückte mir einen Finger in die Schulter.

»Ja«, sagte ich, dabei hätte ich genauso gut nein sagen können. Ich hatte ein schlechtes Gewissen, als würde ich eine miserable Schulnote erwarten.

»Entschuldigung«, sagte ich.

Ich wachte erst wieder auf, als von draußen aus der Morgenluft Geräusche ins Zimmer drangen, die schnell als Liebesgeräusche auszumachen waren. Sie waren plötzlich da und kamen über den Balkon zu uns, als würden sie zum langsamen Erwachen des Tages dazugehören. In einem anderen Raum im »Haus Friesland« mussten ebenfalls die Fenster offen stehen, und die beiden Menschen, die dort mit uns schon wach waren und miteinander schliefen, versuchten nicht, leise zu sein. Es klang so, als würde ihnen das Miteinanderschlafen Freude bereiten, ohne dass völlige Übertreibung in den Geräuschen lag.

Martha und ich lagen auf der Seite und schauten uns in die Augen, ohne etwas zu tun. Wir nahmen uns nur wahr und schauten uns lange an. Martha zog ihre Unterhose aus. Auch ich zog mir das T-Shirt und die Unterhose aus. So blieben wir voreinander liegen. Marthas Hände waren eingeklemmt zwischen ihren Beinen. In größter Langsamkeit drückte sie sich gegen ihre Hände und Unterarme, was jedoch kaum als eine Bewegung auszumachen war. Es war mehr, als würde Martha von Minute zu Minute eine körperübergreifende Kraft zwischen uns entstehen lassen. Es war, als würden wir alles gemeinsam machen, obwohl ich nichts weiter tat, als an der Situation teilzuhaben. Wir lagen voreinander in einem Bett und waren aufeinander konzentriert.

»Nein«, flüsterte Martha, als ich ihr Gesicht berühren wollte; sie zog die Hände nach oben, hielt sie gegen meine Schulter, als würde sie so die Distanz zwischen uns markieren, die es in dieser Situation einzuhalten galt. Dann legte sie beide Hände langsam auf meine Brust, justierte meinen Oberkörper. Nach und nach spürte ich, dass sie damit keinen Abstand zwischen uns halten wollte, sondern eine tiefe Verbindung aufbaute, indem sie mich berührte und die Hände nicht mehr von meiner Brust nahm. Eine Wärme entstand zwischen uns, die durch die aufgelegten Hände von Martha in meinen Körper und von mir wieder zu Martha zurückfloss.

Martha atmete ruhig und tief. Ihre Schamlippen berührten meinen Schwanz. Sie legten sich an ihn, ohne ihn aufzunehmen. Mein Schwanz drückte sich mit jedem Herzschlag fester gegen Martha. Wir lagen weiterhin einfach nur voreinander und schauten uns an, veränderten überhaupt nichts, taten gar nichts. Mit jeder Bewegung, die mein Schwanz machte, schob er Marthas Schamlippen etwas auseinander. Martha öffnete ihre Beine und legte einen Oberschenkel auf mir ab. Genau so blieben wir voreinander liegen und bewegten uns nicht. Wir schauten uns an. Den ganzen Vormittag lang schauten wir uns an.

Die Erregung zwischen uns baute sich ab und wieder auf. Es geschah alles von alleine. Es war eine echte Sensation. Wenn wir merkten, wie Martha mit einem Mal feucht wurde, ohne dass einer von uns sich auch nur irgendwie bewegt hatte. Oder wenn mein Schwanz schlaff war und dann ganz von allein wieder anschwoll und hart wurde, wir fühlten, wie er sich zwischen Martha vorwärtsschob. Wir schliefen ein, wachten in großer Aufregung voreinander liegend wieder auf.

Erst nach Stunden war es vorbei, ohne dass sich die Kraft zwischen uns jemals bis zu einem Höhepunkt aufgebaut hatte. Martha schob ihren Kopf unter meinen, hörte in meinen Körper hinein. Ich hielt ein Ohrläppchen und drückte es zwischen Daumen und Zeigefinger.

14

In den Tagen im »Haus Friesland« geschah zum ersten Mal in meinem Leben noch etwas ganz anderes mit mir, das in den folgenden Jahren im Schlaf gelegentlich wiederkehrte und mir unheimlich war. Bis heute sind mir die genauen Zusammenhänge meiner Vergangenheit, die der Auslöser dafür sein mussten, unklar.

Es spielte sich jedes Mal so ab, dass ich tief und fest schlief und langsam davon aufwachte, dass ich weit von mir entfernt einen anderen Menschen weinen hörte. Dieses Weinen wurde immer lauter, als würde der Mensch mir oder ich ihm näher kommen, bis ich schließlich ganz wach war und begriff, dass der weinende Mensch, den ich gehört hatte, ich selbst gewesen war und mich mein eigenes Schluchzen langsam aus dem Schlaf getragen hatte, mich noch immer trug, ich noch immer weinte.

Jedes Mal, wenn das passierte, benötigte ich einige Zeit, um mich zu orientieren, um zu verstehen, wo ich war – alles fühlte sich an wie auf den Kopf gestellt.

So war es auch auf Juist, als es zum ersten Mal geschah.

Ich lag im Bett und war wach und weinte, und ich hörte, dass im Hintergrund jemand sprach, brachte es aber nicht mit mir in Verbindung, schaute ins Dunkel, bis langsam das Gefühl in mir stärker wurde, wieder ein Teil dieser Welt zu sein, und ich verstand, dass jemand in meiner Nähe war und mit mir redete.

»Hallo?« war das Erste, was ich mich dann selbst sagen hörte, denn es fühlte sich für mich in dem Moment nicht so an, als wäre ich derjenige gewesen, der weggetreten war, sondern als hätte alles andere Abstand von mir genommen und als müsste ich die Welt nun vorsichtig zu mir zurückrufen. Ich konnte Martha sehen, die neben mir im Bett kniete und offenbar schon länger auf mich einredete.

»Jimmy?«

»Ja? Was ist?«

»Jimmy?«

»Was ist denn?«

»Hey.«

»Was ist?«

»Alles ist gut.«

»Was ist passiert?«

»Du bist ganz heiß.«

»Ja.«

»Es ist alles gut.«

»Ja.«

»Alles ist gut.«

Ich fühlte mich wie ein verunglückter Apnoe-Taucher, als wäre ich zu lange ohne Sauerstoff durch einen zugefrorenen See getaucht, halb berauscht, halb tot.

»Ist alles okay?«

»Ich glaube schon, ja.«

Martha legte sich wieder hin, ich verbuddelte mich fest in ihrem Arm. Sie fragte nichts und ließ mich bei sich liegen, drückte mich an sich. Der Herzschlag und die Wärme ihres Körpers beruhigten mich. Nach einer Weile war Martha wieder eingeschlafen, und ich hörte ihr zu. Ihr Brustkorb bewegte sich auf und ab und mit ihm mein Kopf.

Die restliche Nacht über schlief ich zwar nicht mehr richtig ein, aber es tat mir gut, an Martha zu liegen und zu dösen. Als es draußen langsam hell wurde, fiel mir auf, dass Martha links unter dem Schlüsselbein eine zarte Narbe hatte.

Früh am Morgen bauten wir uns einen Joint und rauchten. Dann riefen wir Herrn Mihajlović an und bestellten bei ihm alles, was man zum Frühstück bestellen konnte, weil wir auf alles, was wir uns zu essen vorstellten, großen Appetit hatten: Feigen, Schinken, Saft, Marmelade, Croissants, Toastbrot, Kaffee, Muffins, Eier, Kaviar, Avocado, Ananas und eine Flasche Krug Champagner ließen wir uns bringen – dazu einen Strauß Blumen.

Der Tag hatte nichts mit der Nacht zu tun. Das Gras war erfrischend und anregend, es ging uns beiden hervorragend, wir redeten und lachten viel miteinander. Gemeinsam lasen wir in dem Buch von Hertha Kräftner.

Kennst Du das Gefühl, wenn vier Augen mitsammen über die Zeilen gleiten, bei einem schönen Wort gleichzeitig anhalten u. lächeln?

Der Himmel war blau, die Sonne schien, wir saßen auf dem Balkon, aßen, legten uns wieder ins Bett, wir lasen, wir badeten, wir saßen wieder auf dem Balkon, aßen, legten uns wieder ins Bett, lasen erneut.

Wir hatten unsere Körper aufeinander reagieren lassen. Wir hatten uns angefasst und uns dabei zugeschaut. Wir hatten zugesehen, wie genau der andere es machte. Wir hatten uns verboten zu kommen. Wir hatten nicht miteinander geschlafen. Wir hatten beide keinen Orgasmus gehabt.

Martha hatte jedes Mal sehr genau bestimmt, was passieren würde. Mir gefiel das gut. Vor allem gefiel mir daran, dass es überhaupt keine Verwirrung gab. Ich musste mich nicht darum sorgen, was Martha möglicherweise erwarten könnte, und Martha musste nicht darüber nachdenken, was ich möglicherweise erwarten würde. Wir waren im Moment. Hinterher sprachen wir miteinander.

Wir sprachen darüber, wie unsere Augen sich wann verändert hatten und wann der andere wie geatmet hatte. Wir besprachen, was gut war. Von heute aus betrachtet, war es überhaupt nicht notwendig, etwas nachzubesprechen. Der einzige Sinn, das wurde mir erst später klar, als wir unsere Körper ganz in die Hände des anderen legten, bestand darin, ein tiefes Vertrauen zueinander aufzubauen.

Ich weiß noch, dass ich nach drei, vier Tagen bereits das Gefühl hatte, Martha zu kennen, wie kein anderer auf der Welt sie kannte. Selbstverständlich stimmte das nicht, aber ich war euphorisch: Von Martha lernte ich eine neue Kunst des Umgangs. Die Nähe zwischen uns entstand nicht durch die Dinge, die wir miteinander gemacht hatten, sondern im Miteinanderreden und in dem, was wir wegließen.

Es war, als würden wir uns eine nicht enden wollende Leine zuwerfen. Als bekäme man sie zu fassen, machte sie bei sich fest, würfe sie zurück, damit der andere sie bei sich festmachen und zurückwerfen könnte, damit man sie wieder bei sich festmachen und zurückwerfen könnte. Wir banden uns mit Sprache aneinander.

Die beste Entscheidung, die Martha für uns getroffen hatte, war, dass wir in den Tagen im »Haus Friesland« nicht miteinander schliefen. Wir wollten beide nichts anderes, als miteinander zu schlafen. Wir konnten beide an nichts anderes denken als daran, miteinander zu schlafen. Wir konnten am letzten Tag kaum mehr ein normales Gespräch miteinander führen. Als wir an einem Sonntagvormittag in Norddeich Mole von Bord der *Frisia II* gingen und uns voneinander verabschiedeten, glänzten unsere Augen.

Ein ganzes Jahr sollte nun vergehen, bis wir uns wiedersehen würden. Ein ganzes Jahr lang waren wir fortan in Gedanken täglich miteinander verbunden und führten weiter, was wir auf Juist begonnen hatten. Ein ein Jahr langes Hinauszögern, ein ein Jahr langes Vorspiel.

Schon am gleichen Tag, kurz hinter Ulm, ich saß zusammen mit einer Tischtennis-Mannschaft aus Frankenthal im Abteil eines staubigen Intercity und war gerade eingeschlafen, erhielt ich eine Nachricht von Martha auf mein Handy.

Schreibst du mir, was du in der kommenden Woche vorhast?

Wie meinst du das?

Einen Wochenplan, wann du wo bist und was du wann machst. m.gruber@urz.uni-heidelberg.de

Ich freute mich über diese Aufgabe. Ich freute mich, dass Martha offenbar wusste, dass mir das sehr entsprach. Ich musste solch einen Plan nämlich gar nicht erst für Martha erstellen und aufschreiben. Ich hatte ihn ja schon: Seit Jahren machte ich Pläne und Listen für alles Mögliche, selbstverständlich auch detaillierte Wochenpläne.

Als ich abends wieder im Olympischen Dorf angekommen war, setzte ich mich gleich an den alten IBM-Laptop von Alex Donelli und schickte Martha eine detaillierte Auflistung von Tagen, Uhrzeiten und Vorhaben, meinen Plan der nächsten Woche.

In den ersten Wochen wiederholten wir in Varianten, was wir auch auf Juist gemacht hatten. Wenn Martha aufgrund meines Wochenplans davon ausgehen konnte, dass ich allein in meinem Apartment war, auf dem Bett lag und las oder im Licht meiner Schreibtischlampe etwas schrieb und Aufsätze studierte, schickte sie mir eine Nachricht auf mein Handy. Stand darin ausschließlich das Wort »Jetzt«, so war das als Einladung und Aufforderung zu verstehen, aneinander zu denken und sich anzufassen. Mit Sternen wies Martha mich darauf hin, zu einem Ende zu kommen: »* * * * *«. Die Schönheit dieses Vorgangs lag zunächst nur in dem Wissen, es zur gleichen Zeit zu tun. Und darin, dass die Sterne oft ausblieben, und das bedeutete, sich den Orgasmus zu versagen.

Wir schrieben uns nicht, in welcher Situation wir uns befanden. Wir schrieben uns nicht, was wir uns vorstellten. Wir schrieben uns nicht, was wir gerne machen würden.

Es war, als würden wir zur gleichen Zeit den gleichen geheimen Muskel trainieren. Bald schon verband ich jedes Vibrieren des Handys am Abend oder am frühen Morgen automatisch mit der Aufregung um eine Nachricht von Martha.

Dann erreichte mich eines Tages ein Brief. Genauer gesagt, erreichte mich ein Umschlag. Ich erkannte Marthas Handschrift darauf und öffnete ihn gleich, noch im Hausflur vor dem Briefkasten. In dem Umschlag befand sich eine Kreditkarte von American Express.

Es war eine klassische grüne American-Express-Karte, wie ich sie aus Filmen über Hochstapler kannte. Ich drehte und prüfte sie, als könnte sie aus Marzipan sein, aber diese Karte war echt. Sie trug die Gravur meines Namens. ZELJKO KOVACEVIC. Ich fuhr mit dem Finger über das Gesicht der antiken Figur in der Mitte – ein Soldat oder Zenturio. Sein Blick selbstbewusst, voller Vertrauen und Loyalität. Mit einem feinen Edding hatte Martha in geschwungener Schrift darunter das Wort »Danke« geschrieben.

Es war nicht so, dass ich mich darüber freute. Vielmehr war ich durcheinander. Zwar fand ich es interessant, wie eine American-Express-Karte in echt aussah, allerdings stellte sich bei mir kein Gefühl dazu ein, dass diese Karte etwas mit mir zu tun haben könnte.

Ich las noch einmal meinen Namen.

Als ich wieder auf meinem Zimmer war, rief ich sofort Martha an. Die Verrechnung der Karte, die sie mir zugeschickt hatte, sollte vollständig über ihr Bankkonto laufen. Ich lag auf meinem Bett, und Martha erklärte mir, dass sie damit etwas mit mir teilen wolle, was für sie durch vererbten Wohlstand und Professur nicht so eine große Bedeutung habe wie für mich. Gleichzeitig war es ihr ein Anliegen, dass ich die Karte ganz so benutzen konnte, wie ich wollte, für Einkäufe, für Kleidung, für Bücher – oder wenn ich mal ein Mädchen beeindrucken wolle. Martha sagte das im warmen Ton einer viele Jahre älteren Frau.

Ich mochte Martha so sehr dafür, dass sie mir stets das Gefühl uneingeschränkter Selbstbestimmung ließ. Egal, wie sich unsere Verbindung in den weiteren Jahren veränderte und in welcher Phase wir gerade waren, an diesem Gefühl sollte sich nie etwas ändern. Auch wenn unsere Beziehung Fragen aufwerfen konnte, die anderes vermuten ließen, so unterlag doch alles dem gemeinsamen Wunsch, sich einander in Freiwilligkeit gutzutun.

Ich gewöhnte mich schnell an die Selbstverständlichkeit eines gedeckten Kontos. Jedes Mal, wenn ich die Kreditkarte zum Bezahlen auf einen Tresen legte, las ich das Wort »Danke« und dachte an Martha. Die Dankbarkeit verschob sich mehr und mehr in meine Richtung, als wäre es meine Dankbarkeit, die auf der Karte niedergeschrieben stand. Mit jedem Bezahlvorgang verwandelte sich dieser Gedanke zunehmend in ein tief empfundenes Gefühl. Ich war Martha gegenüber dankbar und voller Demut.

Und gerade als ich die Pause zwischen zwei Seminaren nutzte, um in einer Boutique in der Maxvorstadt ein paar Lederstiefel zu kaufen, wie auch Alex Donelli sie trug, ein bisschen abgewetzt und mit der vornehmen Aura von

Langlebigkeit ausgestattet, als ich also mit meinem Namen einen Zahlungsbeleg unterschrieb und darauf wartete, dass der Verkäufer mir die Papiertüte mit den Schuhen gab, erhielt ich eine Nachricht von Martha auf mein Handy, in der das Wort »Jetzt« stand.

Jetzt.

Martha wusste, dass ich nicht zu Hause war.

Sie konnte es sehr genau in meinem Wochenplan ablesen.

Es war ihr völlig klar, dass ich gerade irgendwo auf den Straßen Münchens, im öffentlichen Raum war.

Sicher nicht zu Hause.

Sicher nicht allein.

Sicher nicht in Erwartung dessen, was sonst mit dieser Art Nachricht verbunden war.

Ich weiß nicht, was das Gehirn in solchen Momenten macht, was der Körper ausschüttet, aber die Aufregung darüber, dass nun zu jeder Zeit des Tages ein Reiz von Martha kommen konnte, der meine Lust aktivierte, verbunden mit dem Wissen, dass Martha dieses Spiel kontrollierte wie die Schachpartie, dass sie mit unerwarteten Manövern meinen Puls anschieben konnte, mich in Situationen bringen konnte, in denen ich etwas tat, was ich normalerweise nie tun würde, diese Aufregung war groß. Es war gar nicht relevant, was genau das war, was Martha und ich machten. Es war wahnsinnig gut.

In den folgenden Wochen erhielt ich die Einladungen von Martha zu den ungünstigsten Zeitpunkten und konnte nicht widerstehen, sie an den ungewöhnlichsten Orten anzunehmen, manchmal allein, manchmal mit einer Frau, manchmal mit einem Mann. Im Lesesaal beim Studieren, während eines Theaterabends in den Kammerspielen, beim Sonnen an der Isar, im Haus der Kunst. * * * * * Die ganze Stadt wurde für mich zu Sex, und nach und nach entstand in meinem Kopf eine Karte mit Hinterhöfen, Mäuerchen und Toilettenkabinen.

Am liebsten kniete ich zwischen den Beinen anderer. Ich entwickelte eine wahre Sucht danach. Ich empfand es als zutiefst erfüllend. Der ganze Mensch war in diesen Momenten so hilflos. Ich mochte es, wenn er gar nichts anderes mehr tun konnte, als einfach nur zu geben, mein Gehirn in einem dichten Nebel, das Bewusstsein immer schwerer.

Nach jeder gelutschten Klitoris, nach jedem geschluckten Sperma, nach jedem ersten Sauerstoff danach fühlte ich mich, als wäre ich gerade gerannt und in Sicherheit angekommen. Ein wacher, ein wahrer Rausch.

Am besten gefiel es mir, dabei keinen Orgasmus haben zu dürfen, den Weg nur bis sehr kurz davor mitgehen zu dürfen, ohne selbst den Moment des Loslassens, der Erlösung zu haben. Wenn ich eigene Orgasmen über einen längeren Zeitraum von Martha untersagt bekam, wurde mein ganzer Körper so sensibel. Martha legte manchmal einen Zeitraum fest, eine ganze Woche zum Beispiel, in der wir beide uns, sooft es ging, bis kurz vor einen Höhepunkt bringen sollten. Wer nach sieben Tagen die höhere Zahl vorweisen konnte, wer sich öfter bis zu dieser Schwelle gebracht hatte, der durfte sie am Ende der Woche zur Belohnung übertreten. Der andere hingegen musste eine weitere Woche ohne diese Entlastung auskommen. Ich liebte das Gefühl, wenn alles an mir nur noch von Sex bestimmt war. Je länger ich selbst keinen Orgasmus haben durfte, desto weicher und hingebungsvoller wurde ich, desto näher fühlte ich mich Martha, auch wenn ich gerade vor einem anderen Menschen kniete.

Martha gab vor, zu welcher Grenze wir uns bewegten. Wenn sie sich etwas von mir wünschte, gab ich es ihr. Wenn ich ihr etwas gab, bekam ich etwas. Ihre Zufriedenheit war meine Befriedigung. Martha war die, die das Terrain festlegte, mich an die Hand nahm und mit mir gemeinsam dieses Feld abschritt. Martha führte mich. Martha war die, die Mauern erst zog und dann entschied, wer von uns beiden zuerst darüber springen musste. Meistens war ich das. Hinter jeder Mauer wartete ein neues Gefühl von Freiheit.

15

Ich weiß nicht, warum Alex Donelli mir eines Tages diese lange E-Mail schrieb. Möglicherweise spürte er, dass ich ihm abhandenkam.

Es war an einem Sonntagnachmittag, ich saß mit dem Laptop auf meinem Bett, als ich die Nachricht las. Mit jeder Zeile wurde mir heißer im Gesicht, bis ich anfing zu weinen. Über mehrere Seiten hinweg entwarf Alex Donelli in dieser Nachricht ein Bild von mir, das mich erschrocken über mich selbst zurückließ. In den Ausführungen Donellis war ich ein Mensch, der nur an sich selbst dachte, der nicht dankbar war, der seinen Freund im Stich ließ. In langen Sätzen beschwor er Werte wie Miteinander, Rückhalt, Loyalität. Mich machte er als denjenigen aus, dem diese Werte egal waren.

Auslöser dieser Analyse war eine große Banalität: Ich hatte einen Aufsatz noch nicht eingescannt.

Ich hatte sofort ein schlechtes Gewissen und große Schuldgefühle. Diese nahmen noch weiter zu, als wir miteinander telefonierten. Das war mitten in der Nacht. Ich hatte Donelli vorher nicht erreichen können, hatte ihm eine SMS geschrieben, in der ich ihn darum bat, sich doch zu melden, sobald er sprechen könne. Um kurz vor ein Uhr nachts schrieb er mir endlich. Ich rief sofort an.

Das Gespräch war von langen Erklärungsversuchen

meinerseits geprägt, dann von langem Schweigen beiderseits.

»Wie machen wir denn jetzt weiter, Alex?«, fragte ich irgendwann, weil ich so müde und erschöpft war.

Donelli schwieg.

Er schwieg so lange, dass ich in seinen dann folgenden Worten die Anbindung an meine Frage gar nicht sah.

»Du machst, was du willst.«

Ein paar Tage später waren wir in einem Café in der Maxvorstadt verabredet. Weiße Gardinen, roter Teppich, Polstermöbel. Es war ein erfolgreich in die Gegenwart geführtes Traditions-Café. Ich hatte schlecht geschlafen, hatte bis zu unserer Verabredung an nichts anderes mehr denken können als an Alex Donelli. Immer wieder hatte ich mir Auseinandersetzungen vorgestellt, hatte Donellis Stimme gehört, die mir etwas vorwarf, hatte meine Stimme gehört, die sich zu verteidigen versuchte.

Es kam alles ganz anders.

Ich war zur verabredeten Zeit im Café und saß schon eine Weile an einem Tisch, als auch Alex Donelli eintraf. Als er den schweren Vorhang beiseiteschob, der als Windfang im Eingangsbereich hing, war es, als würde er auf eine Bühne vor sein Publikum treten. Ohne etwas Besonderes dafür zu tun, zog er die Aufmerksamkeit des Cafés auf sich. Alle blickten von ihren Croissants und Bircher Müslis auf, um ihn anzusehen. In diese gedämpfte Konzentration hinein zeigte Alex Donelli mit dem Finger auf mich, stellte eine Verbindung zu mir her, als würde er sich für überhaupt niemand anderen als für mich interessieren, und fragte, obwohl er noch ein paar Meter von mir entfernt stand: »Kuchen?«

Ich musste lächeln und nickte.

Alex Donelli ging weiter zu einer Glasvitrine, deutete auf zwei Stücke Himbeertorte und dann wieder in meine Richtung, um einer Kellnerin zu zeigen, zu welchem Platz diese Bestellung gehörte.

Ich war so erleichtert.

Es fühlte sich für mich an, als würde Alex Donelli vor der ganzen Welt bekunden: Schaut her, schaut, dort drüben sitzt er, nur seinetwegen bin ich hier, der da ist mein Freund.

Als er dann am Tisch saß und ich gerade zu meiner vorbereiteten Entschuldigung ansetzen wollte, ging er gleich dazwischen. Er sagte gar nichts, er winkte schüchtern ab, als sollten wir uns nicht weiter mit lange schon Überwundenem aufhalten.

Alex Donelli verhielt sich so, als wäre nie etwas vorgefallen. Als hätte es die E-Mail und unser nächtliches Telefonat nie gegeben. Er machte Witze, foppte mich, knuffte mich in die Seite, lachte mit mir. Er hatte sogar ein Buch für mich dabei. Es war ein Spectaculum-Band aus dem Jahr 1969, der »Moderne Theaterstücke« von verschiedenen Autoren enthielt; ich erinnere mich an Martin Walser und Peter Handke.

Die Verbindung zwischen Alex Donelli und mir hatte schnell wieder den gewohnten Charakter. Ich sah ihn regelmäßig, arbeitete für ihn, tauschte mich mit ihm aus. Doch dachte ich an ihn, so war und blieb das Echo dieser Gedanken fortan stets Verunsicherung.

Ganz anders war das mit Martha. So unberechenbar und aufregend die Aufladung zwischen uns war, so gewöhnlich und kindlich war die Teilhabe am Alltag zwischen uns. Wenn wir einmal in der Woche miteinander telefonierten, dauerte dies stundenlang, und unser Gespräch floss wie Wellen aus Fragen und Antworten und Fragen und Antworten von einem Ort zum anderen, von Heidelberg nach München und zurück.

Martha wollte alles über mich wissen.

Diese Neugier ließ ich mir gern und nur von Martha gefallen. Von fragenden Mädchen in meinem Alter fühlte ich mich rasch bedroht, von der fragenden Martha fühlte ich mich umsorgt.

Martha war so viele Jahre älter, Martha lebte in einer anderen Stadt, Martha lebte ein anderes Leben, von dem ich kaum etwas erfuhr. All dies war kein Hindernis für unsere Beziehung, sondern ihre Voraussetzung.

Ich mochte die vorsichtige Art, mit der Martha mit mir umging. Wenn wir uns unterhielten, überfiel sie mich nicht, sie tastete sich voran mit den merkwürdigsten Fragen. Jede Antwort, die ich ihr gab, war wie ein Geschenk, das ich für Martha in Sprache verpackte und vor ihr niederlegte. Es machte mich glücklich, Martha zu beschenken. Es machte mich glücklich, zu fühlen, wie sehr sie sich freute, wenn ich ihr mehr und mehr von mir schenkte.

Martha wollte wissen, ob ich frühstücke, und wenn ja, was ich frühstücke, Martha wollte wissen, ob ich lieber Orangensaft oder lieber Multivitaminsaft trinke, Martha wollte wissen, ob ich mit einem oder mit zwei Kissen schlafe, und wenn mit einem, ob ich es zusammenfalte, bevor ich den Kopf darauf lege, oder nicht, Martha wollte wissen, welches Shampoo und welches Duschgel ich benutze, ob ich mir den Bart wohl elektrisch oder nass rasiere, Martha wollte wissen, ob ich im Sommer Sonnenmilch benutze, und wenn ja, mit welchem Lichtschutzfaktor, und wie braun ich wohl werde, Martha wollte wissen, von welcher Marke meine Joggingschuhe seien, ferner interessierte Martha sich dafür, welche Schokolade meine Lieblingsschokolade sei und ob sie mir davon ein Paket schicken solle, Martha wollte wissen, ob ich andere Mädchen kennenlerne, andere Jungs, und wenn ja, wie und wo und was genau geschehen sei zwischen uns, und wenn nein, was ich sonst anstelle, Martha wollte wissen, wie es an der Universität laufe, ob ich schon das Thema meiner Abschlussarbeit wisse, und wenn ja, wie es laute, Martha wollte wissen, wie sich die Arbeit für Alex Donelli entwickele und ob er mir noch so viele Bücher schenke, Martha wollte wissen, mit wem ich wandern gewesen sei und ob wir denn auf einer Hütte eingekehrt seien oder ob wir eine Brotzeit dabeigehabt und auf dem Gipfel gegessen hätten, und wenn wir doch auf einer Hütte eingekehrt seien, ob ich Kaiserschmarrn und Spezi oder eine Schweinshaxe und ein Radler gegessen und getrunken habe.

Martha wollte alles wissen. Alles von mir war interessant für sie. Alles von mir war von Bedeutung.

Das Zentrum der Beziehung war ich, und es geschahen in diesen Monaten so viele aufregende Dinge, dass ich gar nicht merkte, dass wir in unseren wöchentlichen Telefonaten kaum über Martha sprachen, dass sie mir half, dass sie mir gute Ratschläge gab, dass sie mir Ängste nahm, aber dass ich kaum mehr von ihr erfuhr als das, was ich sowieso schon wusste und was sich in Varianten wiederholte. Martha, Edita, Oliver, Heidelberg, Juist, Universität, Semester, Semesterferien.

Einen neuen Reiz setzte Martha damit, dass sie mir zum Semesterstart im April ein Paket schickte, in dem ich eine Kommandotafel, ein Knotenbrett und zwei Leinen fand. Diesem Paket vorausgegangen war der Wunsch Marthas, im Frühsommer mit mir zusammen von Juist aus in der Nordsee zu segeln, weshalb ich mir nun vorbereitend die Welt von Kommandosprache und Leinenarbeit näherbringen lassen sollte.

Über einige Wochen hinweg fuhr ich jeden Samstag und jeden Sonntag mit der S-Bahn nach Tutzing an den Starnberger See, an jenen See, auf dem auch Martha das Segeln gelernt hatte. Sie wollte, dass ich dort einen Segelkurs besuchte.

Obwohl es ums Segeln ging, griff dieser Kurs Gedanken auf, die ich mir bereits über die Aufladung zwischen Martha und mir gemacht hatte, und der Kurs führte diese Gedanken noch viel weiter und tiefer in Bereiche, auf die ich ohne das Segeln so rasch nicht gekommen wäre.

An den Vormittagen saßen wir zu zwanzigst in einem fensterlosen Kellerraum bei weißem Licht, hatten jeder einen Meter Leine in der Hand und lernten die Kunst des Knotenmachens.

Unser Lehrer hieß Roderich op de Deel, war Generalmajor a. D. und konnte eine ruhmreiche Vita bei der deutschen Bundeswehr vorweisen; Höhepunkt seiner Laufbahn waren seine Jahre als Militärattaché in Moskau gewesen. Rund die Hälfte der anderen Kursteilnehmer bestand aus Soldatinnen und Soldaten, die an der

Bundeswehr-Universität in Neubiberg studierten und von Roderich op de Deel für diesen Segelkurs angeworben worden waren. In Pausengesprächen machte sich bemerkbar, wie streng sie unterschieden zwischen sich und dem zivilen Leben, in das sie irgendwann einmal zurückkehren würden. Sie sprachen von mir als einem von mehreren Zivilisten im Kurs, als wären wir nicht Teil der gleichen Welt.

Ich lernte die wichtigsten Knoten. Ich lernte, wie man Leinen an Leinen befestigt und verlängert. Ich lernte, wie man Leinen auf Klampen legt, so dass sie starkem Zug standhalten. Ich lernte, wie man Leinen so an einem Ring oder an einem Pfosten befestigt, dass man ein fenderleichtes oder aber auch ein menschenschweres Gewicht daran hängen und es fallen lassen kann. Ich lernte, wie man Leinen an Ketten knotet. Ich lernte alles, was man mit Leinen machen kann.

Zwar erklärte uns Roderich op de Deel, zu welchem Zweck wir beim Segeln welche Knoten benötigen würden, doch kreisten meine Gedanken in jenen Stunden im fensterlosen Keller zwischen Fahnenjunker und Hauptmann mehr und mehr darum, wie man diese Knotentechniken für sich selber nutzbar machen konnte.

Am Mittag ging es schließlich auf die Segeljollen und hinaus auf den Starnberger See. Hier lernte ich, zu führen und Kommandos zu geben. Hier lernte ich, Kontrolle abzugeben und Kommandos zu empfangen. Wer das Ruder in der Hand hielt, gab vor, was zu tun war – alles andere konnte Menschen in Gefahr bringen. Ich lernte, was es heißt, zusammen in einem Boot zu sitzen und aufeinander einzugehen. Ich lernte, dass Dominanz ein starkes Füreinander bedeuten kann, wenn die Unterwerfung freiwillig geschieht und beide Seiten das gleiche Ziel haben: das sichere und gemeinsame Erreichen eines Hafens bei gleichzeitigem physischen und psychischen Wohlergehen aller Beteiligten.

Am Ende jedes Trainings saßen wir zusammen auf einem Steg und machten eine Nachbesprechung, wobei es nicht um Techniken des Segelns ging, sondern allein um die Dynamik zwischen der Person, die auf der Jolle geführt hatte, und der, die den Kommandos gefolgt war. Reihum sprach jeder darüber, wie es in der jeweiligen Situation gewesen war, welche Probleme aufgetaucht waren, was einen nervös gemacht hatte, was diese Nervosität verstärkt oder minimiert hatte. Alles war mit dem Ziel verbunden, Erfahrungen miteinander zu teilen und das Segeln so zu gestalten, dass Nervosität und schlechte Gefühle reguliert werden konnten, da beides Gefahr, im schlimmsten Fall sogar Lebensgefahr bedeuten konnte.

Der Segelkurs in Tutzing war die Intensivierung und Weiterführung dessen, was ich von Martha in unserer bisher gemeinsam ausgelebten Aufregung gelernt hatte. Jeden Abend auf dem Heimweg rief ich sie an und erzählte ihr voll erschöpfter Euphorie von meinem Tag und davon, dass ich vom Hinknien auf dem Holz der Jolle blaue Stellen hatte. Jeden Schmerz, den ich davontrug, trug ich mit Stolz durch eine neue Woche in meinem Studentenleben. Dass aus Wahrheiten des Segelns über die Jahrhunderte Metaphern für das Leben und die Liebe geworden waren – ich verstand das alles.

Nach sechs Wochenenden Leinenarbeit und Kommandotraining war ich vorbereitet genug, um Martha wiederzusehen und die gemeinsame Zeit dieses Mal auf einem Segelboot in der Nordsee verbringen zu können.

16

Ich saß auf der Backskiste, Martha startete den Motor. Das Segelboot, das Martha für uns gechartert hatte, hieß *Inspiration II*, war am Rumpf vornehm dunkelblau, ansonsten weiß, es war breit und stabil, vielleicht sieben, acht Meter lang. Martha war eine erfahrene Seglerin, die jedes Schiff hätte allein bedienen können. Vier Hände sind jedoch besser als zwei, und ich wollte lernen.

Martha ließ den Motor im Leerlauf arbeiten, prüfte das Ablaufen des Kühlwassers, setzte sich mir gegenüber und erklärte mir das bevorstehende Manöver des Ablegens aus dem Yachthafen von Juist in allen Einzelheiten. Sie zeigte mir, wie der Wind stand, erklärte, wie das Schiff beim Lösen der Leinen reagieren würde, was mögliche Gefahren dabei waren, was sie mit Motor und Ruder vorhatte, was ich zu tun haben würde. Sie erklärte mir, dass wir an einem Fingersteg lägen, neben uns kein Schiff, dass der Wind schwach ablandig sei und wir es wegen dieser Gesamtsituation sehr leicht haben würden. Sie selbst werde an der Pinne stehen und mir vom Heck aus Handzeichen geben, Leinen zu lösen und einzuholen; die erfolgreiche Ausführung meiner Arbeit solle ich bei Beendigung ebenfalls mit einem Handzeichen rückmelden.

»Wir kommunizieren bei diesem Manöver nur mit den

Augen und mit den Händen. Wenn es ein Problem gibt, das sich nicht mit Handzeichen anzeigen lässt, schaust du zu mir und benennst ohne Ausschmückung das Problem in ein oder zwei Worten.«

Ich schaute mich um.

Blauer Himmel, Sonne, kaum Wind, viel Platz.

»Warum sind wir ein so diszipliniertes Schiff?«

»Um vorbereitet zu sein.«

Als wir aus dem Hafen ausgelaufen waren, erhöhte Martha langsam die Drehzahl. Wir motorten Richtung Osten, die See war hier im Schutz der Insel noch verhältnismäßig ruhig. Ich stand auf dem Vorschiff, legte das Tauwerk zusammen, zog die Schutzkörper über die Reling ins Schiff, trug alles ins Cockpit.

»Leinen und Fender eingeholt und verstaut«, meldete ich und setzte mich. Martha musste grinsen und machte mit der Hand das Zeichen für »Verstanden, alles gut«.

Martha sah schön aus in ihrer Funktionskleidung und als Skipperin, die blonden Haare nach oben unter eine Kappe von den Los Angeles Lakers gesteckt. Marthas Klarheit und Strenge verstärkten sich auf diesem Schiff auf eine gute Art. Ihr Blick war in die Ferne gerichtet, als würde sie Zeichen und Spuren der Natur lesen, die für uns von enormer Bedeutung sein könnten. Genau genommen lag ich hier tatsächlich ganz in Marthas Händen, denn ich hatte kaum Ahnung von dem, was wir hier machten. Ich schaute auf die Nordsee und sah, dass sie immer größer, stärker und mächtiger sein würde als wir.

»Komm mal her.« Martha nahm meine Hand und legte sie auf die Pinne. »Wenn du selbst das Ruder in der Hand hast, verlierst du die Angst. Übergebe an Jimmy bei Kurs 95 Grad, Ruder mittschiffs, Motorfahrt voraus.«

Martha blieb bei mir und ließ mich ein Gefühl für das Schiff bekommen. Ich sollte einen Kreis fahren und ein paar Schlangenlinien; ich stoppte auf, gab einen Rückwärtsschub und richtete das Schiff dann bei Vorwärtsfahrt wieder aus. Martha zeigte auf die Spitze der Insel, bat mich, diese anzusteuern und backbordseitig liegen zu lassen, um anschließend weiter nach Norden zu fahren. Dann verschwand sie unter Deck, und ich war allein.

Ich schaute mich immer wieder um, suchte das Wasser nach anderen Schiffen ab, war voller Konzentration. Die Fähre von Juist nach Norddeich fuhr weit hinter mir Richtung Festland, es war früher Morgen.

Ich sah zur Insel und glaubte, zwei Punkte ausmachen zu können, die möglicherweise Menschen waren, die am Strand spazieren gingen. Mir fiel auf, dass ich zum zweiten Mal auf Juist war, ohne wirklich auf Juist zu sein. Im Jahr zuvor hatte ich die Tage im Bett im »Haus Friesland« verbracht, die Dünen und den Strand nur vom Balkon aus gesehen; dieses Mal betrachtete ich die Insel also von einem Segelboot aus. Ich steuerte unser Schiff um die Ostspitze von Juist herum und hinaus auf das offene Meer. Wind und Welle nahmen zu.

Martha kam aus dem Niedergang, stellte sich direkt vor mich, schaute einmal rundherum und sehr bewusst über das Wasser, dann in den Himmel und an die Spitze unseres Mastes.

»Windgeschwindigkeit?«

Ich warf einen Blick auf die Instrumente. »Fünfzehn Knoten.«

»Du drehst in den Wind, ich setze das Großsegel.«

Langsam tastete ich mich an den Wind heran. Martha achtete sehr genau darauf, was das Schiff machte, guckte in den Himmel, dann legte sie eine Leine um eine Winsch, löste irgendwelche Klemmen und brachte in kräftigen Zügen das Segel an die Spitze des Mastes. Meter für Meter entfaltete sich das Tuch. Es war riesig, und ich war sehr beeindruckt, spürte, wie der Wind hineingreifen wollte.

Da ich auf Martha achtete und guckte, was sie machte, versteuerte ich mich ein paarmal. Martha fühlte das blind, streckte dann kurz einen freien Arm in die Höhe und gab mir Zeichen, dass ich ein bisschen mehr nach Backbord oder Steuerbord steuern sollte. Als das Segel stand, stellte sie den Gashebel ganz in den Leerlauf, zeigte an, dass ich mich nach Steuerbord abfallen lassen sollte, justierte einige Dinge, die ich nicht verstand.

»Jetzt das Vorsegel«, sagte Martha, legte abermals eine Leine auf eine Winsch, löste eine Klemme und holte auch das zweite Segel vollständig heraus, justierte nach.

Dann wartete sie.

Dann schaltete sie den Motor aus und wartete wieder.

Dann schaute sie mich an und sagte: »Wir segeln.«

Jetzt war nur noch der Wind zu hören, begleitet vom gelegentlichen Aufsetzen unseres Rumpfes auf brechenden Wellen. Die Kraft des Windes – ich fühlte sie in meiner Hand an der Pinne. Ich fühlte die Geschwindigkeit von Wind und Schiff. Ich spürte die ganze Energie des Zusammenspiels von Natur und menschlicher Intelligenz. Eine große Euphorie durchströmte meinen Körper und kam in einem jubelnden Ruf aus mir heraus. Martha schaute mich an, als wäre ich verrückt geworden. Ich jubelte noch einmal laut in den Wind.

Martha lachte und schien sich zu freuen.

Sie übernahm das Ruder, um mir die Abläufe und Kommandos einiger Manöver zu erklären, wie die Segelstellung dazu verändert werden musste und wie ich die Leinen hierfür bedienen sollte. Wir fuhren ein paar Wenden und Halsen, segelten mit dem Wind und gegen den Wind, wir spielten uns ein. Dann sollte ich das Ruder wieder übernehmen und die Kommandos geben, und Martha bediente die Leinen.

Die Nähe, die sich beim Segeln zwischen zwei Menschen aufbaut. Das tiefe Vertrauen ineinander. Die Klarheit in der Kommunikation. Die Führung und Rückmeldung. Die Zusammenarbeit. Das selbstgewählte Schicksal, hier draußen im Zweifel bis in den Tod hinein aufeinander angewiesen zu sein. Das alles schob Seemeile für Seemeile eine Spannung nach vorne, die sich nun seit über einem Jahr zwischen Martha und mir aufgebaut hatte. Diese Spannung war mit einem Mal so sehr da, dass wir Mühe hatten, uns auf das Segeln zu konzentrieren.

Wir schauten uns oft an.

Martha steuerte das Schiff an das Westende von Juist. Dort würde bald das Wasser verschwinden. Wir holten die Segel ein und motorten langsam auf die Insel zu, umrundeten sie, wir pirschten uns an. Die Tiefe sank immer weiter ab. Wir richteten den Bug aus und warfen den Anker. Martha blieb an der Pinne, machte Notizen in ihr Logbuch und bat mich, währenddessen zu prüfen, ob der Grund um uns herum eben sei. Auf Knien kroch ich über das Seitendeck um das gesamte Schiff herum und stocherte mit dem Bootshaken durch das Wasser, hielt mich mit einer Hand am Seezaun fest, um nicht herunterzufallen.

Martha schaltete den Motor aus und holte zwei Gläser Tonic aus dem Salon. Wir setzten uns und schnauften durch. Wir stießen mit unseren Gläsern an, und Martha ermahnte mich, den ersten Schluck ins Meer zu kippen – eine Opfergabe für Rasmus, den Schutzpatron der Seefahrer.

Das kalte Tonic prickelte wohltuend und belebend durch meinen Körper. Der Himmel war blau, die Sonne schien. Die Landschaft um uns herum veränderte sich rasch. Was sich offenbarte, machte mich ganz weich. Das ablaufende Wasser legte riesige Sandflächen frei, hinterließ hier und da einen leuchtenden Priel. Aufrecht und gerade legte sich unser Schiff auf den Grund. Von einem auf den anderen Moment bewegte sich nichts mehr unter uns. Es war, als wären wir mit einem Raumschiff sanft auf einem fernen Planeten gelandet, dessen Oberfläche von nassem Goldsand überzogen war, auf dem Krebse und Würmer lebten. Wir lagen im Watt.

»Darf ich vom Schiff?«

Martha nickte und ließ die Badeleiter für mich herunter. Ich zog mir die Schuhe aus, krempelte die Hose hoch und kletterte von Bord.

Ich stand in einer menschenleeren Schönheit. Ich rannte los, sprang durch die Luft, hüpfte ein paarmal auf der Stelle, blieb stehen. Ich schaute in die Unendlichkeit, ich war tief berührt von diesem Zauber, verschwand für einen langen Moment in mir selbst.

Als ich mich umdrehte, sah ich, dass Martha auch vom

Schiff gekommen war und nur ein paar Meter hinter mir stand. In ihren Augen konnte ich erkennen, dass sie nicht hier draußen stand, um das Watt zu sehen, sondern um meinem Blick nah zu sein. Sie wollte sehen, was ich sah.

Wir kletterten auf das Schiff und duschten uns die Füße sauber. Dann standen wir voreinander an Deck. Wir standen voreinander, wie wir auch viele Jahre zuvor an einem Badesee voreinander gestanden hatten.

Martha begann, sich auszuziehen. Sehr bewusst. Nicht langsam. Teil für Teil ihrer Kleidung warf sie hinter sich in den Niedergang. Erst die Basecap. Dann die Windjacke. Dann die Segelhose. Dann die Unterhose. Dann das Thermo-Longsleeve. Dann den Sport-BH.

Wir warteten, bis unsere Atmung sich ganz aufeinander eingependelt hatte. Martha gab mir ein Handzeichen wie beim Ablegen des Schiffes, und auch ich begann, mich nun Kleidungsstück für Kleidungsstück auszuziehen und Teil für Teil in den Niedergang zu werfen.

Nackt standen wir voreinander auf einem Segelboot im Watt und schauten uns an. Martha fasste ganz leicht an meine Schulter und holte mich näher zu sich. Unsere Körper berührten sich gerade so.

Ich konnte Martha ansehen, dass sie sich über die rhetorische Finesse freute, nun mit etwas Seemännischem den Anfang festzulegen für das, was wir miteinander tun wollten.

»Es wird schaukeln, wenn das Wasser kommt.«

17

Im Bademantel lehnte ich am Mast und ruhte mich aus, glühte nach. Ich hielt die Augen geschlossen in die Sonne. Ein leichter Wind pfiff und sorgte für eine angenehme Erfrischung auf meiner Haut, kühlte auch die Spuren unter meinem linken Schulterblatt, auf die Martha mir etwas Wundspray aufgetragen hatte. Ich wartete auf das Wasser, das jeden Moment zurückkehren würde, als Martha an Deck kam, bereits in Segelkleidung, und mir mein Handy reichte.

Dedo ist gestorben.

Das war die ganze Nachricht. Meine kleine Schwester hatte mir das geschrieben, und mehr musste sie auch nicht schreiben. Alles, was mit dieser Nachricht verbunden war und nicht in ihr stand, schoss mir durch den Kopf.

»Was ist los?«, fragte Martha.

»Ich habe ein Problem.«

»Was ist passiert?«

»Ich muss morgen in der Herzegowina sein.«

Der Tod meines Großvaters war für sich genommen nicht trauriger oder dramatischer als jeder andere natürliche

Tod am Ende eines langen Lebens; allerdings war mit meinem Dedo der älteste Mann des Dorfes und damit auch der älteste Mann der Familie Kovačević gestorben, die Spitze der Pyramide, das Oberhaupt, und das bedeutete, dass in diesen Minuten in den unterschiedlichsten Winkeln der Welt, von Stockholm über Ludwigshafen bis Wien, aber auch in Toronto und sogar in Sydney mit diesen drei Wörtern eine Organisationsmaschine aktiviert wurde, die wie ein gut geölter Motor funktionierte. Es wurde geprüft, wie eine Reise vom eigenen Standort aus in die Herzegowina bis zum folgenden Nachmittag umzusetzen wäre oder wen man alternativ damit beauftragen könnte, stellvertretend und repräsentierend einen Umschlag mit Geld zu überreichen; es wurde darüber nachgedacht, wie und bei wem Blumengestecke und Kränze so in Auftrag gegeben werden konnten, dass sie rechtzeitig in einem Bergdorf in der Herzegowina auf einem Friedhof liegen würden.

Die Zahl derer, die am nächsten Tag an das Grab meines Dedos treten sollten, betrug mehrere Hundert. Dass unsere Familie für alles Organisatorische überhaupt bis zum folgenden Nachmittag Zeit bekam, war dabei nur auf die käufliche Kulanz der katholischen Kirche zurückzuführen. Normalerweise fand eine Beerdigung in der Gemeinde schon am frühen Morgen des Folgetages statt. Für weit verstreute Diaspora-Familien allerdings war in der Heimat alles käuflich, denn weit verstreute Diaspora-Familien hatten gutes Geld und irdische Probleme. Das reinste Gewissen in der Herzegowina durfte immer derjenige haben, der das meiste Geld zur Kirche trug.

Sobald das Wasser uns wieder vom Grund gehoben hatte, startete Martha den Motor, holte den Anker ein und nahm Kurs auf das Festland. Sie machte das alles, ohne dass ich sie darum gebeten hatte; in wenigen Worten hatte ich ihr lediglich die Situation erklärt.

Ich stand, noch immer im Bademantel, abwechselnd auf dem Vorschiff oder im Niedergang, hielt mir ein Ohr zu und drückte das Handy an das andere, telefonierte herum. Mit meiner Schwester, die kommen würde, mit meinem Bruder, der kommen würde, mit meinem Vater, der kommen würde, mit meiner Mutter, die ihren Putzdienst nicht tauschen konnte, mit meinen Cousinen, mit meinen Cousins, und in jedem Moment, in dem ich nicht selbst sprach, sondern zuhörte, wie Standorte miteinander ausgetauscht und mögliche Treffpunkte in Bahnhofstiefgaragen irgendwo in Deutschland diskutiert wurden, um für alle einen Transfer in die Herzegowina organisieren zu können, kehrte in sehr kleinen Schüben etwas zurück, das ich lange nicht mehr gefühlt hatte. Meine Familie. Auf einem Segelboot in der Nordsee spürte ich überdeutlich, dass ich ein Teil von etwas war, das ich niemals würde abstreifen können, auch wenn ich Jimmy hieß.

»Wenn alles so bleibt, sind wir am Nachmittag in Norddeich«, rief Martha mir zwischen zwei Telefonaten zu, als sie das Schiff final ausgerichtet hatte. »Da steht mein kleines Auto.«

So nannte Martha ihren BMW Z4 Roadster. Nicht aus falscher Bescheidenheit, sondern weil der Z4 im Vergleich zu ihrem Volvo Kombi nun mal das viel kleinere Auto war. Ich hatte knapp unter zweitausend Kilometer in etwas mehr als vierundzwanzig Stunden zu überwinden, und mir sollte dafür ein Z4 zur Verfügung stehen. Zu zweit war das machbar.

»Bist du angeschnallt?«, fragte Martha, als wir aus der Parkplatzeinfahrt heraus auf die Straße rollten. Beide trugen wir unsere Funktionskleidung. Es war nicht nur der Eile geschuldet, es fühlte sich auch so an, als erfüllten diese Textilien noch immer ihren Zweck. In diesem Auto und bei mehr als zweihundert Kilometer je Stunde auf einer deutschen Autobahn waren wir in einem Einsatz, der mit Vergnügen nichts zu tun hatte. Wir waren eine hochkonzentrierte Autofahrerin und ein hochkonzentrierter Autofahrer.

Nachdem wir an einer Raststätte getauscht hatten und ich mich ans Steuer gesetzt hatte, führte Martha ein längeres Telefonat mit einer Boutique in Graz, gab unsere Kleidergrößen und Schuhgrößen durch und ließ von ihrer Kreditkarte noch einen Extrabetrag abbuchen, um eine ungewöhnliche Lieferung unseres Einkaufs möglich zu machen. Am Grenzübergang Spielfeld zwischen Österreich und Slowenien sollte tief in der Nacht ein Taxifahrer auf uns warten, der uns die Kleidung übergeben würde. Ich war beeindruckt von Marthas Selbstverständlichkeit, mit der sie die Dinge in die Hand nahm und Probleme löste, über die ich mir noch überhaupt keine Gedanken gemacht hatte. Alles lief wie verabredet und reibungslos.

Bis Slowenien saß hauptsächlich Martha am Steuer. Bis dorthin konnten wir durchgängig Autobahn fahren, danach wurde unser Weg etwas unklarer und unübersichtlicher, und da wir also mitten in der Nacht tiefer in den Balkan hineinfuhren, fuhr dort ich und Martha ruhte sich aus.

Zum ersten Mal war ich mit fünf Monaten auf dieser Strecke unterwegs gewesen, wurde gestillt im Schatten der Kleinbusse südeuropäischer Großfamilien. In den Sommermonaten war auf dieser Route früher ein langer Treck von Gastarbeiterfamilien unterwegs gewesen, die aus Deutschland zurück in ihre Heimatländer fuhren, nach Jugoslawien, nach Griechenland, in die Türkei. Ich erzählte Martha davon und dass diese Fahrten von Ludwigshafen aus manchmal zwei ganze Tage gedauert hätten, für die Griechen und Türken noch länger, alles bei brütender Hitze, ohne Klimaanlage: alte Landstraßen, stinkende LKWs, die Seitenscheiben mit Handtüchern abgehängt für ein bisschen Schatten.

Martha fragte, warum wir nicht einfach geflogen seien. Ich hatte zuvor noch nie darüber nachgedacht. Diese Fahrten waren für mich selbstverständlich gewesen, und außer finanziellen Gründen, die gegen das Fliegen sprachen, konnte ich so schnell nichts anführen. Erst als Martha eingeschlafen war und ich im Fernlicht des Z4 zwischen alten Steinmauern und Brombeersträuchern eine Schlange über die Straße fliehen sah, verstand ich, dass Marthas Frage eine ganz andere Vorstellung von Ferien zugrunde lag.

Wir waren nie geflogen, weil das nie Urlaube gewesen waren. Das waren Fahrten in die Heimat gewesen, und Fahrten in die Heimat waren verbunden mit allerhand Gepäck und Baumaterial, mit Anhängern voll eingesammeltem Krempel, der von Deutschland auf den Balkan gefahren werden musste, ergänzt um Kolonnen alter 3er-BMWs und VW Golfs, die es zu überführen und an die Jugend der Familie zu verschenken galt, um deren Chancen auf dem Heiratsmarkt zu erhöhen.

Dann kam fünf Sommer lang der Krieg. Die Reise in die Herzegowina wurde ausgesetzt oder war nun noch beschwerlicher, jetzt mussten Frontlinien berücksichtigt, weite Umwege gefahren, Pontonbrücken passiert und an Minenfeldern musste einspurig und langsam entlanggefahren werden, die Anhänger jetzt voller Lebensmittel und medizinischem Material, geklaut von Putztrupps in deutschen Krankenhäusern. Immer nett lächeln, dumm stellen, einstecken. *Nix verstehn, auf Wiedersehn.*

Obwohl Martha schlief und ich das Auto ganz allein durch die Dunkelheit lenkte, kamen all diese Gedanken und Erinnerungen zu mir, weil es Martha war, die zusammen mit mir hier war. Marthas schlafender Körper neben mir führte dazu, dass ich versuchte, die Dinge mit Marthas Augen zu sehen, mit den Augen von jemandem, für den es nicht gewöhnlich war, seine großen Ferien in einem Kriegsgebiet zu verbringen.

Es war im Morgengrauen, die Sonne war noch nicht ganz hinter den Bergspitzen hervorgekommen, als ich den Z4 weich durch die Serpentinen der Herzegowina gleiten ließ. Links und rechts von der Straße konnte ich schmale Wege sehen, die sich in die Berge zu ein paar Bauernhöfen schlängelten. Ich dachte über *Das große Heft* von Ágota Kristóf nach und über die Wirkung von Literatur. Die Atmosphäre, die Archaik, die antrainierte Gefühllosigkeit der Zwillinge, die den Erzählton ausmachte. Der Roman hätte gut in dieser Gegend spielen können.

»Was ist das?« Martha war mit einem Mal wach, und sah sich um. »Was ist das für ein Geräusch?«

Jetzt fiel es mir auch auf. Ein unablässiges Summen und Brummen lag unter unserem Auto.

Ich erzählte Martha, dass man im Winter den Schnee in dieser Gegend mit Baggern wegräume, weil er in so großen Massen komme und die Gemeinden hier einfach zu arm seien, um das notwendige Wintergerät anzuschaffen, wie man es aus den Bayerischen Voralpen kenne. Die Schaufeln hinterließen dann unzählige Risse und Rillen im Asphalt, die nun dieses Geräusch unter unserem Auto verursachten.

Dann dachte ich: Was für ein Quatsch, warum erzähle ich Martha genau das, was man damals uns Kindern erzählt hat?

»Das ist von den Panzern«, sagte ich. »Diese Straße ist nicht gemacht.«

Martha schaute mich irritiert an, als wäre sie sich nicht sicher, ob ich gerade einen merkwürdigen Witz machte. Die Geschichte mit den Schneebaggern schien sie eher glauben zu wollen als die mit den Panzern. Aber weil ich weiter nichts sagte und Martha sich jetzt auf die Umgebung einließ, sah sie nach und nach, was Touristen auf den ersten Blick oft übersehen oder komischerweise für Spuren aus dem Zweiten Weltkrieg halten: hier und da ein Haus ohne Dach, vernarbte Fassaden, ausgebrannte Ställe, ein verlassenes Dorf. So fuhren wir eine ganze Weile schweigend durch die Berge.

»Kannst du bitte anhalten?«, sagte Martha irgendwann, und ich fuhr an den Straßenrand. *Pass auf, Schlangen und Minen, gib acht, wo du hingehst, geh nicht von der Straße weg.* Aber Martha stand schon in einem Gebüsch und kotzte.

Ich stieg schnell aus, eilte hinterher und hielt Martha die Haare zurück. Mir tat das alles umgehend sehr leid. Ich hatte kein Gefühl dafür, wie das für jemanden sein musste, der den Krieg zum ersten Mal als etwas erkannte, was nicht abstrakt war. Der das zum ersten Mal begriff. Der das zum ersten Mal mit jemandem in Verbindung brachte, für den er Gefühle hatte, und der es dadurch zum ersten Mal mit sich selbst in Verbindung bringen konnte. Wie es sich anfühlte für jemanden, den das voll erwischte.

Es machte mich traurig, Martha kotzen zu sehen. Es machte mich traurig, dass ich mir Marthas Perspektive nicht vorstellen konnte. Es machte mich traurig, dass die Welt so war.

Die Landschaft bot nur noch Anlässe zum Schweigen. Martha schaute viel aus dem Fenster, vermied, dass wir uns in die Augen sahen. Vielleicht weil es ihr unangenehm war, was die Landschaft mit ihr machte, vielleicht aber auch weil sie es nicht aushielt, dass sie mit mir gar nichts machte.

Als wir noch ungefähr eine Stunde von dem Dorf meiner Familie entfernt waren, machten wir eine Pause, fanden ein kleines Straßencafé, in dem wir Spiegeleier mit Wurst aßen, uns auf der Toilette frisch machten und uns umzogen.

Wir waren nun in einer Gegend angekommen, in der man wirklich gar nicht mehr verstehen konnte, wo man war, auch ich nicht. In einem Dorf gab es keine Bewohner, aber eine Moschee, im nächsten waren Bewohner und eine Moschee, im nächsten stand eine katholische Kirche, im übernächsten eine orthodoxe Kirche, im überübernächsten eine beschädigte Moschee, dann eine katholische Kirche und eine orthodoxe Kirche zwischen zwei Dörfern, dann ein Dorf mit zwei Moscheen, dann ein Dorf mit Marienstatuen vor jedem Haus, dann ein Dorf ohne alles, und dann irgendwann, irgendwann, vier Berge hoch, zwei Täler geradeaus, sieben Berge runter, nach dem grünen Fluss links und zwei Tabakfelder später, da kam unser Dorf. Stolz und selbstbewusst. Wie jedes.

Ich lenkte den Z4 von der asphaltierten Straße herunter. Das Geräusch unter unserem Auto kam nun von Kies und Fels, von Distelsträuchern, die an den Felgen entlangkratzten. Kinder rannten rechts und links für ein paar Meter mit dem Auto mit, wurden von ihren Müttern zurückgerufen, Männer saßen auf kleinen Hockern im Schatten mit Zahnstocher im Mund, nickten mir zu, alle Menschen waren in Schwarz gekleidet. Zwischen einem Kuhstall und einem Schweinestall hindurch fuhr ich auf den Hof meines Dedos, Hühner flatterten auf, zahlreiche Menschen waren bereits versammelt.

Ich stellte das Auto in den Schatten vor eine Steinmauer direkt neben unser Haus. Aus Marthas Fenster war die vernarbte Seitenfassade zu sehen. Für jemanden, der sich nicht auskannte, das fiel mir in jenem Moment auf, musste es so aussehen, als wäre das Haus einmal beschossen worden und hätte dann gebrannt. Rußige Spuren zogen sich an der Fassade nach oben. Aber es war nur die Feuchtigkeit, die sich in die von Granatsplittern hinterlassenen Löcher gelegt hatte und seitdem als schwarzer Schimmel Richtung Himmel gewachsen war.

Ich dachte kurz darüber nach, zu sagen, dass das Haus nicht gebrannt habe, alles nur halb so schlimm, aber worauf lief das hinaus? Dass ich hinterherschob:

Die Granate ist irgendwo hier heruntergekommen, wo ich dein Auto geparkt habe, und hat Felsbrocken an das Haus geworfen, keine ernsthafte Gefahr, es hat nie gebrannt, unser Haus verschimmelt nur.

18

Männer, die ich gar nicht kannte, eilten zu mir und sprachen mir ihr Beileid aus. Dem Ersten stellte ich gleich Martha und den BMW vor. So konnte ich davon ausgehen, dass diese Information sich nun über den ganzen Hof ausbreiten würde, ohne dass ich weiter etwas tun musste.

»Das ist die *šefica* von der Mutter vom Sohn des Sohnes von Dedo, *profesorica* Gruber!« Ich wusste, dass die Männer Martha aufgrund des Autos sofort respektierten und ihr Hochachtung entgegenbrachten. »Es ist Besuch von einer Dame aus Paris!« Das sagte man so, wenn man sich nicht ganz ironiefrei verbeugte vor der Aura eines Menschen von Welt, der gebildet und wohlhabend war. Mit den Schlagworten »*šefica*« und »Dame aus Paris« war es beschlossene Sache, dass alles, was Martha tat, richtig war und nicht in Zweifel gezogen wurde.

Ich sah meinen Vater, der mit Kruno und mehreren Onkeln und Cousins zusammenstand. Wir küssten uns alle links und rechts auf die Wangen, sprachen uns gegenseitig unser Beileid aus. Auch hier im engeren Familienkreis nahmen alle Marthas Anwesenheit als selbstverständlich. Meine Mutter putzte für sie, ich hatte einen Sommer lang für Frau Gruber gearbeitet, sie nahm an Geburtstagen teil. Kruno begrüßte sie höflich, mein Vater bedankte sich für die Bereitstellung des BMW für seinen Sohn.

Martha unterstützte die Familie, und damit gehörte sie zur Familie. Zwar waren alle neugierig, aber weitere Nachfragen hätten zu Problemen geführt und Probleme wiederum zur Abkehr Marthas von unserer Familie, und alle wussten das. Also fragte keiner, warum sie mit mir zusammen hier war. Sie war hier, weil sie es konnte. Weil sie die *šefica* war. Wer die *šefica* war, musste nichts rechtfertigen, und ich hatte die *šefica* mitgebracht, wodurch für mich die gleichen Vorzüge galten.

Als Enkel hatte ich Zutritt zum Totenzimmer. Meine Baba und meine älteste Tante saßen im Schlafzimmer meiner Großeltern auf zwei Plastikstühlen neben dem Sarg, hielten Totenwache mit gefalteten Händen, den Rosenkranz betend, eine Kerze brannte. Ich ging zu ihnen und küsste sie, sie riefen Klagen in meine Schulter.

Zusammen mit Martha stellte ich mich vor den Sarg, bekreuzigte mich und schloss die Hände zum Gebet. Der Sarg war geöffnet, über ihm kringelten sich zwei Fliegenfallen von der Decke. Mein Dedo trug seinen besten Anzug und eine Schiebermütze, in die gefalteten Hände hatte man ihm seinen *čokalj* gesteckt, eine kleine Flasche von seinem Rakija, die er immer im Jackett bei sich getragen hatte. Den Kiefer hatte man ihm mit einem weißen Tuch nach oben gebunden. Das Gesicht war zusammengeknautscht, die Oberlippe wurde an die Nase gepresst. Ich hoffte, dass Martha den Hitlerbart nicht bemerkte.

Der Hitlerbart war schwer zu erklären. Wobei – genau genommen war er sehr einfach zu erklären: Mein Dedo war ein *ustaša*.

Sein Vater hatte für Kaiser Franz Joseph von Österreich gekämpft und war noch vor der Geburt meines Dedos in Russland gefallen. Seine Mutter ließ ihn im Dorf der Kovačevićs zurück und zog weiter in ein anderes Dorf, um ihr Überleben zu sichern und neu zu heiraten. Mein Dedo wuchs ohne Eltern auf, lebte mal auf diesem, mal auf jenem Hof des Dorfes, arbeitete und half aus. Als junger Mann musste er zum Militär, wurde ein *domobran*, kämpfte mit den faschistischen Ustascha, war dem Kroatentum und der katholischen Kirche treu ergeben. Im jugoslawischen Sozialismus kostete ihn das die Chance auf einen akademischen Beruf, er wäre gern Lehrer geworden. Stattdessen wurde er in den Straßenbau geschickt. Später durfte er Bauer sein, bekam fünf Söhne und vier Töchter, allesamt Wunschkinder des Pfarrers, der die Beichte nicht abnahm, wenn man nicht versprach, nach dem siebten noch ein achtes und nach dem achten noch ein neuntes Kind zu zeugen. Zusammen mit meiner Baba kümmerte sich mein Dedo um Kühe, Schweine, Hühner, um Kartoffelacker, Tabakfelder und Weinberge, er kultivierte das Land seines verstorbenen Vaters, das er zu kroatischem Land machte, weil er selbst es für kroatisch hielt. Er rauchte gern und trank gern. Obwohl er es sich nicht ausgesucht hatte, war er ein stolzer Bauer. Vor allem aber war er ein lustiger Bauer. Er dichtete immerzu vor sich hin, reimte Poesie über die Liebe und das Leben, machte Witze über alles und jeden. Ich wusste nicht, welche Verbrechen er verübt hatte und welche Verbrechen an ihm in seinem Leben verübt worden waren. Ich wusste nur, dass er weite Strecken zu Fuß gegangen war im Krieg, dass er oftmals knapp dem Tode entronnen war, dass er ein Zwangsarbeiter gewesen war, dass er in einem Gefängnis gewesen war. Das war alles. Er beschwerte sich nicht. Er war erstaunt, wenn ich erstaunt nachfragte. Er kannte keine Enttäuschung. Als wäre das Leben nichts, was man selbst gestalten konnte, sondern als wäre es ein Umstand, in dem man sich einzig entscheiden musste, ob man schlecht drauf sein wollte oder gut. Irgendwann weit vor meiner Geburt muss mein Dedo jedenfalls beschlossen haben, das restliche Leben als friedliches Fest zu begreifen, auf dem alle einen leichten Pegel haben und miteinander lachen sollten. Ich kannte ihn als den lustigsten Mann des Dorfes. Egal, wer vorbeikam und von wo er kam, er war bei ihm willkommen und konnte sich sicher sein, dass gelacht wurde. Mein Dedo nahm nichts ernst, niemanden, auch sich selbst nicht. Nur als ein Arzt ihn kurz vor seinem Tod fragte, wie viel Liter Wasser er am Tag trinke, war es keine Schlagfertigkeit, als er antwortete, dass er doch seit Jahrzehnten schon kein Wasser mehr getrunken habe, sondern ausschließlich Schnaps.

Nun lag er da in seinem Sarg. Mit Rakija und Hitlerbart. Das war die Realität, und die sah nicht gut aus.

Ich war in Deutschland geboren worden, ich lebte in Deutschland, ich hatte einen deutschen Pass, meine Eltern hatten Deutschland aufgebaut und sauber gemacht, und nun stand ich über tausend Kilometer von diesem Land entfernt am Sarg meines Großvaters, der einen Hitlerbart trug. Ich war Jimmy aus Ludwigshafen, der nicht Jimmy hieß und nicht in Ludwigshafen lebte.

Meine kleine Schwester kam ins Zimmer. Sie begann zu weinen, als sie mich sah, und drückte sich in meinen Arm. Wir hielten uns aneinander fest, ihr Kopf lag auf meiner Brust, gemeinsam schauten wir in den Sarg.

Hier war an diesem Tag der einzige Ort, an dem Ljuba und ich uns nah sein konnten. Vor dem Haus ergab sich eine Trennung zwischen Männern und Frauen, wobei meiner kleinen Schwester vor allem die Aufgabe zukam, in der Küche zu helfen, Kaffee zu kochen, Getränke bereitzustellen, Kekse auf silberfarbenen Serviertabletts zu arrangieren, immer wieder Bleche voller Pita aus der Nachbarschaft in Empfang zu nehmen und an Trauergäste weiterzuverteilen. Zum ersten Mal kam mir meine kleine Schwester erwachsen vor. Sie war kein Kind, das hier herumsprang, sondern eine junge Frau, die es den verheirateten Frauen leichter machte, die sich damit empfahl. Ich wusste, dass ihr das viel bedeutete.

Martha stand drüben am Brunnen. Es war ihre Art, auf Abstand zu gehen, höflich zu sein, nicht zu stören, zu beobachten, was vor sich ging. Eine meiner Cousinen hatte ihr eine Flasche Mirinda und ein Glas, eine eigene Platte mit Käse, Schinken, Pita und süßem Gebäck gebracht. Als sich unsere Blicke trafen, griff sie nach einem Stück Brot und nickte mir zu.

Der Pfarrer kam auf den Hof, ging ins Totenzimmer, ich hörte die lauten Schläge, mit denen der Sarg zugenagelt wurde. Das Wimmern und Klagen der Frauen setzte ein, ein so leidvolles Geräusch, ein echtes Heulen. Mein Vater, Kruno und andere Männer trugen den Sarg aus dem Haus auf einen Wagen und rollten diesen vom Hof, der Pfarrer vorneweg, die Trauernden hinterher, wir verbargen unsere Augen hinter schwarzen Sonnenbrillen.

Ich ging zusammen mit Martha. Je näher wir dem Friedhof kamen, desto mehr abgestellte Autos standen links und rechts im Straßengraben, desto mehr Menschen standen am Wegesrand und schlossen sich dem Trauermarsch an.

Auch ein paar ältere Junggesellen standen dort, Männer, die in den Jahren, in denen sie vielleicht noch hätten heiraten können, im Krieg gekämpft hatten und anschließend nicht mehr zu vermitteln gewesen waren. Sie waren verwirrt, taumelten zahnlos durch ihr Leben, waren überall dort, wo es Alkohol gab, und sie begrüßten Gastarbeiterkinder mit »Heil Hitler«.

Einer von ihnen erkannte sofort, dass ich in Deutschland lebte, ging neben mir her und fragte, ob ich einen Pass oder einen Doktortitel benötigte, kroatischer Pass eine Woche, bosnischer Pass einen Tag, Doktortitel einen Tag, alles Originaldokumente, keine Fälschungen, vernünftiger Preis. Ich ignorierte ihn. Es war mir unangenehm vor Martha, aber als er nicht aufhörte, mir weitere Angebote zu unterbreiten, und mir zu meinem »süßen Kätzchen« gratulierte, erschreckte ich ihn mit einer ruckartigen Handbewegung, machte ein Geräusch, mit dem man hier auf dem Dorf sonst Tiere verjagte, und schob dann einen Fluch hinterher, in dem ein Köter seine Mutter fickte.

Um für den Rest des Tages Ruhe vor diesem Kerl und seinen Kollegen zu haben, musste ich ihm zeigen, dass ich wehrhaft war und seine Sprache sprach. Zwar lebte ich in Deutschland, aber ich war deshalb noch lange keiner, den man einfach so zulabern konnte.

Als wir am Friedhof ankamen, standen dort zwischen den Gräbern weitere Menschen, die auf unseren Trauerzug gewartet hatten.

Gräber in der Herzegowina sind mit Marmor verkleidet und mehrstöckig in die Tiefe gemauert. Vier bis acht Tote finden darin Platz, für jeden ist ein eigener Bereich vorgesehen, der mit Betonplatten zugeschoben werden kann. Zwei, drei Maurer, die auch Kovačević hießen, kletterten mit Baustellenhandschuhen in einem unserer Familiengräber herum, justierten den Sarg meines Dedos, bewegten schwere Platten hin und her, versprühten gelben Bauschaum und verputzten alles mit angerührtem Zementmörtel aus einem OBI-Plastikeimer. Wenn das Leben für die Kovačevićs schon eine Baustelle war, dann war es nur konsequent, es über den Tod hinaus durchzuziehen.

Oben auf dem Marmor stand ein Holzkreuz mit Geburts- und Sterbedaten meines Dedos, daneben ein gerahmtes Foto mit Trauerflor. Ich betrachtete den Hitlerbart und dachte über die Zusammenhänge zwischen Deutschland und meiner Familie nach, als ich neben mir Marthas Atmen hörte. Bilder schossen mir durch den Kopf, wie wir gestern noch im Nordsee-Watt vor Juist auf einem Segelboot zum ersten Mal miteinander geschlafen hatten. Der Pfarrer sprach. Ich blickte auf meine betenden Hände.

Als alles schon fast vorbei war, als unzählige Menschen mir am Grab ihr Beileid ausgedrückt, mir die Hand geschüttelt und mich geküsst hatten, als die Gemeinde sich vor dem Friedhof versammelte und Schnaps miteinander trank, sah ich Martha unter einem Baum an einem unserer Familiengräber stehen. Ich ging zu ihr und stellte mich neben sie, schaute auf den Marmor. Frische Blumen standen auf den Platten, obwohl der Einzige, der hier lag, schon vor über zehn Jahren gestorben war.

»Kennst du ihn?«, fragte Martha.

Ich nickte. Es war einer meiner Cousins. Ein Jahr lang hatte er sich bei uns in Ludwigshafen vor dem Krieg versteckt. Er war zu uns gekommen, bevor er volljährig wurde, bevor er eingezogen werden konnte. Das Bett hinter dem Vorhang auf dem Flur war seines gewesen. Ich hatte damals zusammen mit meinem Bruder im Wohnzimmer auf dem Sofa geschlafen. Mein Cousin war sehr zart gewesen, ein Kind, ängstlich, schüchtern, allein. Ein Jahr lang aß er jeden Tag mit uns, und jeden Tag wurde seine Einsamkeit größer. Jeden Tag wurde sein Heimweh größer. Bis er so verzweifelt war. Bis er so wahnsinnig war. Bis er sich eine Fahrkarte kaufte und mit einem Fernbus von Ludwigshafen aus zurück nach Hause fuhr, obwohl er wusste, dass er dann in einem Krieg würde kämpfen müssen. Er lernte, wie man eine Kalaschnikow bedient, wie man mit einer Kalaschnikow rennt und wie man bei Dunkelheit Zigaretten raucht.

Mein Vater kam zu uns, eine Tante, mein Bruder, meine Schwester und eine Cousine. Sie stellten sich neben Martha und mich. Zu siebt standen wir jetzt um das Grab herum. Meine Tante zupfte an einem Blumengesteck, bekreuzigte sich und kniete sich auf den Boden. Meine Cousine, mein Vater, mein Bruder und meine Schwester bekreuzigten sich und knieten sich in den staubigen Sand. Ich bekreuzigte mich und kniete mich hin. Meine Tante betete vor, wir anderen beteten nach. Ich drückte meine Hände aneinander. Martha stand mit uns und hielt die Hände gefaltet in ihrem Schoß.

Unser Gebet legte sich sanft in den Gesang der Zikaden, die um den Friedhof herum in den Bäumen saßen. Unser Gebet war ein stilles Murmeln, das lauter wurde, wenn wir mehrstimmig zu Gott sprachen. Ich schaute an Martha und am Grab meines Cousins vorbei über den Friedhof. Überall las ich meinen Namen, wie er durch die Kriege und das zurückliegende Jahrhundert gewandert war:

Kovačević, Kovačević, Kovačević, Kovačević,
Kovačević, Kovačević, Kovačević, Kovačević,
Kovačević, Kovačević, Kovačević, Kovačević,
Kovačević, Kovačević, Kovačević, Kovačević,
Kovačević, Kovačević, Kovačević, Kovačević,
Kovačević, Kovačević, Kovačević, Kovačević,
Kovačević, Kovačević, Kovačević, Kovačević,
Kovačević, Kovačević, Kovačević, Kovačević,
Kovačević, Kovačević, Kovačević, Kovačević,
Kovačević, Kovačević, Kovačević, Kovačević,
Kovačević, Kovačević, Kovačević, Kovačević,
Kovačević, Kovačević, Kovačević, Kovačević,
Kovačević, Kovačević, Kovačević, Kovačević,
Kovačević, Kovačević, Kovačević, Kovačević,
Kovačević, Kovačević, Kovačević, Kovačević,
Kovačević, Kovačević, Kovačević, Kovačević,
Kovačević, Kovačević, Kovačević, Kovačević,
Kovačević, Kovačević, Kovačević, Kovačević,
Kovačević, Kovačević, Kovačević, Kovačević,
Kovačević, Kovačević, Kovačević, Kovačević,
Kovačević, Kovačević, Kovačević, Kovačević,
Kovačević, Kovačević, Kovačević, Kovačević,
Kovačević, Kovačević, Kovačević, Kovačević.
Kovačević, Kovačević, Kovačević, Kovačević,
Kovačević, Kovačević, Kovačević, Kovačević,
Kovačević, Kovačević, Kovačević, Kovačević.

Dritter Teil

19

Nach der Beerdigung meines Dedos sagte Martha nie wieder »Jimmy« zu mir. Sie sagte nun »Željko«, wenn sie mich ansprach, und damit ich das merkte – oder vielleicht auch, um sich selbst daran zu gewöhnen –, sprach sie mich häufiger als sonst mit meinem Vornamen an, und jedes Mal klang es wie »Schelko«.

Wir blieben nach der Beerdigung noch einen weiteren Tag lang in der Herzegowina, um Schlaf nachzuholen und Kraft für die bevorstehende Rückfahrt zu sammeln. Martha durfte im Haus eines Onkels übernachten, bekam das beste Zimmer des Dorfes hergerichtet. Ich schlief im alten Haus auf einer Luftmatratze neben dem Ofen in der Küche. Da war die Außenwand, die nicht kaputt und nicht schimmlig war, da war es warm, da konnte man nachts ein bisschen für sich sein, und ich hatte es schon als Kind sehr gemocht, wenn meine Baba frühmorgens hereingekommen und ich davon aufgewacht war, dass sie mit Töpfen klapperte. Wenn ich dann die Augen öffnete, um zu schauen, was sie machte, kam es mir jedes Mal so vor, als wäre ich in einem Märchen aufgewacht. Meine Baba sah aus wie ein Mensch aus einem anderen Jahrhundert. Sie trug geflickte Schuhe, eine Strumpfhose, einen dünnen und einen festen Rock, darüber eine Schürze, sie trug Unterhemd, Hemd, eine Strickweste und ein Kopftuch. Sie war sehr katholisch.

Für mich verkörperte sie eine Art balkanesischen Stil, den ich bei jüngeren Menschen kaum noch sah. Er zeichnete sich dadurch aus, dass meine Baba einfach machte, was sie wollte, und sich ihre Tradition so einrichtete, wie es ihr gefiel. Meine Oma trug immer ein Kopftuch und bereitete als Einzige im Dorf den Kaffee so zu, wie es auch die muslimischen Frauen ein paar Dörfer weiter machten.

Ich kann mich daran erinnern, wie meine Baba während des Krieges für einige Zeit dazu überging, den Kaffee doch katholisch zuzubereiten – mit einem Mal hatten die Tassen alle Henkel. Und wie meine Oma dann eines Tages all diese neuen Tassen an Freundinnen verschenkte und aus einer Schachtel ihre alten henkellosen Tassen wieder hervorholte, auf deren Grund ein goldener Halbmond zu sehen war. Ab dem Moment war für mich alles wieder wie früher und der Krieg vorbei. Meine Oma hatte keine Angst mehr, von anderen Katholiken dafür beschimpft zu werden, aus einer Kaffeetasse ohne Henkel zu trinken. Es war ihr wieder scheißegal, den meisten anderen auch, und das war gut.

Meine Baba konnte die Widersprüche in sich und in der Welt aushalten, ohne sich selbst oder andere dafür zu verfluchen oder umzubringen. Sie respektierte sich selbst, und deshalb fiel es ihr leicht, andere zu respektieren. Meine Baba war auch die einzige Person jemals, die Martha und mich umgehend und völlig selbstverständlich als Paar erkannte und uns alle Ungewöhnlichkeit nahm, indem sie über Martha sprach wie über meine zukünftige Frau.

»Dein Mädchen ist süß wie ein Bonbon«, sagte sie, als sie am Morgen nach der Beerdigung meines Dedos in die Küche kam und ihr schwarzes Kopftuch vor dem Spiegel zurechtzupfte. »Man merkt auch gleich, dass sie eine Schule besucht hat.«

Die Selbstverständlichkeit, mit der meine Baba das sagte, gefiel mir. Martha war eine blonde Professorin aus Heidelberg, meine Baba war eine zahnlose Analphabetin aus der Herzegowina. Sie war selbstsicherer als ich.

Am Tag nach der Beerdigung ging ich mit Martha durch das Dorf und erzählte dabei Geschichten, die ich aus Erzählungen meines Vaters kannte, und Geschichten, die ich selbst hier in den Ferien erlebt hatte. Ich erklärte Martha eine Welt, die ein Teil von mir war.

Wir gingen durch unsere Weinberge und über unsere Kartoffelfelder, und auf dem Rückweg kamen wir an einer Stelle vorbei, an der nichts zu sehen war, auf die ich aber deutete und erzählte, dass genau hier vor Jahren mal ein Holzmast im Boden gesteckt habe. An diesem Holzmast war ein Basketballkorb befestigt gewesen, und in den großen Ferien hatte ich hier jeden Tag mit anderen Kindern aus dem Dorf Basketball gespielt.

Wir blickten über ein Tal hinweg auf eine gegenüberliegende Gebirgskette.

»Das alles hier war Front«, sagte ich. »Die Berge, die Stadt im Tal, die Dörfer auf unserer Seite. Hier schob sich die Front von Ost nach West, von Nord nach Süd über die Gipfel und zurück.«

Martha war nun gefasster als auf der Fahrt, sie hörte interessiert zu, als hätte sie sich nach einer Nacht schon an dieses Land und seine Umstände gewöhnt.

Ich erzählte ihr, wie ich hier in den großen Ferien Basketball gespielt und so wenig mit Granaten gerechnet hatte, dass ich das erste Grummeln noch für ein entferntes Gewitter hielt. Erst als mit dem zweiten und deutlich lauteren Wummern die anderen Kinder unser Spiel unterbrachen und nach einer kurzen Diskussion über den wolkenlosen Himmel beschlossen, dass wir alle irgendwo in ein Haus müssten, verstand ich, was passierte. Wir waren elf Kinder, das älteste vierzehn, das kleinste vielleicht zweieinhalb, Mädchen und Jungen. Ich nahm Ljuba an die Hand und machte, was die anderen Kinder machten. Ich kann mich nicht erinnern, dass jemand von uns Angst hatte. Wir achteten aufeinander und rannten als Gruppe geschlossen bis zum nächsten Hof, wo eine Baba schon am Tor auf uns wartete und uns alle hereinließ. Elf Kinder und eine Oma, so saßen wir den restlichen Tag über zusammen in einer Küche und warteten.

Wir ließen die Rollläden herunter und übernahmen das Haus; von den zwei Kovačević-Familien, die hier lebten, war nur die Baba da. Es war, als gäbe es keine Erwachsenen mehr. Ich habe den weiteren Nachmittag als lustig und aufregend in Erinnerung. Die Baba saß auf einem Stuhl an der Wand, und die älteren Mädchen holten Lippenstifte und Nagellack aus dem Badezimmer und schminkten zuerst sich und dann die kleineren Mädchen, auch Ljuba. Bald sahen sie alle aus wie Madonna. Einer der älteren Cousins holte von irgendwoher aus dem Haus ein Gewehr und stellte sich damit an ein Fenster, guckte durch die Schlitze des Rollladens hinaus und kündigte an, jeden zu erschießen, der am Haus vorbeikommen sollte und nicht Kovačević heiße. Als wir Hunger bekamen, schälten die Mädchen Kartoffeln und machten ein großes Blech mit Backkartoffeln und Ketchup für alle.

Wir spielten Mau-Mau. Wir tranken Mirinda aus Bierkrügen und zockten. Der Verlierer musste einen Krug voll Brunnenwasser trinken, bis ihm schlecht wurde. Und immer wenn wir während des Mau-Mau-Spiels eine Detonation hörten, sagte der kleine Cousin mit der krächzenden Stimme: »Geh in die Fotze deiner Mutter!« Oder: »Ein Köter soll deinen Gott ficken!« Oder: »Ich ficke die Fotze der Mutter von Jesus!« Und erst als er sagte: »Ich ficke Pfarrer Ante auf dem Grab!«, schritt die Baba zum ersten und einzigen Mal an diesem Tag ein, beugte sich auf ihrem Stuhl an der Wand ein Stück nach vorne, und mein kleiner Cousin bekam einen Weidenzweig über Wange und Mund gezogen, den die Baba die ganze Zeit über schon in der Hand gehalten hatte, als würde sie auf Kühe aufpassen. Das Geräusch war fies. Dass mein Cousin doch nur ein kleines Kind war, zeigte sich darin, dass er vor Schreck anfing zu weinen.

Es war diese Geschichte, die ich Martha erzählte, als wir dort im Gestrüpp standen, und als ich merkte, dass Martha mir ihre Anteilnahme und ihr Mitleid zum Ausdruck bringen wollte, wurde mir ganz unwohl. Mich selbst verunsicherte diese Geschichte nicht. Sie war aufregend und erzählenswert, aber es war für mich keine schlechte Erinnerung, die ich an jenen Tag hatte. Erst durch Marthas Reaktion verschob sich etwas. Nach so vielen Jahren sah ich zum ersten Mal, dass die Granaten, die wir an dem Tag gehört hatten, auch jedem einzelnen von uns Kindern gegolten hatten. Jemand hatte uns töten wollen, wirklich uns. Damals hatten wir uns darüber lustig gemacht, dass diejenigen, die diese Granaten abfeuerten, zu dumm seien, um unser Dorf zu treffen. Alles an dem Tag war rechts und links an uns vorbei- und über uns hinweggegangen.

Ich erklärte Martha, dass mir die Ferien in der Herzegowina damals nicht wie etwas vorgekommen seien, bei dem ich in Gefahr gewesen sei. Ich erzählte ihr, dass, als die Vereinten Nationen und die NATO ihre Soldaten in die Gegend geschickt hätten, die großen Ferien von Jahr zu Jahr noch spannender geworden seien. Es entstand ein Schwarzmarkt, der die Kaufkraft jener Soldaten aus dem Ausland im Visier hatte, und ich war zwar kein Soldat, aber so gesehen ja auch aus dem Ausland, und deshalb interessierte ich mich für die gleichen Sachen. Es gab einen Markt dafür, dass internationale Soldaten Dinge für ihre Kinder kaufen konnten, um sie als Souvenir von ihrem Einsatz in Bosnien-Herzegowina mitbringen zu können. In Buden, deren Fassaden mit Sandsäcken geschützt waren, konnten sie T-Shirts mit Disney-Prints kaufen, auf denen geschrieben stand: »*My father is a SFOR soldier in Bosnia*«. Diese kleinen Shops gehörten in der Regel den Polizisten der Gegend, weil sie einerseits die besten Kontakte zu Schmugglern und Hehlern hatten, andererseits für die Sicherheit des Handels sorgen konnten.

Ich weiß noch, dass ich stolz darauf war, so selbstverständlich an einem Ort zu sein, an dem Kinder aus dem Ausland wohl offensichtlich nichts verloren hatten. Die Kinder waren zu Hause geblieben und mussten auf Mitbringsel von ihren Vätern hoffen; ich war da und kaufte mir die Mitbringsel selbst.

Obwohl ich in den UN-Buden auch CDs mit deutscher

Popmusik fand, sah ich immer nur Spanier, keine Deutschen. Die Spanier schauten oben aus ihren gepanzerten Fahrzeugen heraus und fuhren einmal am Tag an unserem Dorf entlang. Jedes Mal rannten dann alle Kinder zur Straße und schauten. Ich habe keine Ahnung, was die Soldaten dachten, warum wir ihnen wohl hinterherschauten, aber wenn jemals eines dieser Fahrzeuge nicht an unserem Dorf vorbei-, sondern in unser Dorf hineingefahren wäre, wären wir losgerannt und hätten Alarm geschlagen.

Es gab drei Dinge, die jedes Kind wusste, auch ich aus Deutschland wusste das. Erstens: Die internationalen Soldaten schießen nicht. Zweitens: Fragen sie nach jemandem, antworten wir: Den kennen wir nicht, der lebt hier gar nicht, von dem haben wir noch nie gehört. Und drittens: Diese Soldaten wollen uns die Waffen wegnehmen, aber beschützen uns nicht, wenn wir angegriffen werden.

Es galt also zu verhindern, dass sie in unser Dorf kamen und uns die Kalaschnikows aus den Kellern räumten. Die Vereinten Nationen zeigten mit Soldaten Präsenz auf der Straße, wir zeigten mit Kindern Präsenz auf der Straße. So ging das ein paar Sommerferien lang.

Das Problem waren nicht die Erinnerungen, die ich hatte, sondern die, die mir fehlten. Irgendwann müssen am Tag des Granatangriffs die Eltern von uns elf Kindern bei uns oder wir bei ihnen aufgetaucht sein. Aber ich kann mich nicht erinnern, auch nicht daran, ob es einen Moment der Freude gab, als Ljuba und ich unsere Eltern und Kruno wiedersahen – oder ob alle so taten, als wäre nichts Besonderes geschehen? Egal, wann ich später jemanden, der dabei gewesen war, nach dieser Zeit befragte, jeder erzählte etwas anderes. Alles war durcheinander. Die Ereignisse, die Jahre. Exakter und verzeihlicher werde ich das Wort »verrückt« nicht verwenden können: Diese Dinge, sie waren und sind uns allen ganz und gar verrückt.

Das war es, was ich an jenem Tag auch Martha versuchte zu erklären.

Manchmal hatte ich das Gefühl, mir fehle etwas, das mir etwas erzählen könnte über mich, so wie in manchen Menschen die tiefe Überzeugung verankert ist, sie wären ein Zwilling, ohne dass die Existenz des zweiten Zwillings erwiesen wäre oder die Eltern über einen Zwilling Auskunft geben könnten.

Vielleicht, so denke ich heute, habe ich deshalb damit begonnen, Pappkarten mit mir unbekannten Wörtern zu beschriften, Listen zu führen, Tagesprotokolle anzufertigen, alles zusammenzuhalten. Seit meiner Jugend schreibe ich auf, was mich umgibt. Anfangs interessierte ich mich dabei nicht für mein Inneres. Ich versuchte, überhaupt ein Inneres herzustellen.

Ich habe Angst und beruhige mich mit Schreiben.

Als ich diesen Satz zum ersten Mal bei Hertha Kräftner las, sah ich mich ganz darin zusammengefasst und unterstrich ihn mehrfach.

Ich notierte die Gegenwart, um eines Tages die Vergangenheit rekonstruieren zu können. Täglich dokumentierte ich meine eigene Anwesenheit. Ich wollte nie wieder nicht wissen, ob etwas geschehen war, an das ich mich nicht erinnern konnte.

Und deshalb weiß ich auch sehr genau, dass an dem Tag, an dem ich in der Großen Aula der Universität meine Abschlussurkunde erhielt, nur ein Mensch meinetwegen da war, und das war Martha.

Ich war zu schüchtern, um meine Eltern dazu zu überreden, extra für mich nach München zu reisen für etwas, dessen Bedeutung sie nicht wirklich einordnen konnten. Aus meiner Familie hat überhaupt nie einer verstanden, was genau ich an der Universität machte, außer kein Geld zu verdienen. Viel bemerkenswerter als der Umstand, dass meine Eltern nicht da waren, war deshalb die Tatsache, dass Alex Donelli nicht in der Großen Aula zugegen war.

Heute kommt es mir so vor, als wäre der Tag, an dem ich meinen Universitätsabschluss erhielt, der Auftakt für einen Jahre andauernden Abstieg gewesen. Als hätte ich an jenem Tag die Spitze eines Berges erklommen, ohne mich je gefragt zu haben, was nach dem Erreichen des Gipfels zu tun wäre, nur um dann auf der anderen Seite in ein dunkles Tal zu rutschen und mich zu verlieren.

20

In der Mitte des Lichthofs der Universität blieb Martha stehen und schaute nach oben, drehte sich langsam im Kreis. Ein paar Kommilitoninnen strömten in festlicher Kleidung mit ihren Eltern an uns vorbei. Ich hielt die Mappe mit der Urkunde gegen meinen Oberkörper gepresst und schaute auch nach oben, ich drehte mich nicht.

Als ich den Blick wieder sinken ließ, sah ich Martha ein paar Meter weiter vor einer Büste stehen, und ich erinnerte mich, wie ich vor einiger Zeit, vielleicht ein oder zwei Jahre zuvor, in einem Universitätsmagazin das Foto einer Schauspielerin gesehen hatte, wie sie genau hier vor jener Büste stand. Anlass war die Premiere eines Films über Sophie Scholl gewesen. Es war die Darstellerin von Sophie Scholl, die vor dieser Büste stand, die Sophie Scholl darstellte, wodurch es wirkte, als hätte Sophie Scholl gerade eine Büste von sich selbst enthüllt.

»Sie sieht ein bisschen aus wie du«, sagte Martha, und ich schüttelte gleich den Kopf.

»Das ist Sophie Scholl«, sagte ich, als würde das irgendetwas erklären.

Von jenem Tag gibt es ein Foto, wie ich vor dem Hauptgebäude der Universität in einem schwarzen Anzug auf einer Bank im Abendlicht sitze, eine Zigarette rauche und mir meine Urkunde anschaue. Martha hat das Foto gemacht. Mein Gesicht ist hager, das Haar halblang und von rechts nach links geworfen.

Die gleiche Frisur, das dunkle Haar halblang, allerdings von links nach rechts geworfen, trug auch Gökay. Ich sah Gökay in meinem Leben nur ein einziges Mal: am Tag meiner letzten Begegnung mit Alex Donelli. Das war ein paar Monate vor der Zeugnisverleihung, in den ersten Frühlingstagen des Jahres, an der Ruderregattastrecke bei Oberschleißheim.

Dieser letzten Begegnung vorausgegangen war, dass Alex Donelli sich mir immer mehr entzogen hatte, und zwar ab dem Tag, an dem ich ihn um seine Unterschrift gebeten hatte, um ihn als Prüfer für meine Abschlussarbeit anzumelden. Rückblickend fühlt es sich für mich so an, als hätte Donelli schon lange gewusst, dass es an dem Tag enden würde, mit dem Moment, in dem ich zum ersten Mal wirklich auf ihn angewiesen war.

Ich hatte Donelli das Formular gegeben, auf dem er unterschreiben sollte, und er hatte es immer wieder vergessen oder verlegt. Ich druckte ihm jedes Mal ein neues Formular aus, und irgendwann schrieb er mir dann eine Nachricht, dass ich mir die Anmeldung von seinem Schreibtisch nehmen solle, es sei alles erledigt. Aber als ich in seinem Büro stand, lag der Zettel noch immer unberührt an seinem Platz. Donelli nahm nicht ab, wenn ich ihn anrief. Er antwortete auf keine Nachricht mehr.

Im dunklen Büro von Alex Donelli fühlte ich mich mit einem Mal schrecklich allein. Für alle anderen Professoren war ich ein Donelli-Jünger. Sie würden mich entweder gar nicht prüfen oder sich über eine Prüfung indirekt an Donelli rächen wollen. Für seriöse Akademiker war Alex Donelli ein Scharlatan. Wenn er mich nicht prüfte, stand ich vor einem großen Problem.

Ich blickte auf das Formular, und mir wurde die ganze Absurdität bewusst: Donelli verweigerte mir genau jene Unterschrift, die ich so oft für ihn gefälscht hatte. Die eine Unterschrift, die einer Zustimmung zwischen uns bedurfte, die wollte er mir nicht geben.

Als ich mich am nächsten Tag im Spiegel betrachtete, sah ich einen verweinten jungen Mann, die Augenlider geschwollen, die Nase rau und rissig, rote Flecken und Pickel im Gesicht. Ich ging unter die Dusche, trank einen Kaffee und wartete.

Am Nachmittag radelte ich hinaus nach Oberschleißheim zur Ruderregattastrecke. Ich wusste, dass Donelli dort zu dieser Zeit trainierte. Seit er mit dem Cambridge-Achter auf der Themse gegen Oxford gewonnen hatte, versuchte er, sich die Aura des intellektuellen Ruderers zu bewahren. Solange Menschen mitbekamen, dass er ruderte, erzählten sich die Studierenden von Semester zu Semester weiter, dass er einmal als Sieger aus einem großen Rennen hervorgegangen war, und das, wo er doch so klein war, gerade mal einen Meter vierundsechzig.

Es war eine eindrucksvolle Anlage, die vor Jahrzehnten im Norden Münchens für die Olympischen Spiele errichtet worden war. Ein rechteckiger See von über zwei Kilometern Länge war dort zwischen Ackerland angelegt worden, mit einer Tribüne wie in einem Fußballstadion.

An jenem Tag, an dem ich Donelli zum letzten Mal sah, waren die Felder gelb, die Bäume grün, war der Himmel blau, das Wasser türkis. Es roch nach Frühling, nach körperlicher Ertüchtigung, nach Lichtschutzfaktor zwanzig und isotonischen Getränken. Auf den Holzstegen bereiteten sich die Sportler vor, auf der Asphaltbahn am Wasser stand ein Trainer mit umgehängter Trillerpfeife und Stoppuhr, ein anderer rollte mit einem kleinen Auto über den Weg, alle Fenster heruntergekurbelt, und rief Anweisungen in ein Megaphon.

Ich sah Donelli auf einem der Bootsstege stehen, zusammen mit einem Jungen. Beide trugen sie eine Radlerhose, ein ärmelloses Trikot und Sonnenbrille. Gemeinsam richteten sie einen Zweier her, prüften das Material, gingen gleichzeitig in die Hocke, standen gleichzeitig wieder auf. Ich sah den Jungen neben Donelli und wusste, dass ich ersetzt worden war. Wie die beiden miteinander sprachen, wie sie das Boot ins Wasser gleiten ließen, wie sie sich schubsten, dieses zarte Turteln, es war die gleiche Art wie die, in der Donelli und ich einmal miteinander umgegangen waren.

»Jimmy, du hier?«, sagte Alex Donelli, als er mich am Steg erblickte. Als hätte er einerseits erwartet, dass ich hier auftauchte, und als wäre das gleichzeitig völlig absurd. Das Zweite, was er sagte, war: »Ist es dringend?«

»Alex, was soll ich denn jetzt machen?«, fragte ich.

»Gib mir ein Stichwort.«

»Jeder andere Prüfer wird mich auseinandernehmen, für jeden anderen Professor bin ich dein Schüler.«

»Ach so.«

Was sollte dieses »Ach so« bedeuten? Hatte Donelli gerade eine Erkenntnis über sich selbst gehabt? Oder wurde ihm etwas klar über mich? Donelli tuschelte mit dem Jungen.

»Entschuldigung, wir rudern hier«, sagte der Junge dann.

»Das ist Gökay«, sagte Donelli.

»Was soll ich denn jetzt machen?«, fragte ich.

»Wie Gökay sagt: Wir rudern hier.«

»Was soll ich denn jetzt machen?«, fragte ich noch einmal.

Donelli schaute mich mit wachen Augen an. Ich wusste, es war vorbei.

Ich merkte, wie mein Mund begann zu zittern. Ich ging über den Steg zurück, ging davon ohne ein weiteres Wort.

Ich rannte los. Ich wusste, dass Donelli und Gökay mir hinterherschauten. Mit vollem Anlauf trat ich mein Fahrrad um, das am Ende des Steges stand und das Donellis Fahrrad gewesen war. Ich trat es richtig zusammen. Immer wieder rief ich dabei: »*Dwarf!*« Ich kann nicht genau sagen, warum ich nicht »Zwerg!« rief, vermutlich wegen dieser ganzen Cambridge-Oxford-Sache. Jedenfalls war ich wie im Rausch, trat wie ein Wahnsinniger auf das Fahrrad ein und rief immer wieder: »*Dwarf! Dwarf! Dwarf!*« Ich sprang auf dem Fahrrad herum, verklemmte mich in den Speichen, fiel beinahe hin, packte das Rad, warf es komplett verbogen und verbeult ins Regatta-Becken.

Über Alex Donelli nachzudenken, bedeutet, über die eigene Blödheit nachzudenken. Ich konnte mich an niemanden wenden, unser Arbeitsverhältnis war kein offizielles, kein angemeldetes Arbeitsverhältnis gewesen. Zu wem also sollte ich gehen? Bei wem sollte ich mich beschweren? Wen interessierte es überhaupt? Dass ich

Texte für Donelli geschrieben hatte, dass ich einen Großteil seiner Korrespondenz geführt hatte, dass ich Seminare für ihn gehalten hatte. Es war ja gar nichts passiert. Es war ja alles egal. Ich hatte ja tatsächlich von ihm profitiert.

Ich zog von Sprechstunde zu Sprechstunde. Zunächst wollte mich keiner prüfen, alle gaben vor, ihre Kapazitäten seien ausgeschöpft, keine Zeit. Dann fand ich einen Professor, der an mir vorbeischaute und mir nicht zuhörte, aber das Anmeldeformular einfach unterschrieb. Ich kannte ihn nur aus dem Vorlesungsverzeichnis. Er war ein richtiger Literaturwissenschaftler, ein Stoiker, der sein Fach sehr ernst nahm, sonst nichts. Ich hatte keine Wahl.

Vier Jahre lang hatte ich gelernt, Dinge eindrucksvoll zu vereinfachen; nun musste ich so schnell wie möglich das Gegenteil umsetzen, neu denken, Komplexität aushalten und ausbreiten. Der gesamte Prozess des Besprechens und Schreibens und Prüfens wurde für mich zu einer einzigen Lektion darin, dass ich von Literatur und Wissenschaft kaum eine Ahnung hatte. Von Donelli hatte ich nur gelernt, wie man gut dabei aussah. Ich ging in die schwerstmögliche Prüfung, in die ich hätte gehen können. Ich bestand sie gerade so.

Martha und ich waren am Abend der Absolventenfeier zu Fuß durch Schwabing zu einem italienischen Restaurant spaziert. Ich war nicht sehr gesprächig, sagte wenig mehr als »Ja« und »Nein« oder stellte beliebige Fragen, damit Martha weitersprach. Dieser Tag war meine ganze Jugend, mein ganzes junges Erwachsenenleben lang das

Ziel gewesen, auf das ich hingearbeitet hatte. Seit heute war ich ein Kovačević mit einem akademischen Abschluss. Ich hatte mein Studium früher beendet als die meisten meiner Kommilitoninnen und Kommilitonen. Ich hatte alles geschafft. Trotzdem war ich an diesem Tag von einer Traurigkeit umhüllt, die ich nun für lange Zeit auch nicht mehr loswerden sollte, die von Monat zu Monat zu einem immer dickeren Mantel wurde, in dem ich fror.

Meine Eltern fehlten. Mein Bruder fehlte. Meine Schwester fehlte. Meine Cousinen und Cousins fehlten. Meine ganze große Familie fehlte. Auch Alex Donelli fehlte. Ich hatte keine Freunde. Martha war die einzige Person in meinem Leben, der ich mich nah fühlte. Seit ich sie zum ersten Mal im Wohnungsflur von meinem Bett aus gesehen hatte, war sie mir geblieben.

»Ist alles okay?«, fragte Martha, als wir im Restaurant saßen und ich gerade eine Pizza Margherita und eine Fanta bestellt hatte.

Ich blickte nach oben, schaute Martha in die Augen und nickte. Ich wollte ihr gern sagen, wie traurig ich war, aber weil in meinem Kopf alles so langsam arbeitete und ich schon nicht mehr richtig denken konnte, kam Martha mir zuvor.

»Herzlichen Glückwunsch«, sagte sie und hielt ein Glas Weißwein in die Höhe. »Ich gratuliere dir von ganzem Herzen. Ich habe großen Respekt vor dir.«

»Danke«, sagte ich und nahm mein Glas Fanta.

»Auf dich.«

»Auf mich.«

21

Dass ich verloren ging, dass ich irgendwann in einer sternklaren Nacht in einem Gewerbegebiet in Unterhaching stand und ein Feuer legte, und zwar auf dem Gelände des Unternehmens, dessen Angestellter ich zu jenem Zeitpunkt seit eineinhalb Jahren war, hatte nichts mehr zu tun mit plausibler Empörung oder gerechtfertigter Wut. Am Ende war es nur ein traurig kleines Feuerchen aus Vertriebsbroschüren, das in der Dunkelheit flackerte und vom Blaulicht eines einzigen Polizeiautos überstrahlt wurde. Keine Feuerwehr, keine Verstärkung wurde gerufen, ich selbst trat die Flammen aus, ich ergab mich ja sofort.

An meinem ersten Arbeitstag hatte Bettina Mallinger mich in einen hellen, großen Raum geführt. Bevor ich die Menschen wahrnahm, die darin arbeiteten, fielen mir die Möbel auf. Höhenverstellbare Tische, ergonomische Bürostühle, bunte Hocker, ein Whiteboard auf Rollen, das mit unzähligen Post-its beklebt war.

Bettina Mallinger war die Tochter von Hubertus Mallinger, der die Firma leitete und sie von seinem Vater übernommen hatte. Die Unternehmensgeschichte war von großer Beweglichkeit geprägt, jede Generation hatte sich erfolgreich ein neues Geschäftsfeld erarbeitet. Der älteste Zweig lag im regionalen Straßenbau, darauf folgte über Jahrzehnte die Produktion von Kunststoffteilen für Automobilzulieferer, und Bettina Mallinger versuchte nun, mit der Seriosität und Tradition eines Familienunternehmens die Zukunft einer Beratungsagentur für die bayerische Industrie zu gestalten. Der von ihr gegründete Unternehmensbereich hieß »CBM«, eine Abkürzung für »Corporate Bavaria Mallinger«, ein in Sprache manifestierter Spagat zwischen dem Anspruch auf Leadership und der Kraft regionaler Verwurzelung. Die ersten Kunden akquirierte sie beim Skifahren und im Freundeskreis ihrer Eltern.

Vor allen künftigen Kolleginnen und Kollegen stellte Bettina Mallinger mich vor, sagte erst meinen Namen, den sie langsam und mit Stolz aussprach, und dann – ich muss bis heute immer wieder über diesen Satz nachdenken – legte sie die Hand auf meine Schulter, schaute in die Gesichter ihrer Angestellten und sagte: »Der Bub ist *angry and hungry.*«

Ich hatte Bettina Mallinger im »Balkan Grill« über ihre Angestellten lästern hören. Keiner habe Biss, die meisten seien orientierungslose Menschen, alle wollten nur eine gute Zeit haben und sich am Geld ihrer Familie bereichern. Ohne dass ich wusste, worum genau es ging, beeindruckte mich, dass jemand, der ungefähr in meinem Alter war, Angestellte hatte. Bettina Mallinger wirkte auf mich wie jemand, der betrunken herumpöbelt und dabei doch etwas Gutherziges ausstrahlt.

Ich lebte damals, ein paar Monate nach dem Universitätsabschluss, noch immer von Marthas Kreditkarte sowie von meinem wieder aufgenommenen Job im »Balkan Grill«; aus meinem absolvierten Studium hatte ich noch nichts gemacht, und ich wusste auch nicht, was ich daraus machen sollte. Ich hatte an der Uni Bücher gelesen, aber ich war in nichts ein Experte. Es gab keinen logischen Weg für mich, den ich nun gehen konnte, und so lief ich Bettina Mallinger, als sie den »Balkan Grill« mit ihrer Begleitung gerade verlassen hatte, hinterher.

»Entschuldigung!«, rief ich, und sie drehte sich um. »Ich arbeite hier«, sagte ich und zeigte auf den »Balkan Grill« hinter mir.

»Ich weiß.«

»Ich habe gehört, wie Sie über Ihre Angestellten gesprochen haben.«

»Du hast gelauscht.«

»Nein, ich ... Ich habe es einfach nur gehört, und ich glaube: Sie suchen jemanden wie mich. Ich bin motiviert und diszipliniert. Ich tue alles.« Bettina Mallinger kniff kurz die Augen zusammen, wie um zu überprüfen, ob ich sie vielleicht auf den Arm nehmen wollte. »Ich habe auch studiert, hier an der Uni, ich habe viele Bücher gelesen«, schob ich hinterher. Weil sie weiterhin nichts sagte und weil es vor unserem Imbiss so stark nach Zwiebeln roch, sagte ich irgendwann ohne jeden weiteren Zusammenhang: »Jeder liebt Ćevapčići!«

Das war der wichtigste Satz in diesem Bewerbungsgespräch, denn Bettina Mallinger musste lachen. Sie griff in ihre Handtasche und hielt mir eine Visitenkarte entgegen. Bevor sie sie losließ, hielten wir für einen kurzen Moment gemeinsam die Visitenkarte, ihre und meine Hand hielten sich an dem kleinen Karton fest.

Was ich an wohlhabenden Menschen immer schon mochte, das ist ihre Selbstverständlichkeit. Diese unumstößliche Gewissheit, die sie in sich tragen, rechtmäßig sie selbst und also vermögend zu sein. Dass sie sich einen Großteil der Gedanken, die sich die Menschen, unter denen ich aufgewachsen bin, jeden Tag, jede Nacht machen müssen, noch nie in ihrem Leben gemacht haben. Ein Vorwurf ist daraus nicht abzuleiten, die meisten Menschen sind nun mal völlig selbstverständlich sie selbst, egal, ob arm oder reich.

Ab dem ersten Monat bei CBM verdiente ich genauso viel wie mein Vater, verdiente mehr als meine Mutter. Das war unerklärlich, das war willkürlich, das war grotesk und obszön. Während mein Vater im Regen fror, Löcher schaufelte oder mit einem Radlader durch den Schlamm fuhr, während meine Mutter Krankenhäuser, Gotteshäuser und Privatanwesen putzte, saß ich auf bunten Stühlen im Warmen und betextete Broschüren, bei denen komplett egal war, was in ihnen stand.

Es war eine merkwürdige Zeit in meinem Leben. Ich wurde von einem auf den anderen Tag ein erwachsener Arbeitnehmer mit akademischem Abschluss und ging der Welt doch mehr und mehr verloren; meine Motivation hielt nur wenige Wochen. Oft, wenn ich spätabends von der Arbeit in Unterhaching in mein Apartment im Olympischen Dorf zurückkam, musste ich mich hinlegen, weil mir schwindelig war und ich das Gefühl hatte, mich von der Arbeit »sauberschlafen« zu müssen.

Nach ein, zwei Stunden wachte ich wieder auf und ging dann lange durch die Stadt und durch die Nacht. Es wurden oft mehrstündige Wanderungen. Meist ging ich zuerst zu McDonald's und kaufte mir zwei Cheeseburger, die ich im Gehen aß, obwohl ich keine Eile hatte. München bei Nacht war gefährlich für einen Einsamen wie mich, denn es war kaum etwas los. Es konnte vorkommen, dass ich über den Luitpoldpark durch Schwabing bis in die Maxvorstadt spazierte und niemandem begegnete.

Die Straßen sahen aus, als sollten dort Kutschen entlangfahren. Ich musste an Arthur Schnitzlers *Traumnovelle* denken, bildete mir ein, das Getrappel von Pferdehufen zu hören, aber immer, wenn ich mich nach einer Kutsche umdrehte, war da nichts. Nachts bekam die Stadt etwas Kulissenhaftes, als könnte man an die Fassaden klopfen und würde überall Hohlräume zum Klingen bringen. Kein Mensch hatte nichts zu tun in dieser Stadt, die Münchner standen früh auf am nächsten Morgen und gingen arbeiten. Wer nicht arbeitete, der war zu arm und lebte woanders.

Neben Mäusen, die über die Bürgersteige zwitscherten, war es einzig Rainer Langhans, der mir wiederholt auf diesen Wanderungen begegnete. Unsere Wege kreuzten sich manchmal auf Höhe des Königsplatzes, und ich schaute ihm dann gern einen Moment lang hinterher, wie er mit dem weißen Haar und ganz in Weiß gekleidet wie ein Gespenst durch das ehemalige NSDAP-Viertel ging, bevor er irgendwo Richtung Schwabing in der Dunkelheit verschwand.

Auf einem dieser Spaziergänge sah ich eines Nachts hinter einem Supermarkt im Halbdunkel zwischen einer Garage und einem Mitarbeitereingang einen Rollcontainer stehen, der meine Aufmerksamkeit auf sich zog. Er war beladen mit gestapelten Plastikkörben. Die oberen Körbe waren alle leer, aber ganz unten reflektierte etwas aus dem Dunklen heraus das Licht der Straßenlaterne. Durch ein kleines Loch schob ich die Hand hinein und fühlte abgepacktes Brot. Ich hob die darauf gestapelten Plastikkörbe zur Seite und fand darunter drei Körbe voller verschiedener Brote: Toastbrot, Vollkornbrot, Roggenbrot, Mischbrot. Alle waren noch mindestens drei Tage lang haltbar. Es dauerte einen Moment, bis ich begriff, dass das Müll war, der für den nächsten Morgen zur Abholung bereitstand.

Erst dachte ich daran, alle Brote nach Hause zu tragen, aber so viel konnte ich gar nicht essen, und bestimmt gab es andere Menschen, die hier in der Nacht nach Brot schauten. Ich nahm mir ein Roggenbrot und stapelte die leeren Körbe wieder auf die gefüllten.

Dieser zufällige Fund führte dazu, dass ich in den kommenden Nächten genauer darauf achtete, was in der direkten Umgebung von Supermärkten oder Bäckereien zu sehen war. Einer meiner Wege führte mich am Elisabethmarkt vorbei, und mir kam der Gedanke, dass es in der Nähe des Marktplatzes einen Bereich geben musste, in dem Abfall gelagert wurde, und es war dann erstaunlich einfach, diesen Bereich zu finden. Ich brauchte nur wenige Minuten.

Zwischen den verschlossenen Buden ging ich umher, und ganz am Rand des Marktes, an der Bude, an der ich dachte, dort gehe es nicht weiter, da sah ich einen kleinen Weg zwischen Rückwand und angrenzendem Haus, gerade so breit, dass man eine Mülltonne durchschieben konnte. Ohne mich umzuschauen, als wäre ich diesen Weg schon Hunderte Male gegangen, verschwand ich im

Dunkeln hinter der Bude, ging um eine Ecke, und dann stand ich da. Auf einem ausladenden Hof im Niemandsland der Stadt. Zwei mal zwölf Tonnen im Spalier. Kein Mensch weit und breit.

Ich öffnete die erste Tonne und leuchtete mit einer Taschenlampe hinein. Ich sah grünen Salat. Als ich hineingriff, fühlte ich darunter eine Ananas. Ich öffnete die Tonne daneben, sie war bis obenhin voll mit Kartoffeln, die nächste mit Möhren, alles frische Marktqualität. Ich nahm zwei Beutel aus der Jackentasche und befüllte sie. Mit grünem Salat, mit Radieschen, mit Bio-Kresse, mit einem Bund Spargelköpfe, mit Zucchini, mit Möhren, Kartoffeln, Ananas, Paprika und Maracujas.

Ich machte mir nun jede Nacht Notizen. In ein kleines Heft schrieb ich Adressen von Supermärkten und Verkaufsständen, schrieb mir auf, ob der Weg zu Mitarbeitereingängen und Mülltonnen frei war oder hinter einem Tor lag. Wenn ich in diesen Nächten mit dem Fahrrad von einem Supermarkt zum anderen fuhr, lag mir manchmal der Anfang eines Gedichts von Hertha Kräftner auf den Lippen. Ich sprach ihn vor mir her, als würde ich einen Rosenkranz beten.

Unter dem gleichen Mond
sind wir traurig und einsam,
der Mann in Australien und ich.

Innerhalb weniger Wochen entwickelte ich die Fähigkeiten eines guten Einbrechers. Meine Hemmschwelle sank. In der ersten Zeit suchte ich nur frei zugängliche Tonnen, dann kletterte ich auch über Tore. Erst öffnete ich nur unverschlossene Tonnen, dann hatte ich Werkzeug dabei. Umschaltknarren, Einsätze, Ratschen, Vierkant, Sechskant. Es gab bald nichts mehr, was ich nicht öffnen konnte. Aber es gab auch nichts, was nicht weggeworfen wurde. Alles, was auf dieser Welt je produziert wird, wird im gleichen Zustand auch weggeworfen. Egal, ob frisches Obst oder frisches Gemüse, egal, ob Zahnpasta oder DVD-Player. Ich hatte nie zuvor darüber nachgedacht.

Meine nächtlichen Spazierfahrten wurden ausgedehntere Beutezüge, und wenn ich nach Hause kam, schlief ich oft nur noch zwei Stunden lang, bis ich wieder aufstehen musste, um mit der S-Bahn nach Unterhaching zu fahren. So war ich also bald die meiste Zeit wach und fand immer weniger Schlaf. Wenn ich von der Arbeit kam, legte ich mich für zwei Stunden hin, vor der Arbeit noch einmal für zwei Stunden. Dieser Rhythmus führte meinen Geist in einen Zustand, in dem Euphorie und Niedergeschlagenheit sich immer schneller abwechselten.

Tagsüber betextete ich Unterlagen, in denen es um Stahlbänder für Transportprozesse ging, um Produktionswege für medizintechnische Kleinstteile, um Flächenoptimierung für Verkaufstheken, um Transformationen in der Abfallwirtschaft. Ich schrieb die immer gleichen Texte, die bebildert wurden mit Vulkanausbrüchen (verborgene Kräfte freisetzen), Gipfelaufnahmen (Ziele erreichen), Sprintern in Startblöcken (Impulsivität), Menschen beim Tauziehen (Teamarbeit), Bergsteigern, die sich gegenseitig mit Leinen sichern (Vertrauen), Rollstuhlfahrern im Herbstlaub (gesellschaftliche Verantwortung).

Das war meine Arbeit. So beknackt ich selbst diese Unterlagen fand, die ich anfertigte, so wichtig und elementar waren sie für unsere Auftraggeber. Panik und Angst waren spürbar, die Verunsicherten saßen in Führungspositionen. Keiner wollte etwas falsch machen, also machten alle das Gleiche. Genau genommen bezahlte man uns gar nicht für die Arbeit, die wir machten, sondern kaufte sich von Verantwortung frei.

Ich glaubte nicht an das, von dem ich mehr und mehr ein Teil wurde, und deshalb kam ich nicht auf die Idee, dieses System verändern oder verbessern zu wollen, nein, im Gegenteil, ich begann es zu sabotieren. Ich ging manchmal zur Arbeit und arbeitete nicht, ich verlängerte und verlangsamte Abläufe, ich erfand Sitzungsanlässe, um auch andere Mitarbeiter des Unternehmens zu blockieren. Unter dem Deckmantel der Effizienz versuchte ich, ineffiziente Projektarbeit zu machen.

Wenn aufbereitete Vertriebsunterlagen später fertig wurden als geplant, so war das wie ein kleiner Dominostein, den ich nur sanft von Unterhaching aus antippen musste, damit er irgendwo anders in Bayern hundert andere Steine umwarf. Jede schlechte Nachricht über ein von mir geschaffenes Problem verband ich vor unseren Auftraggebern mit der guten Nachricht, dass ich jenes Problem lösen könne. Es war frustrierend, wie gut das ankam.

22

Der Weg in eine tiefsitzende Verzweiflung ist ein langer. Vielleicht liegt sein Anfang irgendwo in der Kindheit, und dann wird er von unüberblickbaren Zufällen bestimmt. Du spürst die Verzweiflung, kannst sie nicht benennen. Stehst irgendwann nackt in der Mitte des Dorfplatzes, schlägst dir mit den Fäusten auf die Brust und rufst immer wieder: »Komm her!« Lange Zeit kommt die Verzweiflung in Camouflage, aber irgendwann reißt auch sie sich brüllend im Kampf die Kleider vom Leib, und dann steht ihr beide tief in der Nacht auf dem Dorfplatz voreinander, entblößt, taumelnd, dreckig, jämmerlich, Rotz trieft euch aus der Nase, ihr kniet im Schmutz, eure Brustkörbe heben und senken sich mit jedem Atemzug, eure Herzen pumpen, in euren Atemwegen rasselt es, und du willst endlich aufgeben, und du willst der Verzweiflung ein Friedensangebot unterbreiten, und du hebst den Kopf, und im gleichen Moment hebt auch sie den Kopf, und du entdeckst ein Muttermal im Gesicht deines Gegenübers, das du schon immer hättest sehen können, weil es immer schon da war, weil du selbst es an der gleichen Stelle trägst.

Mit einigem zeitlichen Abstand solche Aussagen zu treffen, wird dem Verlauf der eigenen Geschichte nicht gerecht, aber ich glaube, das Jahr, in dem mir hätte klar werden können, dass ich gegen niemand anderen als mich selbst kämpfte, war das Jahr, in dem Michael Jackson starb. Es war ein nasser Sommer mit Hagel und Blitzen, und es regnete auch an jenem Tag, an dem ich Überstunden simulierte und bis spät in den Abend hinein an meinem Arbeitsplatz in Unterhaching saß, um mir die Trauerfeier für Michael Jackson anzusehen, die aus Los Angeles in die ganze Welt übertragen wurde.

Ich war mir sicher, dass meine Schwester im selben Moment in Ludwigshafen in unserem Wohnzimmer vor dem Fernseher auf dem Sofa saß, auf dem wir früher gemeinsam gesessen hatten.

Wie bei einem König in einem Märchen war der Sarg von Michael Jackson aus Gold. Er stand vor der Bühne, auf der Geistliche, Familienangehörige und Popstars auftraten, die Lieder des Verstorbenen sangen. Ich war aufrichtig ergriffen von so viel Kitsch und fragte mich, ob sich der Körper von Michael Jackson in dem Sarg vor der Bühne befand oder ob es sich um einen symbolischen Sarg handelte, und gerade als ich diesem Gedanken nachhing, betrat eine Putzfrau den Raum, in dem ich saß.

Sie schob einen Multifunktionswagen vor sich her, in den eine große Mülltüte gespannt war, in die hinein sie wiederum die Mülleimer der einzelnen Arbeitsplätze leerte. Der andere Teil des Wagens bestand aus einem ganzen Arsenal von Sprühflaschen und Lappen.

»Hallo!«, rief ich durch den Raum, um auf mich aufmerksam zu machen.

»Hallo«, antwortete die Putzfrau und verschwand gleich hinter einem der Schreibtische. Sie wirkte ein wenig so, als wäre sie überrascht von meiner späten Anwesenheit, als wäre ihr diese unangenehm, und dann sah ich, dass sie ihren Putzwagen nicht allein geschoben hatte. Ein kleiner Junge in einem Trikot des VfL Wolfsburg trat hinter dem Müllsack hervor und schaute mich an. Das Trikot war eine Fälschung und trug die Nummer neun, Edin Džeko.

»*Odakle ste vi?*«, fragte ich die Putzfrau.

»*Vi govorite naški?*«

»*Malo, da. Obitelj mi je iz Hercegovine. A vi?*«

»*Iz blizu Tuzle.*«

Die Putzfrau schien sich überhaupt nicht wohlzufühlen mit dieser Konversation. Sie besprach etwas mit ihrem Sohn.

»Soll meine Mutter später wiederkommen?«, fragte der Junge dann, und Erinnerungen tauchten in mir auf, wie ich selbst früher als Kind die Dinge für meine Eltern geregelt hatte, wenn es etwas zu verhandeln gab, beim Arzt, beim Einkaufen, mit dem Straßenbahnfahrer.

»Nein, nein«, sagte ich. »Sag deiner Mutter, sie soll einfach putzen.«

Ich hörte mich selbst und schämte mich. Mit meinen rudimentären Sprachkenntnissen hatte ich versucht, eine Verbindung zu der Frau aufzubauen, die den gleichen Beruf ausübte wie meine Mutter, aus dem gleichen Land kam wie meine Eltern. Mit der Frage des Jungen und mit meiner Antwort waren die Verhältnisse klar geordnet und manifestiert worden. Ich war auf der anderen Seite. Es gab nichts zu beschönigen: Ich saß auf einem ergonomischen Bürostuhl, schaute eine öffentlich-rechtliche Liveübertragung und nannte das »Überstunden«.

Immer wieder wurden auf einer großen Leinwand im Bühnenhintergrund Fotos von Michael Jackson gezeigt, die die Transformationen offenbarten, die er durchgemacht hatte, den Weg zeigten, den er gegangen war, vom Kinderstar zum Erwachsenen, vom Afro zur Perücke, das Hellerwerden seiner Haut, die Veränderungen seines Gesichts.

Ganz am Ende der Trauerfeier, nach über zwei Stunden, kamen die Geschwister Jackson auf die Bühne, eine große Familie. Und gerade weil Michael Jackson solche physischen Verwandlungen vollzogen hatte, trug das finale Bild dieser zusammenstehenden Brüder und Schwestern eine Botschaft in sich: Es ist einer von uns, der gestorben ist, schaut uns an. Dieser gemeinsame Moment schien der Familie wichtig zu sein, man sah jetzt auch die drei Kinder von Michael Jackson im Kreise ihrer Onkel und Tanten, man sah zum ersten Mal ihre Gesichter, als gäbe es nun niemanden mehr, der sie vor der Welt versteckt hielte, als läge im Tod ihres Vaters auch eine Befreiung.

Die Tochter von Michael Jackson, vielleicht elf Jahre alt, trat also erstmals vor die Öffentlichkeit und vor einen Mikrophonständer, der in der Mitte der Bühne stand. Vier, fünf Erwachsene, Schwestern und Brüder des Verstorbenen, richteten ihr immer wieder das Mikrophon, berührten sie, legten ihr eine Hand auf die Schulter, streichelten ihr liebevoll das Haar. Auch untereinander berührten sich alle, als wären sie ein großer, zusammengewachsener Familienkörper.

»Ich wollte nur sagen …«, sagte das Mädchen. »Seit ich auf der Welt bin … war Daddy der beste Vater, den man sich vorstellen kann … Und ich wollte nur sagen, dass ich ihn liebe … so sehr.«

Dann sah ich, wie das Mädchen sich in den Arm einer seiner Tanten drückte und weinte. Daraufhin nahm nun ein Onkel das Mikrophon, bedankte sich im Namen der Familie Jackson für die Liebe und Unterstützung und wünschte eine gute Nacht.

Alle gingen ab, und ein Familienfoto erschien auf der Leinwand, auf dem die, die gerade noch als Erwachsene auf der Bühne gestanden hatten, viele Jahrzehnte früher zu sehen waren, selbst als Kinder, vielleicht in ihrem damaligen Wohnzimmer, ihr Bruder Michael als einer von ihnen.

Mein Handy vibrierte auf der Tischplatte.

Michael Jackson kann keiner kaputt machen. <3

Ich schaute auf diese Nachricht, bis sie vor meinen Augen verschwamm und das Display sich automatisch ausschaltete. Ich fühlte so viel, dass ich gar nichts fühlte. Meine Schlaflosigkeit jede Nacht, die Putzfrau, die nicht mit mir reden wollte, der kleine Junge im Džeko-Trikot, der für seine Mutter sprach, die unmaskierte Tochter von Michael Jackson, die nun vaterlos war, die Nachricht meiner kleinen Schwester. Ich schaltete das Handy aus.

Ich packte meine Sachen und ging runter vor das Gebäude, ging aber nicht direkt weiter zum Bahnhof Unterhaching, um mit der nächsten S-Bahn nach Hause zu fahren, sondern blieb unter einem Vordach stehen, wo die Raucherecke war. Dort rauchte ich Zigaretten, bis ich keine mehr hatte. Es regnete stark. Im Stockwerk über dem, in dem ich arbeitete, brannte Licht. Ich konnte den Jungen sehen, wie er Mülleimer zum Putzwagen seiner Mutter trug. Ansonsten war das Gelände menschenleer und finster. Regen tropfte neben mir in einen Kaffeebecher, den jemand auf dem Boden hatte stehen lassen. »*FIFA World Cup Germany 2006*« stand auf dem Becher, darüber breitete sich das Logo von lachenden Kreisen aus. Wenn es so weiterregnete, würde die Tasse bald überlaufen. Eine braune Suppe würde sich dann um die Tasse herum auf dem Boden verteilen, eine wässrige Soße. Weiterer Regen würde dann alles weit über den Boden spülen und die Spuren verwischen.

23

In jenem Jahr, in dem Michael Jackson starb, feierte Bettina Mallinger im Herbst gemeinsam mit ihrem Freund Korbinian ein großes Fest. Anlass der Feierlichkeit war die abgeschlossene Montage der Solarkollektoren und Photovoltaikmodule auf dem Dach des Hauses, in das das junge Paar gemeinsam eingezogen war, wobei dann am Ende der Begrüßungsrede vor Eltern, Freunden und Angestellten eine Überraschung verkündet wurde: Das Paar hatte sich verlobt.

Bettina Mallinger, die Mutter von Bettina Mallinger und Bettina Mallingers kleine Schwester Gitti sahen sich zum Verwechseln ähnlich und waren an diesem Abend für mich nur schwer auseinanderzuhalten. Die Mutter war daran zu erkennen, dass ihre Wangen so dick und glatt waren wie die Bäckchen von Silvio Berlusconi. Gitti war daran zu erkennen, dass sie im Halsbereich wandernde, pockenartige Stressflecken hatte. Und Bettina Mallinger selbst war daran zu erkennen, dass sie, egal, wo sie auf dem Fest erschien, immer wieder die linke Hand wie einen Fächer neben ihr Gesicht hielt und sowohl ihren Verlobungsring demonstrierte als auch das eigene Erstaunen über den gemeinsam eingeschlagenen Weg mit Korbinian.

Ich gratulierte ihr zu allem, und wir umarmten uns.

Dann stellte sie mir Korbinian vor, der mir eine kleine Führung durch das Erdgeschoss gab und dabei andere Gäste begrüßte, die ihn beglückwünschten. Mir fiel auf, dass es Korbinian gewesen war, der damals mit Bettina Mallinger gemeinsam bei uns im »Balkan Grill« gegessen hatte, an dem Tag, an dem ich Bettina Mallinger hinterhergelaufen war, aber wir thematisierten es beide nicht und taten so, als würden wir uns zum ersten Mal in unserem Leben sehen.

Das Haus lag in der Villenkolonie Gern. Es war ein edles Haus, stilvoll altmodisch, mit einem ausladenden Erker, einer großen Bücherwand, hier und da ein wenig Kunst, ein, zwei ausgestopften Jagdtrophäen, Holzmasken aus Namibia. Es sah aus wie ein Haus, in dem schon lange gelebt wurde und Wurzeln geschlagen wurden, ein Haus mit einer Geschichte. Korbinian war gerade dreißig geworden und arbeitete seit zwei Jahren als Softwareentwickler für Bremssteuerungen bei Siemens. Er war der Eigentümer des Hauses.

»Ich könnte mir das nicht leisten«, sagte er, als wäre ihm das Haus ein wenig unangenehm. »Ich habe das Haus von meinen Eltern überschrieben bekommen, die es von meinem Großvater geerbt haben. Die Bücher sind von ihm, er war ein echter Bücherwurm.«

Ich musste an meinen Dedo und an seinen Hitlerbart denken. Korbinian knüpfte an die Geschichte seines Großvaters an, ohne dass ich nachfragte. Vielleicht weil er sich selbst nicht ganz sicher war, was für eine Haltung er zu dieser Geschichte einnehmen sollte, und weil er im Erzählen versuchte, genau das herauszufinden.

»Das ist sehr verrückt«, sagte er. »Mein Großvater kaufte fünfzehn Häuser in München. Er hatte fünf Kinder, und jedes Kind bekam drei Häuser. Meine Eltern haben also drei Häuser. In eines davon sind sie gerade umgezogen, in einem sind Mietwohnungen, und Bettina und ich wohnen jetzt hier im Familienhaus, wo mein Vater aufgewachsen ist, wo ich aufgewachsen bin und wo auch Bettis und meine Kinder«, er klopfte dreimal auf seinen Kopf, »einmal aufwachsen werden. Mein Vater sagt immer, mein Großvater sei so eine Art Hausmeister gewesen. Sehr geizig. Hatte nicht mal ein Auto. Fuhr jeden Tag mit der Tram und dem Bus von Haus zu Haus, sah nach dem Rechten, sammelte die Mieten ein. Er starb, als ich ein Jahr alt war.«

Mein Vater war auch eine Art Hausmeister und hatte keine fünfzehn Häuser. Korbinian wirkte nicht naiv. Ich hatte den Eindruck, er erzählte mir die Geschichte so, wie er sie selbst immer wieder erzählt bekommen hatte, und an der Art und Weise, wie er sie mir erzählte, einem Fremden, in einem Tonfall, der zwischen Aufregung und Verunsicherung schwankte, glaubte ich zu merken, dass ihm bewusst war, dass er vermutlich nicht die ganze Geschichte kannte, dass er möglicherweise sogar selbst oft nachgefragt und nachgebohrt hatte, um mehr über die Hintergründe seines Wohlstands zu erfahren. Ich hatte den Eindruck, er wollte sich erleichtern bei mir, ausgerechnet bei mir.

»Als dein Großvater lebte, das waren in München gute Zeiten für Immobiliengeschäfte?«

Korbinian zögerte für einen Moment, sagte »Ja«, und nach einer weiteren Stille zwischen uns sagte er noch einmal, als handelte es sich um ein Geständnis: »Ja.«

Ich fühlte mich fremd an diesem Abend, und ich fühlte mich fremd in meinem Leben. Ich konnte die anderen Perspektiven zu gut verstehen, weil sie alle auch etwas mit mir zu tun hatten. Jeder Vorwurf, den ich anderen hätte machen können, wäre auch ein Vorwurf gegen einen Teil von mir selbst gewesen. Einerseits wusste ich, was richtig und was falsch war, andererseits küsste ich Menschen links und rechts auf die Wange, die andere Menschen getötet hatten, genauso wie ich Menschen links und rechts auf die Wange geküsst hatte, die später getötet worden waren.

Weil das meine Familie war.

Was mich ausmachte, war nicht schwarz oder weiß. Ausländer und Deutscher, bosnischer Kroate und kroatischer Bosnier, Muschis und Schwänze, Straße und Universität, Gott und Krieg, kriminell und gesetzestreu, männlich und unmännlich, Schande und Ehre. Es gab alles gleichzeitig in meinem Leben. In mir selbst war immer alles gleichzeitig.

Heute weiß ich, dass mir in Deutschland die Vorbilder gefehlt hatten, an denen ich mich hätte orientieren können, die mir hätten zeigen können, wie mit all dem gut umzugehen wäre. Es war an uns, zu versuchen, diese Vorbilder selbst zu sein für die, die nach uns kommen, für unsere Nichten und Neffen, für unsere Kinder. Für die in den Džeko-Trikots. Aber damals wusste ich das noch nicht.

Ich streifte auf dieser Feier in Gern viel allein umher, ging vor das Haus, rauchte einen Joint, ging wieder hinein, organisierte mir eine Flasche Wodka, spazierte durch die oberen beiden Stockwerke, dann wieder alle Treppen hinunter bis in den Keller. Vor einer Ecke, in der Wehrmachtshelme hingen und Säbel mit eingravierten Hakenkreuzen, trank ich den Wodka und stellte mir vor, dass der Vater von Korbinian diese Dinge im Internet und in Antiquariaten erworben hatte, weil es irgendetwas mit ihm zu tun hatte, ohne dass er genau wusste, was das sein könnte, weil nie jemand mit ihm darüber gesprochen hatte. Also hatte er wortlos jahrelang in diesem Keller gestanden und eine Ausstellung über die Zeit seines Vaters kuratiert, die immer mehr zu einer Ausstellung über ihn selbst und seine Gedanken geworden war, und Korbinian ließ das nun alles hängen, ließ alles unberührt wie einen Tatort, weil er dachte, dass sich unter dem Offensichtlichen weitere Spuren verbärgen, die ihm eines Tages etwas über seinen Vater erzählen könnten, der als Sohn auch nur auf der Suche nach seinem Vater gewesen war.

Ich stellte mir vor, wie hier erst kürzlich Handwerker entlanggegangen waren und geschuftet hatten, einen alten Öl-Heizkessel herausgetragen, neue Gerätschaften für die Photovoltaik- und Solarthermieanlage installiert hatten, wie sie in ihren Pausen, ein Fleischpflanzerl mampfend, die Memorabilien angeschaut hatten, so wie ich sie nun anschaute, als ich mit einem Mal ein Wimmern hörte, das ich für das Wimmern eines Kätzchens hielt. Ich folgte diesem Weinen durch die verschlungenen Gänge des Kellers, bereit, einem verzweifelten Tier zu helfen, das vielleicht in einen zusammengerollten Teppich gefallen war und sich nun nicht mehr selbst befreien konnte. Aber als ich die schwere Kellertür öffnete, durch die das Weinen herausdrang, sah ich die Schwester von Bettina Mallinger vor der neuen Wärmepumpe auf dem Boden sitzen. Sie erschrak, wischte sich die Tränen aus den Augen und versuchte, ihre Atmung wieder zu kontrollieren.

»Hallo, ich bin Gitti«, sagte sie und streckte mir eine Hand hin. Sie machte keinen guten Eindruck und klang schwer betrunken, aber mir war auch klar, dass ich selbst nicht in meiner besten Form war. Ich setzte mich neben Gitti und gab ihr die Hand. Wir trafen uns in einer stillen Übereinkunft von Verzweiflung und tranken den Wodka zusammen aus. Alles schwankte, und wir starrten ins Nichts.

Was dann geschah, war für uns beide erbärmlich. Wir fingen an, aneinander herumzumachen. Gitti setzte sich auf mich, klemmte meinen Oberschenkel zwischen ihre Beine und rieb sich über meine Jeans. Sie machte meine Hose auf, aber es war zu kompliziert, meinen Schwanz herauszuholen. Dann drückte sie mich fest in ihre Schulter, als würden wir uns unendlich lieben und als wäre dieser Begegnung ein langer Verzicht oder ein langes Vermissen vorausgegangen. Sie schob ihr Geschlechtsteil weiter meinen Oberschenkel auf und ab, ich war nicht beteiligt, aber ich fand es auch nicht unangenehm. Ich schaute Gitti zu. In ihrem Trieb lag etwas Liebevolles, das ich mochte. Es war okay für mich, bis mir zu schummrig wurde vom Wodka und von den Bewegungen, die mir immer wieder hoch in den Magen drückten. Ich bat Gitti darum, aufzuhören.

Wir saßen wieder nebeneinander auf dem Boden wie am Anfang. Gittis Kopf an meiner Schulter, die Rücken an die neue Wärmepumpe des Hauses gelehnt. Ich nahm mein Handy und schrieb eine Nachricht an Martha:

Kannst du bitte kommen und mich abholen?

Es war die Nachricht eines Kindes, das mit großer Klappe ins Ferienlager gereist war und nun Heimweh hatte. Ich drückte auf »Senden«, aber ich hatte da unten im Keller keinen Empfang.

24

Meine dunkle Zeit fühlte sich an, als hätte ich mit meinem Traurigsten überhaupt nichts zu tun. Als wäre es von außen an mich herangetragen worden und als bestünde also auch die Möglichkeit, dass jemand käme, der es wieder davontrüge.

Dieser Jemand sollte Martha sein. Ich hatte mir das nie so konkret überlegt, aber es war das, was ich fühlte. Je deutlicher ich jedoch merkte, dass es diesen Jemand nicht gab, dass auch Martha dieser Jemand nicht war, desto mehr projizierte ich meine Verzweiflung auf sie. Es war, als würde ich jemanden um Hilfe bitten und ihn gleichzeitig wegen unterlassener Hilfeleistung anklagen.

Müsste ich es zeitlich festlegen, seit wann sich unser Kontakt zueinander verändert hatte, ich würde sagen: Seitdem ich einen Uni-Abschluss hatte. An dem Tag, an dem ich meine Urkunde erhalten hatte, hatten wir in einem Zimmer des Hotels »Oberdinger Hof« zum letzten Mal miteinander geschlafen, ohne zu wissen, dass es das letzte Mal sein würde.

Einige Monate später war ich ein Angestellter in Unterhaching und verdiente eigenes Geld, ich wurde schlafloser, meine Lust geringer, ich versank in Trübsinn. Die Nachrichten, mit denen Martha und ich uns lange

Zeit über die Entfernung hinweg so aufregend miteinander verbunden hatten, fingierte ich nur noch, füllte sie nicht mehr mit Handlungen. Wir schrieben uns immer seltener, irgendwann gar nicht mehr, wir telefonierten unregelmäßig.

Wenn ich in jener Zeit mit jemandem schlief, dann nur mit Elvir. Er war drei, vier Jahre älter als ich, arbeitete als Krankenpfleger und kam aus Banja Luka. Wir haben uns nie wirklich kennengelernt, wir wohnten einfach nur im gleichen Haus, und Elvir hatte mal ein Paket für mich angenommen. Auf diesem stand mein Name, und das reichte schon aus. Elvirs Eltern waren während des Jugoslawienkrieges mit ihm nach Deutschland gekommen; nun wohnte er mit einem Cousin zusammen, der auch Krankenpfleger war. Die Anziehung und Aufladung zwischen Elvir und mir lag darin, dass wir uns erkannten, ohne miteinander reden zu müssen. Sah ich Elvir in München vor meiner Wohnungstür stehen, sah ich nie einfach nur Elvir in München vor meiner Wohnungstür, sondern immer Elvir aus Banja Luka in München vor meiner Wohnungstür. Begegneten wir uns, fühlte es sich an, als wären wir zwei Geheimagenten des gleichen Dienstes, die sich in einem fernen Land über den Weg laufen, ohne vom Auftrag des anderen zu wissen, die sich erkennen, miteinander schlafen und sich dann wieder trennen.

Von Beginn an hatten wir die Vereinbarung getroffen, uns in unseren Leben nicht weiter zu stören und unsere Begegnungen ausschließlich auf Paketlieferungen und das Miteinanderschlafen zu beschränken, und das auch nur, wenn wir *nostalgija* hatten. »*Nostalgija* haben« war eine Wendung, die wir erfunden hatten für etwas, das wir beide oftmals fühlten. Es war unsere balkanesische Verlorengegangenheit bei gleichzeitiger Sehnsucht nach einem Zuhause, das es nicht gab, in einem Land, das es nicht gab, die sich in Sex mit einem Gegenüber auflösen musste, das genau das Gleiche fühlte.

Wir zogen uns aus, wir hielten uns, wir schliefen miteinander. Aber wenn wir einander rochen: rochen wir *čorba*. Wenn wir uns schmeckten: schmeckten wir *smokve*. Und wenn wir uns hörten: hörten wir *kokoši*. Wenn wir uns liebten: liebten wir uns selbst und wurden darüber doch nur einsamer. Zu jedem Sex gehörte, dass wir danach noch eine Weile zusammen im Bett saßen und uns einen Joint teilten.

Als Martha und ich uns zum letzten Mal in München trafen, wussten wir nicht, dass es das letzte Mal sein würde. Martha übernachtete bei mir im Olympischen Dorf, was sie zuvor noch nie getan hatte. Rückblickend vermute ich, dass Martha sich einen genaueren Eindruck von meinem Zustand verschaffen wollte.

Da ich es nicht mehr gewohnt war, mehr als zwei, drei Stunden am Stück zu schlafen, lag ich in der ersten Nacht lange wach, stand immer wieder auf, ging ans Fenster, ließ den Blick in den dunklen Olympiapark hineinsinken und rauchte eine Zigarette. Ich wusste, dass jedes Mal, wenn ich aus dem Bett aufstand, Martha davon aufwachte, aber es war mir egal. Beim vierten Mal nahm sie ein Kissen und warf es mir mit voller Wucht hinterher, als wollte sie mich mit dem Kissen aus dem Fenster kegeln. Meine Zigarette fiel mir aus der Hand, und ich sah, wie die Glut fünf Stockwerke nach unten segelte.

Am nächsten Tag waren wir beide zunächst darum bemüht, halbwegs gute Laune herzustellen. Mit Marthas kleinem Auto fuhren wir in die Bayerischen Voralpen und wollten wandern gehen. Wir kauften uns Kaffee und Croissants an einer Tankstelle, und auf dem Weg über Landstraßen hörten wir leise Radio und unterhielten uns ein wenig, gewöhnten uns aneinander. Dann sahen wir zwischen zwei Dörfern einen Flohmarkt auf einem Supermarktparkplatz, und ich bat darum, zu halten, da ich leidenschaftlicher Flohmarktgänger sei.

»Ah ja?«

»Ja, wirklich.«

»Und was suchst du?«

»Einfach bisschen bummeln, bisschen schmökern.«

Martha verstand, dass ich sie verarschte, und ließ den Flohmarkt links liegen.

»Da!«, rief ich. »Da, siehst du diesen Stand? Der hat sicher Wehrmachtshelme in den Kartons!«

Wir fuhren zum Spitzingsee, ließen das Auto auf dem Parkplatz einer Kirche stehen und gingen dann ab der Alten Wurzhütte hoch Richtung Rotwand. Ich hatte diese Wanderung schon einige Male gemacht und kannte mich gut aus. Sobald wir im Wald waren, erzählte ich von Bruno dem Bären, hörte bis zum Gipfelkreuz nicht mehr damit auf.

Bruno war ein Braunbär, der vier Jahre zuvor im Rotwandgebirge erschossen worden war. Er hatte sich von Italien aus aufgemacht und war einige Wochen lang durch die Alpen gewandert, kam schließlich über Vorarlberg und Tirol nach Oberbayern. Seine Eltern stammten aus dem ehemaligen Jugoslawien. Im Rahmen eines Umsiedlungsprojekts waren sie in einem italienischen Naturpark freigelassen worden, um sich dort fortzupflanzen. Bruno selbst steht nun ausgestopft im Münchner Westen, in einem Museum in Schloss Nymphenburg. Der präparierte Bär wurde dort arrangiert als Honigräuber, Plünderer eines Bienenstocks.

Der Sommer, in dem Bruno erschossen worden war, war der Sommer gewesen, in dem jedes Auto in diesem Land schwarz-rot-gold beflaggt worden war und sich überall ein neues Selbstbewusstsein entwickelt hatte. Die WM in Deutschland. Zwei Tage nach dem Achtelfinale Deutschland-Schweden und vier Tage vor dem Viertelfinale Deutschland-Argentinien wurde Bruno in der Nähe der Kümpflalm getötet, und ich fragte mich seitdem, ob es einen Zusammenhang gab zwischen nationaler Beflaggung und der Hinrichtung eines eingewanderten Tieres, einen Zusammenhang zwischen Sommermärchen und Problembär.

»Gibt es einen Zusammenhang zwischen Sommermärchen und Problembär?«, fragte ich Martha, als wir nach einer Stunde eine Pause machten und kurz verschnauften.

»Du redest wirr.«

»Ich wäre froh, es wäre so.«

»Wo soll denn das hinführen?«

»Sag du's mir.«

»Siehst du.«

Ich redete weiter, redete kreuz und quer und schlug wilde Bögen, spann Theorien über Extremismus und Bärenjagd, und als wir zwei weitere Stunden später den Gipfel erreicht hatten, waren wir hungrig und kehrten im »Rotwandhaus« ein, einer bewirteten Hütte in 1737

Metern Höhe. Wir teilten uns einen Kaiserschmarrn und tranken jeder einen halben Liter Spezi. Nach dem Essen verschwand Martha auf die Toilette, und ich nahm einen Stift aus meinem Rucksack, schrieb auf eine Postkarte vom »Rotwandhaus« dieses Gedicht:

Sommermärchen
Endlich waren wir wieder wer
Erschossen mit dem Schrotgewehr
Den schönen Bruno, kleiner Bär

Als Martha wieder an den Tisch kam, schob ich ihr die Postkarte hin: »Schau, ich habe ein Gedicht über euch geschrieben.«

Martha las die Zeilen. »Warum ›über *euch*‹? Und was ist überhaupt los mit dir?«

»Das ist engagierte Lyrik.«

»Du machst dich lustig über einen toten Bären. Das ist eine Postkarte mit Kritzeleien«, sagte Martha, und nach einer kurzen Pause, in der sie die Zeilen noch einmal las: »Und was willst du immer mit diesem Ausländer-Ding? Du bist deutsch, du bist Deutscher. Du selbst bist dein lyrisches Wir, und wenn du …«

Martha redete weiter, aber ich hörte nicht mehr zu, verschwand vollständig in dem, was ich hinter Martha sah: drei Männer, ganz in Camouflage gekleidet. Jeder hatte einen Brotzeitteller und einen Bierkrug vor sich. Sie hatten eine Karte auf dem Tisch liegen und einen Kompass. Erst dachte ich, es handele sich um Gebirgsjäger der Bundeswehr bei einer Übung. Die Männer waren hochkonzentriert und verhielten sich konspirativ. Dann aber bemerkte ich, dass keiner von ihnen ein Abzeichen trug und dass sie auch nicht wirklich gleich gekleidet waren. Sie trugen zusammengestückeltes Material aus Military Shops. Ich kannte diesen Typus Mann aus der Herzegowina, und wenn in deutschen Abendnachrichten über Konflikte in anderen Ländern berichtet wird, bekommen solche Männer die Bezeichnung »Freischärler« oder »Paramilitärs«. Zivilisten, die sich in Kriegszeiten zu Freiwilligenverbänden zusammenschließen. In Jugoslawien verübten sie schlimme Verbrechen, sie agierten neben der offiziellen Struktur.

Diese drei Männer schienen sich also mit einem Marsch durch das Gebirge in Form zu halten, sich vorzubereiten. Auf dem militärgrünen T-Shirt von einem der Männer war klein der Aufdruck eines Totenkopfes zu sehen, darüber der Schriftzug »*Taliban Hunting Club*«.

Ein paar Jahre nach dem Sommermärchen und der Jagd auf Bruno saßen hier oberbayerische Freischärler unter den Wanderern. Ich schaute mich in der Gaststube um. Keiner beachtete die drei Männer. Sie saßen hier, als säßen sie immer hier und als wären alle gewöhnt an ihren Anblick. Die Menschen schauten auf ihren Kaiserschmarrn oder sie bewunderten das Alpenpanorama, das sich vor den Fenstern ausbreitete. Sowohl Kaiserschmarrn als auch Alpenpanorama waren eindrucksvoll. In der Stube herrschte jene regenerative Gedankenlosigkeit, wegen der die meisten Menschen nun mal wandern gehen. Eine Frau im Dirndl saß auf einem Hocker, zwischen ihren Beinen ein Eimer Wasser, in der Hand ein Lappen. Sie wischte Speisekarten sauber.

Am Tag darauf spazierten wir durch das Olympische Dorf und dann weiter durch den Olympiapark. Ich erzählte Martha von Erich Segal, dem Autor von *Love Story*. Er war vom Fernsehsender ABC als Sportkommentator beim Marathonlauf der Olympischen Spiele in München eingesetzt worden, weil er nicht nur Schriftsteller, sondern früher auch selbst Marathon gelaufen war. Es war ein denkwürdiges Rennen, bei dem sich ein Schüler aus Nordrhein-Westfalen, gerade sechzehn Jahre alt, auf den letzten Metern im Läufer-Dress auf die Strecke schummelte. Als Erster lief er ins Olympiastadion ein und wurde vom Publikum gefeiert, was den tatsächlich führenden Läufer Frank Shorter für immer die ihm gebührende Huldigung kostete, da die Zuschauer, als er im Stadion ankam, ihn für den Zweitplatzierten hielten.

Ich kannte diese Geschichte nur, weil ich *Love Story* so gerne gelesen hatte. Es war ein so simples und klares Buch, so pur. Und weil ich es so gernhatte, hatte ich mich über den Autor erkundigt und war fasziniert davon, dass also der Autor von *Love Story* ganz in der Nähe meiner Wohnung einen wichtigen Moment in seiner Biographie erlebt hatte. Ich konnte sogar die Worte auswendig, die er ins Mikrophon gerufen hatte, und ich versuchte nun, sie für Martha in der Tonqualität der Siebzigerjahre nachzuempfinden.

»*That's not Frank! That is an imposter! Get him off the track! Come on, Frank, you won it! Frank, it's a fake, Frank!*«

Ich zeigte Martha die stillgelegte S-Bahn-Station, die in der Nähe des Stadions für die Olympischen Spiele in Betrieb genommen worden war. Der Weg dorthin rief Bilder jener Nacht hervor, in der wir Jahre zuvor über einen Zaun geklettert und in einen Badesee eingestiegen waren, jener Nacht, in der wir uns zum ersten Mal geküsst hatten. Diesmal war es etwas einfacher. Wir mussten nicht über einen Zaun klettern, sondern nur um einen herumgehen und dann einen kleinen Hügel hinabsteigen. Dort konnten wir uns eine kleine Mauer hochziehen, und schon standen wir auf einer Plattform und an verrosteten Gleisen. Ich reichte Martha die Hand und half ihr hoch, wie ich ihr auch aus dem Wasser heraus auf den Steg geholfen hatte.

Ging man nun die Plattform weiter, kam man in eine halb überdachte, sich zehn oder zwanzig Meter in die Höhe aufspannende Haltestelle. Eine Olympia-Ruine voller Graffitis, Scherben und Charme. Ein Sofa stand im Gleisbett, ein umgekippter Grill, leere Bierflaschen. Zum letzten Mal baute sich zwischen Martha und mir eine Spannung auf. Sie mündete darin, dass Martha ihre Hand auf meine Wange legte und mich küsste.

Jemand applaudierte. Zwei Männer saßen einige Meter weiter in ihrem provisorisch eingerichteten Zuhause zwischen zwei Zelten und einer Küchenzeile mit Gaskocher und Plastikschüsseln. Sogar Kleiderhaken hatten sie an einer Mauer angebracht. Es war ein gut und liebevoll eingerichtetes Obdachlosenzuhause. Ich hob die Hand zum Gruß, und die beiden Männer riefen etwas Unverständliches zurück, was jedoch im Tonfall als eine an mich gerichtete Anerkennung dafür zu verstehen war, dass ich eine Frau an meiner Seite hatte.

»Du bist so reich«, sagte ich zu Martha, die noch immer direkt vor mir stand. Ich sagte es so, als wäre sie schuld daran, dass es Obdachlose auf der Welt gab. Martha ließ einen Moment verstreichen und ging dann auf die beiden Männer zu, deren Geraune mit jedem

Schritt von Martha leiser wurde, bis sie schließlich ganz schwiegen und abwarteten. Martha nahm ihren kleinen Rucksack von der Schulter, kramte ihren Geldbeutel hervor. Sie reichte den Männern zwei Scheine, fünfzig Euro und fünf Euro, und stülpte den Geldbeutel dann auf den Kopf, um zu zeigen, dass er nun leer und nichts mehr drin war.

»Was glaubt sie, wer sie ist?«, rief einer der Männer und schaute mich an, der andere sagte halb zu sich selbst: »Was ist los in Deutschland?«

Als wir wieder auf den normalen Weg zurückgeklettert waren, wollte Martha meine Hand nehmen, aber ich steckte sie mir rasch in die Hosentasche. Schweigend spazierten wir an Tennisplätzen und Leichtathletikanlagen vorbei.

Wir blieben erst wieder stehen, als wir an dem Denkmal ankamen, das im Olympiapark an die elf israelischen Sportler und den deutschen Polizisten erinnert. Während der Spiele waren Terroristen in ein Apartment im Olympiadorf eingedrungen, hatten Teile der israelischen Mannschaft als Geiseln genommen, um 232 inhaftierte Palästinenser, einen japanischen Terroristen sowie zwei Mitglieder der deutschen RAF freizupressen. Die Namen der Verstorbenen sind in einen breiten Balken eingraviert.

In der Universitätsbibliothek hatte ich mir mit dem Bibliotheksausweis von Donelli mal ein Buch mit Texten von Ulrike Meinhof herausgesucht, die sie für die Zeitschrift *konkret* verfasst hatte. Es machte mir keinen Spaß, darin zu lesen, da die Texte so verbittert und enttäuscht klangen, dass ich mich darüber verschloss für alle Erkenntnis, die in ihnen verborgen sein mochte. Einzig einen Text über Gastarbeiter in Deutschland hatte ich mit Interesse gelesen, da ich mir erhoffte, darin etwas über das Leben meiner Eltern zu erfahren, und tatsächlich fand ich den Anfang einer Antwort auf die Frage, warum meine Mutter gefrorene Schwarzwälder Kirschtorte kaufte, um nicht negativ aufzufallen. Ulrike Meinhof zitierte in diesem Text Ergebnisse demoskopischer Untersuchungen von Umfrageinstituten wie Emnid und Allensbach. 51. Einundfünfzig. Einundfünfzig Prozent. Die absolute Mehrheit der Deutschen war damals eher dagegen gewesen, dass Ausländer als Gastarbeiter nach Deutschland kommen sollten.

Zu Hause wollte Martha sich einen Kaffee kochen. Im Küchenschrank sah sie gleich das viele Marihuana, das ich dort bunkerte. Wir kannten uns beide aus, und es gab zu diesem Vorrat nur zwei mögliche Erklärungen. Entweder verkaufte ich oder ich rauchte sehr viel.

»Verkaufst du?«, fragte Martha.

»Nein« war meine Antwort, und Martha redete lange auf mich ein, aber ich hörte nicht zu und hoffte, dass es bald vorbei sein würde. Martha verhielt sich wie die Mutter, die ich nicht gehabt hatte, weil sie zum Putzen bei Martha gewesen war. Ein sehr schlechtes Gefühl breitete sich in mir aus. Meine Atmung veränderte sich. Ich zeigte mit dem Finger auf Martha und ging zwei Schritte auf sie zu.

»Ich bin keine UNICEF-Postkarte.«

Martha blieb ganz ruhig. Sie stellte den Kaffee zurück in den Schrank, holte ihren Kulturbeutel aus dem Bad, packte ihre Tasche. Erst ging ich ihr hinterher, aber dann blieb ich an der Küchenzeile stehen, setzte mich auf die Herdplatten, schaute ihr zu. Bevor sie die Wohnung verließ, kam sie noch einmal zu mir. Mehrmals setzte sie an, um mir etwas zu sagen, sagte aber nichts.

Als die Tür ins Schloss gefallen und Martha weg war, blieb ich noch lange so sitzen. Ich drehte mir einen Joint, aschte in die Spüle neben mir und schaute durch das Fenster und über das Olympiastadion hinweg in den Himmel. Eine Wolke hing zwischen den Flutlichtmasten, die aussah, als hätte ein Kind sie gemalt.

25

Ich kann nicht genau sagen, ob ich vielleicht tatsächlich vorhatte, das Firmengelände in Unterhaching abzufackeln. Was ich sicher weiß, ist, dass ich später sehr froh darüber war, dass meine Entschlossenheit an jenem Tag nur für ein kleines Feuerchen gereicht hatte.

Ich stand mal wieder als letzter Mitarbeiter spätabends unter dem Vordach, wo die Raucherecke war, und rauchte einen Joint, bevor ich die S-Bahn nach München nehmen wollte. Es war ein absoluter Zufall, dass in Sichtweite vor einem Papiercontainer ein paar Kartons voller Vertriebsbroschüren standen, Belege meiner Arbeit bei CBM. Ebenso war es ein absoluter Zufall, dass ich am Tag zuvor an anderer Stelle auf dem Gelände in meiner Mittagspause zwei verwaiste Kanister hatte stehen sehen, aus denen es nach Benzin roch. Ich nahm einen tiefen Zug. Es fühlte sich an, als würde eine flauschige Decke um meinen Kopf gelegt werden. Aus diesem Wohlsein heraus kombinierte mein Geist »Papier« und »Benzin« und »Feuerzeug« und ließ daraus »ein gemütliches Feuer« entstehen. Ich sehe mich selbst von außen, wie ich zur Produktionshalle ging, in der Vater Mallinger Kunststoffteile für Scheibenwischanlagen herstellen ließ. Von dort wollte ich die beiden Kanister herübertragen, die ich am Tag zuvor bei einem Notausgang hatte stehen sehen. Ich fand sie nicht mehr.

Und so ging ich zurück und schob einen Karton voller Vertriebsbroschüren mit dem Fuß vom Papiercontainer weg, knüllte einige Blätter zusammen und zündete sie ohne Brandbeschleuniger an. Ich hatte in meinem Leben Hunderte Male Männern dabei zugeschaut, wie sie Feuer machten, um Fleisch zu grillen – es ist wirklich keine Wissenschaft. Ein bisschen reinpusten, und die erste Flamme wuchs sich zu einem schönen kleinen Feuerchen aus. Das Marihuana entfaltete seine volle Wirkung, und nichts erschien mehr ausweglos. Es war nicht so, dass alles gut war, aber alles war von einer egalen Gemütlichkeit umhüllt. Jeder Gedanke zerploppte wie eine Seifenblase. Es war warm. Ich dachte nichts. Wunderschöne Flammen. Als sie schwächer und kleiner wurden, ging ich zum Papiercontainer und schob nun zwei Kartons gleichzeitig vor mir her. Einen Karton mit dem rechten, einen mit dem linken Fuß. Es war ein bisschen umständlich, so zu gehen, aber ich hatte ja alle Zeit der Welt.

»*Pazi, policija!*«, rief plötzlich eine Kinderstimme hinter mir. »*Policija!*«

Ich drehte mich um und sah den kleinen Jungen im Džeko-Trikot. In seinen Augen lag der Glanz der kleiner werdenden Flammen. Ich blieb stehen und schaute den Jungen an, fragte mich, ob er wirklich da stand. Der fuchtelte mit den Armen, zeigte immer wieder nach rechts, und nun sah ich hinter ihm das Blaulicht, das sich in der Dunkelheit an eine Hauswand legte.

Ich schaute zur Firmeneinfahrt hinüber und sah einen Polizeiwagen.

»Danke«, sagte ich, aber da war der kleine Junge schon verschwunden. Von der einen auf die andere Sekunde war ich nüchtern. Zumindest glaubte ich das und winkte die Polizisten gleich zu mir herüber, machte auf mich aufmerksam. Bis sie bei mir waren, hatte ich die letzten Flämmchen schon ausgetreten, trampelte noch auf ein, zwei kokelnden Broschüren herum.

Es wäre wahrscheinlich gar nichts groß geschehen. Das Feuer war nur ein kleines Feuerchen gewesen, das Grundstück war privat, ich arbeitete hier, ich verhielt mich zwar merkwürdig, aber ich hatte gar nichts Verbotenes getan.

Es hatte vielleicht auch gar keiner die Polizei gerufen, die Streife war durch das Gewerbegebiet gefahren und hatte nur zufällig die kleinen Flammen gesehen, wollte sich erkundigen, ob alles okay sei. Wenn es eine Möglichkeit der Verharmlosung jemals gab, verspielte ich sie mir dadurch, dass ich mich vor der Staatsgewalt sofort schuldig und bedroht fühlte und einen großen Fehler beging. Ich griff in meine Hosentasche, zog zwei Fünfziger aus meinem Geldbeutel und hielt sie den Beamten hin.

»Das ist für Sie.«

Weil keiner reagierte, erhöhte ich um das Doppelte.

»Personalausweis.«

Ich steckte das Geld wieder ein und übergab meinen Ausweis. Einer der Polizisten leuchtete mit einer Taschenlampe darauf, kippte ihn im Licht ein paarmal hin und her.

»Hatten Sie schon mal Kontakt mit der Polizei?«

»Weil ich Željko Draženko Kovačević heiße?«

»Hatten Sie schon mal Kontakt mit der Polizei?«

»Nein, ich arbeite hier.«

Mein ganzer Auftritt war viel zu irritierend. Seit sie

meinen Namen kannten, vermutete ich, dass die Polizisten vermuteten, ich sei hier eingebrochen.

»Die Putzfrau kommt auch aus Bosnien«, sagte ich. »Wir arbeiten hier. Wobei meine Familie – das sind genau genommen Kroaten.«

Einer der beiden Polizisten ging mit meinem Personalausweis zum Auto zurück und funkte, der andere blieb in einigem Abstand bei mir stehen, war ganz konzentriert auf mich und in Alarmbereitschaft.

»Wir sind katholisch. Wir sind die Bayern des Balkans. Ich bin wie Sie.«

Der Polizist, der bei mir stand, reagierte nicht, schaute mich nur an. Als sein Kollege zurückkehrte, bekam ich meinen Ausweis wieder und erhielt eine Anzeige wegen versuchter Bestechung.

In diesem Moment kam Bettina Mallinger aus dem Gebäude. Offensichtlich war ich doch nicht der Letzte gewesen. Sie deeskalierte die Situation sofort, ergriff sogar Partei für mich, sagte, dass ich hier arbeite, dass alles in Ordnung sei, dass sie sich kümmern und mit mir wegen der angezündeten Broschürchen sprechen werde. Sie sagte wirklich »Broschürchen«. Ich fühlte mich wie ein kleines Kind, das beim Ladendiebstahl erwischt worden war und nun von seiner Mutter abgeholt wurde.

Was ich für mich als Erfolg verbuchte, war, dass die Polizisten nicht merkten, dass ich bekifft war, und dass sie zu keinem Zeitpunkt den Konsum von Rauschmitteln in Betracht zogen. Offensichtlich konnte ich sehr gut einen nüchternen verwirrten Menschen darstellen.

Die Einzige, die es gleich merkte, war Bettina Mallinger. Als ich nur kurze Zeit später in ihrem Geländewagen auf dem Beifahrersitz Platz nahm, weil sie mich nach Hause fahren wollte, fragte sie:

»Hast du was genommen?«

Ich antwortete nicht. Es roch in diesem Auto nach Blut und Fell. Möglicherweise war Bettina Mallinger eine Jägerin.

»Ich fahr dich jetzt nach Hause, und dann war es das. Es ist mir auch egal. Es ist sehr verwirrend, mit dir zu reden.«

»Ich habe doch gar nichts gesagt.«

Bettina Mallinger schüttelte den Kopf.

»Sie können so viele Solaranlagen auf das Haus montieren, wie Sie wollen.«

»Wie bitte?«

»Sie können. So viele. Solar. An. Lagen. Auf das. Haus. Montieren. Wie Sie. Wollen.«

»Was redest du?«

»Am Ende, Frau Mallinger, profitieren Sie von den Nazis.«

»Welche Nazis?«

»Welche Nazis?«

»Ja, welche Nazis?«

»Deutsche?«

»Du machst mir Angst.«

»Sie können nichts dafür, Frau Mallinger.«

»Warum siezt du mich die ganze Zeit?«

»Ich kann ja auch nichts dafür.«

Am nächsten Morgen wachte ich davon auf, dass es klingelte. Nur mit einer Unterhose bekleidet, öffnete ich die Wohnungstür und hörte, wie jemand in Fahrradschuhen durch das Treppenhaus eilte. Die Sohlen der Klickschuhe hallten durch das ganze Haus. Ein Kurier in einem weißen Rennradlerdress und mit lila Helm auf dem Kopf überreichte mir einen Brief. Ich quittierte ihn mit meiner Unterschrift. Es war meine Kündigung.

26

Ich kehrte zurück nach Ludwigshafen mit der gleichen karierten Plastiktasche, mit der ich Jahre zuvor von dort aufgebrochen war. Mit nach Hause brachte ich einen Universitätsabschluss und ein Glas voll Marihuana, sonst nichts.

Als ich die Tür aufschloss und die Wohnung betrat, in der ich aufgewachsen war, kam sie mir kleiner vor, als ich sie in Erinnerung hatte. Möglicherweise lag es daran, dass überall Umzugskisten standen und zu Türmen gestapelt waren. Vom Flur aus schaute ich ins Wohnzimmer, unsere Schrankwand war auseinandergeschraubt, ein Stapel Bretter lehnte an der Wand.

»Hallo«, sagte eine Stimme aus der Ecke im Flur, die früher mein Kinderzimmer gewesen war. »Ich bin Justin.«

Ein junger Mann stand dort und schraubte die Regale ab, auf denen wir immer unsere Wäsche gestapelt hatten. Er trug eine Jogginghose und ein Unterhemd, er hatte dünne Arme.

»Du bist Ljubas Bruder?«, fragte er und machte einen Schritt auf mich zu, reichte mir seine Hand. »Von keinem redet sie so viel wie von dir.«

Der Junge lächelte mich an und legte mir eine Hand auf die Schulter, dann zeigte er zur Wohnungstür hinter mir. Ich drehte mich um und sah meine kleine Schwester. Sie stand am anderen Ende des Flurs. Sie hatte eine Einkaufstüte in der Hand. Und sie war schwanger. Ljuba ging auf mich zu und küsste mich links und rechts und links und rechts und links und rechts auf die Wange und drückte mich fest an sich.

»*Moj doktore*«, sagte sie. »Ich hab dich so vermisst.«

Keiner stellte eine Frage zu meiner Heimkehr oder zu meinem Scheitern. Ich war einfach da. Es schien so, als wäre ich der Einzige, der darüber verwundert war. »*Doktor*« wurde nun mein Spitzname, und das nicht, weil ich an einer Universität gewesen war, sondern weil ich seit neuestem eine Brille trug.

Ich war in den vergangenen Jahren selten zu Hause gewesen, mal einen Tag zu Weihnachten, mal zu einem Geburtstag. Fern von meiner Familie hatte ich ein anderer werden wollen und war darüber ganz der Alte geblieben. In Ludwigshafen aber hatte sich viel verändert.

Ljuba hatte gerade ihre Ausbildung zur Drogistin bei dm abgeschlossen. Ihr Freund Justin hieß mit vollem Namen Justin Khalid Sabrowski und studierte Soziale Arbeit. Sein Vater stammte aus dem Sudan, seine Mutter war das Kind einer Flüchtlingsfamilie aus Ostpreußen. Justin war sudanesisch-muslimischer Ostpreuße, in seiner Aussprache aber vor allem Pfälzer. Ljuba und Justin erwarteten ein Kind, und zwei Monate später war es da: Aliya-Gordana Sabrowski. Meine Nichte. Immerhin kein Sonderzeichen.

Mein Bruder Kruno war im Gegensatz zu mir tatsächlich auf dem Weg, ein echter Doktor zu werden. Nach seiner Ausbildung zum Industriekaufmann bei der BASF hatte er an der Fernuni erst einen Bachelor, dann einen Master in Wirtschaft gemacht. Das Ziel, auf das er hinarbeitete, war es, zu heißen, wie deutsche Chefs in deutschen Unternehmen nun mal hießen, und er war nicht mehr weit davon entfernt. Die Frau, in die er sich verliebt und die er ein halbes Jahr zuvor geheiratet hatte, hieß Simone Fischer, und mein Bruder hatte ihren Namen angenommen. Aus »Krunoslav Kovačević, Ausländerkind« hatte mein Bruder »Kruno Fischer, Industriekaufmann« gemacht, und nun arbeitete er jedes Wochenende an seiner Promotion. Nicht mehr lange und er war »Herr Dr. Fischer, deutscher Chef«.

Meine Eltern arbeiteten beide weniger als früher. Ihre Körper gaben nicht mehr viel her. Meine Mutter putzte nur noch im Krankenhaus. Mein Vater ging für das Bauunternehmen nicht mehr auf Montage, er arbeitete jeden Tag in einer Werkstatt für Baumaschinen.

Im Aufbruch meiner Eltern vor Jahrzehnten hatte immer auch die Idee der Heimkehr gelegen. Mit ihrem Antrieb, fortzugehen, war schon im Moment des ersten Schrittes auch der Antrieb verbunden gewesen, wieder zurückzukehren. Die Idee war gewesen, Deutsche Mark zu verdienen, die in der Heimat viel wert waren. Die Idee war nie gewesen, dafür eines Tages die Kinder oder Enkelkinder verlassen zu müssen.

Und so zogen wir nun alle zusammen in ein Reihenhaus in den Norden der Stadt. Kruno und Simone, Ljuba und Justin mit Aliya-Gordana, meine Eltern, ich.

Mein Bruder finanzierte das Haus mit der Unterstützung von Simones Eltern. An der Tür brachten wir eine kleine Schiefertafel mit dem Namen »Fischer« an, der Rest ließ sich die Post c/o schicken.

Außer mir waren alle fleißig, alle gingen arbeiten oder machten etwas Sinnvolles. Monatelang saß ich in meinem Zimmer vor dem Fernseher, nur selten ging ich nach unten, wo Ljuba sich mit Aliya-Gordana aufhielt.

Ich hätte mich auch damals schon gern so um meine Nichte gekümmert, wie ich es heute tue, aber ich konnte es noch nicht. Ich schämte mich. Ich saß betäubt in meinem Zimmer, aß tütenweise Chips und schaute alles, was auf RTL und VOX lief: *Der Hundeprofi*, *Goodbye Deutschland! Die Auswanderer*, *Die Versicherungsdetektive – Der Wahrheit auf der Spur*, *Bauer sucht Frau*, *Exclusiv – Das Starmagazin*. »Der jüngere Bruder von Prinz William flirtet und fliegt Apache-Hubschrauber mit derselben Souveränität.«

Ich kann nicht mal sagen, dass es eine schlechte Zeit war. Es ist durchaus angenehm, Joints zu rauchen, sich in Watte zu packen, Chips zu essen und sich der Dramaturgie des Privatfernsehens zu überlassen. Dass ich wieder Fuß fasste und zurück ins Leben fand, hing letztlich unmittelbar mit dem Marihuana zusammen.

Über das Gras kam ich zu einem Job, von dem ich zuvor nicht gewusst hatte, dass er überhaupt existiert, und von dem ich bis heute nicht sicher weiß, ob ich mich damit in kriminelle Geschäfte habe verwickeln lassen. Es war die einzige Chance, die sich mir in jener Zeit bot, und der Job, der mich aus meiner Krise holte, verlangte nach einem Typen wie mir. Man brauchte mich als genau das, was ich war: als *Jugošvabo*.

Mein Marihuana kaufte ich seit meiner Heimkehr nach Ludwigshafen bei einem lustigen Vogel namens Sinan. Sinan hatte einen serbischen Pass und stammte aus einer Familie von Türken aus dem Kosovo mit Verwandtschaft in Albanien. Er konnte mehrere Sprachen sprechen, verstand sich schnell mit jedem, und deshalb war er ein Knotenpunkt für gute Geschäfte. Er war unverheiratet und lebte zusammen mit seinen Eltern in einer kleinen Dachgeschosswohnung in der Nähe von Tor 5 der BASF.

Eines Tages saß ich bei ihm im Wohnzimmer. Zwei in Decken eingeschlagene Sofas vor einer Schrankwand mit Glasvitrine und Fernseher. Auf einem Regalbrett stand eine Geschosshülse aus dem Kosovokrieg, die zum Blumentopf umfunktioniert worden war und aus der heraus eine Grünlilie wuchs. In der Wohnung roch es nach gebackenem Blätterteig und Shisha Apfel. Auf dem Bildschirm lief *Punkt 12*, RTL, der Ton war abgestellt. Neben mir waren noch ein paar andere Männer da. Ich konnte nicht erkennen, ob es Verwandte, Freunde oder Geschäftspartner von Sinan waren. Einige sahen aus wie Kiffer, andere wie Türsteher. Wir waren alle auf Socken.

Sinan hatte sein Handy auf laut gestellt und es auf den Couchtisch gelegt, er hing seit zwanzig Minuten in der Warteschleife einer Krankenkasse. Wir alle bekamen mit, wie er dann mit einer Sachbearbeiterin sprach. Es ging um Lohnfortzahlungen und noch nicht überwiesenes Krankengeld für seinen Vater. Die Frau am anderen Ende der Leitung sprach mit ihm wie mit einem Kriminellen, der nur Betrug im Sinn hatte. Zwar hatte sie recht damit, aber sie konnte es doch gar nicht wissen. Sinan war sehr höflich, und formal schien er alles korrekt gemacht und gemeldet zu haben. Ich wusste, dass Sinans Vater in

Wahrheit seit zwei Monaten in Prizren weilte, an seinem Haus baute, Urlaub machte und wirklich nur das Krankengeld kassieren wollte. Aber die Frau wusste das nicht.

Wir saßen alle um das Handy herum und hörten zu. Je länger das Gespräch dauerte, desto trauriger und wütender wurde ich. Die Frau manövrierte Sinan in Widersprüche, fragte, warum sein Vater nicht selbst anrufe, ob sie ihn sprechen könne. Der Fehler, den Sinan machte, war, dass er Aufrichtigkeit simulierte und so tat, als wäre er der gut integrierte Sohn, der für seinen Ausländervater Papierkram erledigte. So kam er bei dieser Frau nicht vorwärts. Ich hatte eine andere Idee. Ich dachte mir: Wenn die Krankenkasse mit Sinans Vater sprechen will, soll sie doch mit ihm sprechen. Ich schlug mit der Faust auf den Tisch und brüllte das Telefon an.

»WO GELD!!? ... ICH NIX VERSTEHN WO GELD!!?? ... ALLES KAPUT!! ... RICKEN MAGEN GALLE KAPUT ... MEINE SOHN SAGE IHNEN ... ICH FINFUNDREISIG JAHREN ARBEITEN IN DEUTSCHLAND ... MACHEN STEUERNUMMER KRANKENKASSE ... WO GELD!!? ... FINFUNDREISIG JAHREN LEBEN WIE TIEREN ... BAUŠTELE GESEC ... JEDEN TAG ZWELF STUNDEN ... SIEBEN BIS SIEBEN ... WO GELD!!? ... BAUŠTELE ARBEITEN ŠLAFEN KONTENER ... FINFUNDREISIG JAHREN ARBEITEN IN DEUTSCHLAND ... SIE NIX VERSTEHN ... MEINE SOHN SAGE IHNEN ... WO GELD!!? ... LEBEN WIE TIEREN ... WO GELD!!!!? ... WO GELD!!!«

Zwei Tage später war das Krankengeld auf dem Konto, und Sinan bat mich darum, fortan für ihn zu arbeiten.

Genau genommen war es eher so, als hätte er eine Arbeit übrig, für die er mich für geeigneter hielt als sich selbst, weshalb er mir die Arbeit weitervermittelte.

»Du siehst aus wie ein *Švabo*, aber du denkst wie ein Jugo. *Pravi doktor!*«

Meine Aufgabe bestand darin, zweimal im Monat Autos von Deutschland nach Bosnien-Herzegowina und zurück zu fahren. Mehr nicht. Pro Reise bekam ich fünfhundert Euro auf die Hand, und das jedes Mal vorab. Ich wurde nie eingeweiht, wusste nie, welche Geschichte dahintersteckte. Ich sollte einfach nur Auto fahren und Seriosität ausstrahlen. Ich trug Lederschuhe, eine Jeans, ein Hemd, eine Brille, ich hatte einen deutschen Pass. Ich konnte die Mentalität von deutschen und österreichischen Beamten lesen, genauso wie die Mentalität von Slowenen, Kroaten, Serben und Bosniern, mit denen ich auf meinen Fahrten zu tun haben konnte. Wenn ich gefragt wurde, wohin ich führe, erzählte ich von einer Beerdigung.

Obwohl Sinan mich nie darüber aufklärte, konnte ich erkennen, dass ich mit einer Reise wohl zwei unterschiedliche Aufträge erfüllte. Hinfahrt und Rückfahrt teilten sich auf in Überführung und Transport.

Ich fuhr mit irgendeinem alten Auto von Deutschland nach Bosnien-Herzegowina, und mit dem immer gleichen SUV fuhr ich zurück. Das Geschäftsmodell der Hinfahrt konnte ich mir schnell erklären. Die Hinfahrt war eine Überführung ohne Überführungskennzeichen und sollte aussehen wie eine normale Fahrt. Ich führte illegal Autos nach Bosnien-Herzegowina ein. Dafür gab es einen lebhaften Markt, der auf zwei Säulen aufbaute: alte Autos aus dem Ausland und alte Papiere aus dem Inland.

Das Ganze funktionierte so: Ich fuhr los mit einem grünen Opel Astra, Baujahr 1991, mit deutschen Kennzeichen. Unten wurde das Auto nach meiner Übergabe ohne Registrierung verkauft, und der Käufer kaufte dann an anderer Stelle noch die passenden Papiere, die irgendwann zuvor einmal tatsächlich und ganz offiziell für einen grünen Opel Astra, Baujahr 1991, ausgestellt worden waren. So wurden Autos unsichtbar ins Land eingeführt, und alle waren glücklich.

Es war also nicht so, dass in Bosnien-Herzegowina die Autos länger hielten, weil dort nur begabte Hauptschüler und KFZ-Mechaniker lebten; es war einfach nur das dritte Auto, das mit den gleichen Papieren herumfuhr. Wir tauschten alte Autos gegen andere alte Autos ein, und so sah es auf den Straßen aus wie in Deutschland vor über zwanzig Jahren.

Das Modell, das ich am liebsten überführte und das sehr beliebt war, war eine Mercedes S-Klasse, W140, Baujahr eines der Kriegsjahre 91 bis 95. Dieses Modell trug vor Ort den Namen »Genšer«. Es war ein Statussymbol für die Kroaten der Region, benannt nach Hans-Dietrich Genscher, dem ehemaligen deutschen Außenminister, der in diesem Auto von Termin zu Termin gefahren worden war und – wie auch Papst Johannes Paul II. – als ein wichtiger Mann für die Anerkennung der Unabhängigkeit Kroatiens galt. Deutsche Politik, katholische Kirche und Kroatentum. Der Mix, aus dem das Leben meiner Familie seit Generationen bestand.

Auf der Insel Brać steht sogar ein Denkmal für Hans-Dietrich Genscher, wobei Denkmäler auf dem Balkan nicht unbedingt viel zu bedeuten haben. In Mostar steht eine Statue von Bruce Lee, weil er der Einzige war, bei dem man davon ausging, dass die Bevölkerungsgruppen der Stadt ihm gleichermaßen zugewandt sein könnten. Bruce Lee als kleinster gemeinsamer Nenner nach jahrhundertelangem Zusammenleben. Streit gab es trotzdem. Und zwar darum, wie das Standbild des Kämpfers ausgerichtet werden sollte, als Verteidiger der Kroaten im Westteil oder als Verteidiger der Bosniaken im Ostteil der Stadt.

Das Auto, mit dem ich meine Heimreisen nach Deutschland antrat, war immer dasselbe: ein BMW X5 mit Esslinger Kennzeichen, ein komfortabler Geländewagen mit beigen Ledersitzen und verdunkelten Scheiben. Das Auto war halb Gangster-Pick-up, halb Familienkutsche. Auf der Heckklappe klebten zwei Aufkleber, einer mit dem Schriftzug »Baby an Bord«, ein zweiter mit »René fährt mit«. Auf der Rückbank stand ein vollgekrümelter Kindersitz, und ein paar *Micky-Maus*-Hefte klemmten in der Rückenlehne. Ob es René wirklich gab, konnte ich nicht sagen.

Sinan schrieb mir vor meiner Abfahrt jedes Mal eine SMS, in der stand, ob ich über Maribor-Graz-Passau oder über Ljubljana-Salzburg-Rosenheim zurück nach Deutschland fahren sollte. Bis Slowenien wurde ich durchgewinkt, sobald die Grenzbeamten den deutschen Reisepass in meiner Hand erkannten. Sie wollten sich ihn nicht einmal anschauen. Auch auf den Autobahnen in der EU wurde ich nie kontrolliert. Der aufregendste Moment war, als ich ausgerechnet während meiner ersten Rückfahrt auf der A 8 bei Piding, kurz hinter Salzburg, sah, wie auf der Nebenspur ein Reisebus von Globtour Međugorje hinter einem silberfarbenen Kombi herfuhr, in dessen Heckscheibe immer wieder eine Anzeige aufleuchtete: »Bitte folgen«. Das machte mich nervös, weil ich überhaupt nicht wusste, was geschehen würde, wenn mal vor mir so ein Auto der Schleierfahndung auftauchen würde. Das geschah jedoch nie, und so fühlte ich mich von Fahrt zu Fahrt sicherer mit Sinans SMS.

Während der Stunden im Auto zwischen Deutschland und Bosnien-Herzegowina und Bosnien-Herzegowina und Deutschland hatte ich viel Zeit nachzudenken. Ich hörte Hörbücher, *Harry Potter*, alle sieben Bände, gelesen von Rufus Beck, anschließend *Eragon*, die Saga des Drachenreiters. Es waren gemütliche Stunden, in denen ich spannenden Geschichten lauschte und über das Leben nachdachte, durch Regen und Sonne fuhr, an einer Raststätte ein Schnitzel aß oder einen Fernfahrerkaffee trank, mir an der Tankstelle ein paar Chips, eine Ritter Sport und eine Dose Red Bull für die Weiterfahrt kaufte.

Manchmal notierte ich mir während dieser Pausen einen Gedanken. Ich schrieb in einen Kalender, den ich von Sinan erhalten hatte, ein Werbegeschenk der Nibelungen-Apotheke in Ludwigshafen. Ich wollte darin nur hoffnungsvolle Dinge notieren, keine düsteren Gedanken. Anders als Hertha Kräftner, die einen Ärztetaschenkalender der Firma Bayer besessen haben soll, in den sie traurige Liebesgedichte schrieb, aus dem heraus sie sich aber auch erschließen konnte, in welcher Dosierung welches Medikament tödlich für sie sein würde. Der Nibelungen-Kalender, in den ich schrieb, sollte mir nur guttun – ich hoffte auf Heilung.

In meiner Erinnerung sehe ich das Auto und mich selbst von oben. Die Fahrbahnmarkierungen gleiten am

Auto entlang, die Landschaft zieht rechts und links vorbei und verändert sich, wird süddeutsch, wird alpin, wird dunkel, Scheinwerfer leuchten voraus, wird ländlich. Ich komme an und wechsele das Auto. Dann alles wieder rückwärts. Ich rede mit niemandem, bin ganz in Gedanken.

Ich war ein junger Mann mit einem Universitätsabschluss, der illegal Autos in das Land einführte, aus dem seine Eltern vor Jahrzehnten fortgegangen waren, weil sie sich und ihrer Familie eine Welt ermöglichen wollten, in der für ein gutes Leben keiner etwas tun muss, was nicht rechtens ist.

Nach einem Jahr, in dem alles reibungslos gelaufen war und ich zwölftausend Euro verdient hatte, bat ich Sinan darum, die Fahrten nicht mehr übernehmen zu müssen. Er gab mir noch einmal fünfhundert Euro. »Deine Abfindung«, sagte er.

Die Hälfte des Geldes, das ich verdient hatte, legte ich auf ein Sparbuch, das ich für Aliya-Gordana bei der Volksbank Rhein-Neckar eröffnete. Mir gefiel die Idee, dass meine Nichte eines Tages von den Irrwegen ihres Onkels profitieren sollte. Und um ihr auch darüber hinaus ein gutes Vorbild zu sein, wollte ich künftig ein echtes Ehrenamt in einem Verein übernehmen.

Ich meldete mich beim »FC Croatia Vorderpfalz e. V.« an. Hier wollte ich nicht Fußball spielen, sondern mich sozial engagieren. Obwohl ich selbst nie im Verein Fußball gespielt hatte, war ich bei Croatia Vorderpfalz kein Unbekannter. Das Wichtigste, was ich sagte, als ich mich vorstellte, war, dass ich der zweite Sohn vom dritten Sohn meines Dedos sei und dass mein Bruder früher mal im Verein gespielt habe. Von diesen Informationen ausgehend, konnten sich nun alle ein umfassendes Bild von mir machen: Der eine kannte meine Schwester, der nächste einen Onkel, der dritte eine Großtante. Aus dem Verhalten und der Geschichte meiner gesamten Familie wurde abgeleitet, dass ich insgesamt ein vertrauenswürdiger Kerl sei; ich war zwar aus Ludwigshafen weggegangen und hatte ein Leben ohne Verein und Kirche geführt, aber nun war ich ja wieder da, und das sagte alles. Auf meiner ersten Mitgliederversammlung wurde ich zum stellvertretenden Jugendleiter gewählt, eine Stelle, die neu geschaffen worden war, da der Fußballverein in jenen Jahren über die Herrenmannschaft hinauswuchs und einen eigenen Jugendbereich aufbauen wollte.

Das hing damit zusammen, dass es damals zu zwei entscheidenden Umbrüchen in der kroatischen Diaspora kam. Erstens wuchs eine neue Generation heran: die Kinder der Gastarbeiterkinder. Für sie sollte eine bessere Infrastruktur geschaffen werden, damit sie über den Fußball eine Verbindung zum Land ihrer Vorfahren aufbauen könnten. Und zweitens stand Kroatien kurz vor dem Beitritt zur EU, wodurch der Verein in den kommenden Jahren mit einem großen Zuzug von potenziellen Neumitgliedern aller Altersklassen aus Kroatien und aus Bosnien-Herzegowina rechnete.

Jeden Tag radelte ich nun zum Sportplatz. Meine Arbeit war auf vier bis acht Stunden in der Woche angelegt, aber ich hatte sonst nichts zu tun und dachte mir immer neue Dinge aus. So saß ich Tag für Tag in einem kleinen Kabuff, aus dessen Fenster man über einen Fußballplatz blicken konnte, der vormittags leer vor mir lag und im Laufe des Nachmittags von wechselnden Mannschaften bespielt wurde. Hinter dem Sportplatz erstreckten sich über den Horizont die Anlagen der BASF.

Ich legte für jede Jugendmannschaft einen Leitz-Ordner an, ich wurde ein richtiger Vereinsbürokrat. Die strukturierte Arbeit beruhigte mich, die Listen mit den kroatischen Namen, die Tabellen, die Meldebögen. Ich führte die Unterlagen wie ein Deutscher. Meine Aufgaben bestanden darin, die Trainingszeiten zu koordinieren, die Mannschaften in ihren Klassen zu melden, ansprechbar zu sein. Ich gründete außerdem eine Vereinszeitung mit dem Namen *Glas Vorderpfalza*, was man übersetzen kann mit »Die Stimme der Vorderpfalz«. Ein großer Name für ein kleines Vereinsblatt, das unregelmäßig erschien und meist nur ein zusammengefaltetes, stärkeres DIN-A4-Blatt war. Ich interviewte Vereinsmitglieder, druckte Mannschaftsfotos ab, porträtierte Trainer und schrieb über ihr Berufsleben, das sich bei der BASF abspielte oder in einem Handwerk, warb um Anzeigen von Sponsoren wie Gas-Wasser-Installateuren und Balkan-Grills.

Der beliebteste Artikel, den ich veröffentlichte, war der Vorbericht zur Abstimmung über ein Ausflugsziel für den gesamten Verein. Zur Auswahl standen auch der Dom in Speyer und das Landesmuseum für Technik und Arbeit in Mannheim, aber am Ende gewann sehr eindeutig die gerade neu eröffnete Lasertag-Arena in Frankenthal.

Der kontroverseste Artikel, der jemals in *Glas Vorderpfalza* erschien, war zugleich auch mein letzter. Ich publizierte ihn zweisprachig und hatte ihn überschrieben mit dem Titel »Werdet unsichtbar! Eine Leitkultur für den FC Croatia Vorderpfalz e. V.«.

27

Wenige Tage vor dem Beginn des Prozesses gegen Mitglieder des NSU sah ich zum ersten Mal im Leben meinen Vater ohne Schnurrbart. Es war im Frühsommer, ich kam vom Sportplatz nach Hause, es war Abend, aber noch hell. Mein Vater saß am Wohnzimmertisch, er las in einer Tageszeitung. Er trug eine blaue Jeans und ein gelbes Polohemd, er sah ganz anders aus als sonst. Irgendwie frischer. Alles an ihm war ungewöhnlich. Sein Gesicht hatte sich verändert. Der schwarze Schnurrbart war weg, er hatte eine Lesebrille auf. Auch in dieser Kleidung hatte ich ihn unter der Woche nie zuvor gesehen. Normalerweise trug er abends noch den Blaumann aus der Werkstatt oder einen Trainingsanzug. Und das Einzige, was er sonst abends las, war die Fernsehzeitung oder das kroatisch-katholische Kirchenheft.

»Was ist los mit dir?«

»Nichts.«

»Du siehst aus wie ein deutscher Rentner.«

»Gut so.«

»Was ist los?«

»Sogar Türken sprechen mich auf Türkisch an.«

»Was redest du?«

Mein Vater hielt mir einen Teil der Zeitung hin, in dem es um den Beginn des NSU-Prozesses ging. Auf einer halben Seite waren die Opfer abgebildet, neun Männer, eine Frau. Ich guckte abwechselnd auf die Zeitung und in das Gesicht meines Vaters.

»Sag mir, dass ich kein Ausländer bin.«

»Ćaća.«

»Wer bin ich?«

»Ćaća.«

»Ich habe nichts gesehen von diesem Land – außer Container und Baustellen.«

»Ćaća.«

»Ich habe Angst.«

»Ćaća, du musst keine Angst haben.«

»Deutschland ... Ich bin auch nicht für Verbrecher, aber ... Ich meine, gegen die Ausländer ... Menschen in Deutschland müssen begreifen ... Für ein Land ist es ein großer Gewinn ... Wenn du in ein anderes Land gehst und du holst Menschen von dort ... Stellst sie bei dir in deine Fabrik oder an deinen Gemüsestand ... Das ist ein großer Gewinn ...«

»Ćaća, ohne Bart siehst du aus wie ein braun gebrannter deutscher Rentner im Urlaub.«

»Immer wenn es ein Angebot gab ... Irgendeinen Kurs zu machen oder angelernt zu werden, ich habe mich immer gemeldet ... Ich habe immer geguckt, wo es ein bisschen leichter geht, damit ich nicht so kaputtgehe ... Habe ich verdient ... Viel Arbeit für Deutschland ... Brücken, Tiefgaragen, neue DDR, Flughafen Frankfurt ...«

»Ćaća, an unserer Tür steht ›Fischer‹. Du bist sicher.«

»Was ist mit Justin? Was ist mit meiner Aliya-Gordana, meiner Enkelin, meinem Engel?«

»Ich verspreche dir, Ćaća, sie werden sicher sein. Deutschland ist ein gutes Land.«

»Zusammen mit Türken, Jugos, Rumänen habe ich gebaut, deutsche Vorarbeiter.«

»Siehst du, zusammen habt ihr es gebaut. Siehst du, Ćaća.«

»*Sine moj.*«

Mein Vater guckte in die Zeitung und schüttelte immer wieder den Kopf. Als ich am nächsten Tag vom Sportplatz nach Hause kam, hing eine Deutschlandfahne in unserem Vorgarten.

Auch im Verein wurden die Zeiten komplizierter. Im Sommer des gleichen Jahres trat Kroatien der Europäischen Union bei, und es galten bereits Erleichterungen, um nach Deutschland zu kommen; bald würde volle Freizügigkeit gelten. Mit dem Zuzug von neuen Kroaten kam es zunehmend zu Konflikten im Verein, und bald verliefen echte Risse durch die Gemeinschaft vom FC Croatia Vorderpfalz.

Wer waren wir? Wer waren wir in Deutschland? Wer wollten wir sein? Durch die Neuen drängten sich diese Fragen mehr denn je nach vorne. Es war, als würden die Gastarbeiterkinder ihre eigenen Eltern sehen, wie sie hier vor Jahrzehnten angekommen waren, völlig unbedarft, gutgelaunt und abenteuerlustig.

Im Verein bildeten sich in kürzester Zeit verschiedene Gruppen heraus, die ich insgeheim beschrieb als »die Deutschen«, »die Kroaten« und »die Nazis«.

»Die Deutschen« waren die Gastarbeiterkinder und deren Kinder. Die meisten von ihnen trugen zwar noch mindestens ein »-ić« im Namen, aber die Vornamen waren angepasst worden und ohne Jots und ohne Sonderzeichen. Die Kinder hießen nicht mehr Ružica, Mirjana,

Josip und Božena, sondern David, Petra, Marko und Mia, und sie sprachen ausschließlich Deutsch miteinander, keine Mischsprache. Die jungen Eltern wollten es ihren Kindern leichter machen, bei der Einschulung genauso wie bei einer späteren Wohnungssuche, sie wollten ihre Kinder befreien vom Ausländersein, sie hatten ihre eigene Identität zu oft als Makel erlebt, hatten sich mit diesem Makel durch Jugend und Ausbildung gekämpft. Sie hatten zu viele Demütigungen erlebt, waren über zu viele Steine geklettert, so dass sie nun Sorge hatten, dass ihr gerade neu gewonnenes und noch zartes Außenbild als »gute Ausländer« oder gar als »kroatische Deutsche« von den anderen beiden Gruppen aus Unerfahrenheit oder Mutwilligkeit beschädigt würde. Oder noch einfacher gesagt: Die Mütter der Gastarbeiterkinder hatten jahrelang halb gefrorene Schwarzwälder Kirschtorten aus Supermärkten zu Schulfesten getragen, um sich gut zu stellen mit den Deutschen, und jetzt gab es da die anderen, die am Spielfeldrand Ćevape grillten, die Mutter des Schiedsrichters beleidigten oder türkischstämmige Gegenspieler als »*Mudschahidin*« beschimpften.

»Die Kroaten« waren gerade erst nach Deutschland gekommen und wollten die Leben fortführen, aus denen sie aufgebrochen waren, in denen man jederzeit rauchen und Schnaps trinken konnte und wo in manchen Gegenden lautes Fluchen wie Atmen war. Sie kamen in der Vorstellung, dass sich in ihren Leben überhaupt nichts verändern würde, außer dass sie endlich gutes Geld verdienen würden. Sie strotzten vor Selbstbewusstsein und hatten richtig Lust auf Deutschland. Sie wollten das neue Land für sich erobern, sie wollten sich ihren Platz erkämpfen, sie wollten erfolgreich sein. Erfolgreich in den

Provinzen Kroatiens war man oft, wenn man laut oder rücksichtslos auftrat. Die Neuen wussten noch nicht, dass in Deutschland aber nur Deutsche laut oder rücksichtslos auftreten durften, und dass sie sich selbst und allen anderen, deren Namen auf »-ić« endeten mit einem solchen Verhalten keinen Gefallen taten.

»Die Nazis« waren in beiden erwähnten Gruppen zu finden und in ihrer Denkweise von außen erst mal nicht zu erkennen, da sie auch gern Ćevape aßen und Popcorn für alle zubereiteten. Sie waren selbstbewusste Ausländer und selbstbewusste Ausländerhasser zur gleichen Zeit, es war für sie kein Widerspruch. Sie hörten Lieder aus den Jahren des Bürgerkriegs und verehrten ihre Großväter nicht nur als Großväter, sondern auch als Kroaten. In den Sommerferien wetterten sie in ihrer Heimat wahlweise gegen Serben und Bosniaken, den Rest des Jahres gegen alle Ausländer in Deutschland, am liebsten gegen Türken und Gläubige des Islams aller Länder. Sie agierten aus einer Erzählung der Unterdrückung heraus. Sowohl der Unterdrückung als Deutsche in Deutschland als auch der Unterdrückung als Kroaten in Deutschland als auch der Unterdrückung als Kroaten auf dem Balkan. Je länger sie in der Diaspora lebten, desto radikaler wurden sie in ihren Ansichten, und obwohl sie so schizophren waren, waren sie die Einzigen, die bei einer Selbstbefragung mit ihrer Identität überhaupt kein Problem gehabt hätten. Sie ruhten in sich. Das größte Problem für sie wäre gewesen, wenn sie gewusst hätten, dass der stellvertretende Jugendleiter vom FC Croatia Vorderpfalz e. V. in seinem Leben schon viele schöne Schwänze im Mund gehabt hatte.

Es lässt sich so zusammenfassen: Die einen von uns wollten am liebsten deutscher sein als die Deutschen, um von den Deutschen nicht umgebracht zu werden; die anderen hatten noch keine Erfahrung damit gesammelt, dass sie in diesem Land als Kroaten einfach Ausländer waren und dass sie nur dann erfolgreich sein würden, wenn gar nicht auffiel, dass sie überhaupt da waren; und die dritten tranken zu viel Schnaps und fanden ihre Stärke in Zynismus und Verachtung. Vielleicht waren wir ein ganz normaler deutscher Verein.

Für Deutsche waren wir jedoch schnell alle gleich. Wir waren irgendwas vom Balkan, was Ćevape grillte oder Stress machte. Jugos, Bauarbeiter, Kriminelle.

Wo stand ich?

Ich formulierte meine Position in einem Aufruf an den gesamten Verein und druckte ihn in *Glas Vorderpfalza* ab. Standen sich die Gruppierungen im Verein sonst konfrontativ gegenüber, hatten sie mit der Veröffentlichung meines Textes nun ein gemeinsames Feindbild: mich. Irgendeinen Grund, mich aus dem Verein zu werfen, konnte in diesen Zeilen jeder finden.

WERDET UNSICHTBAR!

Eine Leitkultur für den FC Croatia Vorderpfalz e. V.

Von Željko Draženko Kovačević

Wir repräsentieren Ausländer in Deutschland. Wir repräsentieren Ex-Jugoslawen in der Vorderpfalz. Wir repräsentieren Kroaten in der Vorderpfalz. Wir repräsentieren Menschen aus Bosnien-Herzegowina. Wir repräsentieren den Verein.

Wir sind pünktlich. Wir sind geduscht. Wir sind frisiert. Wir tragen die Trainingsanzüge des Vereins.

Auf dem Spielfeld sprechen wir deutsch. Wir spielen Fußball und gehen wieder nach Hause. Wir grillen nicht am Spielfeldrand.

Wir singen keine kroatischen Lieder. Wir singen keine nationalistischen Lieder. Auch nicht in der Kabine. Kroatische Lieder singen wir zu Hause und in der Kirche. Nationalistische Lieder singen wir überhaupt nicht.

Wir geben dem Schiedsrichter die Hand. Wir beleidigen keine Spieler anderer Mannschaften. Auch nicht die Familienangehörigen der Spieler. Wir beleidigen sie niemals.

Wir lassen uns nicht provozieren. Nicht mal von unseren eigenen Kindern. Wir fluchen nicht. Wir fluchen nicht. Wir fluchen nicht. Wir fluchen nicht. Wir fluchen nicht. Wir fluchen nicht. Wir fluchen nicht. Wir fluchen nicht. Wir fluchen nicht. Wir fluchen nicht.

Wir schimpfen nicht auf andere Ausländer. Wir schimpfen nicht auf andere Deutsche. Wir schimpfen nicht.

Wir akzeptieren jede Entscheidung. Wir akzeptieren jede Fehlentscheidung. Werden wir benachteiligt, akzeptieren wir es und strengen uns doppelt an, den Nachteil aufzuholen.

Schießen wir ein Tor, verzichten wir auf Jubelläufe. Wir freuen uns still. Wir freuen uns zu Hause.

Egal, wie das Spiel ausgeht, wir sagen: Ihr seid die bessere Mannschaft. Gewinnen wir, sagen wir: Das war Glück. Verlieren wir, sagen wir: Ihr seid unsere Vorbilder, wir wollen sein wie ihr.

Wir wissen:

Wenn Deutsche krank sind, pflegen wir sie.
Wenn Deutsche ihre Wohnung schmutzig machen, putzen wir sie.
Wenn Deutsche ein Paket bestellen, bringen wir es.
Wenn Deutsche ein neues Badezimmer benötigen, fliesen wir es.
Wenn Deutsche einen unserer Fußballer haben wollen, geben wir ihn ab.

Was wir kosten? Die Hälfte.
Was wir dafür tun? Alles.

Keine Ausländer wollen wir sein.
Keine Nazis wollen wir sein.
Still wollen wir sein.
In Deutschland wollen wir sein.

Keiner konnte etwas damit anfangen. Für die einen klangen meine Zeilen wie Hohn, für die anderen waren sie verletzend, für die nächsten waren sie strafbarer Irrsinn. Eine der umstrittensten Passagen war die zehnmalige Wiederholung des Satzes »Wir fluchen nicht«.

»Ist das dein Ernst, *doktore*?«, rief einer mir entgegen. »Ein Leben ohne Fluchen ist komplett sinnlos!«

»Dann können wir auch gleich sterben gehen!«, rief ein anderer.

In der Woche nach Erscheinen dieser Ausgabe von *Glas Vorderpfalza* verlor ich mein Amt als stellvertretender Jugendleiter des Vereins. Hätte man mich nicht einstimmig rausgeschmissen, wäre ich freiwillig gegangen. Wenn ich meine Worte zu Ende dachte, wenn ich den abrasierten Schnurrbart meines Vaters ernst nahm, dann konnte all das nur in meinem Austritt aus einem Verein münden, der eine nationale Zuschreibung in seinem Namen trug. Ich sagte mich los von Ehrenamt und Verein. Ich wollte überhaupt nichts mehr sein. Ich wollte zu keiner Gruppe mehr gehören.

Ich hatte im »Balkan Grill« gearbeitet, ich hatte in München an der Universität studiert, ich hatte bei CBM in Unterhaching gearbeitet, ich hatte zu viel Alkohol getrunken und zu viel Marihuana geraucht, ich war nach Ludwigshafen zurückgekehrt, ich hatte nichts getan, ich hatte Autos nach Bosnien-Herzegowina überführt, ich hatte höchstwahrscheinlich Marihuana nach Deutschland eingeführt, ich war für eine Zeit eine Jimmy-Kartoffel gewesen und für eine andere Zeit ein krimineller Jugo, ich hatte jedes Klischee bedient, von dem ich geglaubt hatte, es erfüllen zu müssen, ich hatte sogar ein

Ehrenamt beim FC Croatia Vorderpfalz e.V. ausgeübt, und erst jetzt, erst jetzt, wo ich mich von allem löste, von allem lossagte, sollte ich am Anfang der zufriedensten Zeit meines Lebens stehen.

Vierter Teil

28

Tagsüber beschäftigte ich mich mit Blumen und Bäumen, abends las ich ein Buch. Ich war Gärtner durch und durch und bin es bis heute.

So viele Jahre nach dem Besuch des Berufsinformationszentrums begann ich eine Ausbildung zum Landschaftsgärtner bei »Gartenbau Bender & Löffler«. Die Geschäftsräume lagen in Feudenheim, die Berufsschule in Heidelberg, ich musste weite Wege zurücklegen, aber es störte mich nicht. Bender & Löffler war ein regionales Unternehmen, das seine Arbeit mit höchster Sorgfalt erledigte und ansonsten keine Ambitionen hegte. Herr Bender war Landschaftsarchitekt, Herr Löffler war Kaufmann, außerdem gab es eine Buchhalterin und fünf Helfer, von denen einer ein Azubi war, ich. Unser Geschäftsgebiet umfasste die Rhein-Neckar-Region, Mannheim, Ludwigshafen, Heidelberg, vor allem aber arbeiteten wir in den kleineren Städten wie Germersheim, Landau, Neckargemünd, Mosbach.

Frühmorgens fuhr ich eine halbe Stunde lang mit dem Auto zur Arbeit. Mein Weg führte mich an der BASF vorbei, wo zu dieser Zeit gerade die Schichten wechselten. Ich sah, wie die Autos vor mir immer wieder nach links blinkten, wie Gruppen von Menschen im Morgengrauen das Werk verließen oder betraten, hinter Tor

11, Tor 5, Tor 2 verschwanden. Ich fuhr über den Rhein nach Mannheim, an der Moschee und an der Kakaofabrik vorbei, fuhr über die Friedrich-Ebert-Brücke und den Neckar am Klinikum entlang und dann immer weiter geradeaus nach Feudenheim, wo am Ortseingang ein riesiger Hochbunker aus dem Zweiten Weltkrieg steht, in dem ich als Kind einmal zu Besuch gewesen war, weil darin Flüchtlinge aus Jugoslawien untergebracht worden waren. Mein Cousin, der sich für ein Jahr bei uns vor dem Krieg versteckte, besuchte dort manchmal einen guten Freund, der mit seiner Familie im Nazibunker lebte.

In Feudenheim war die Geschäftsadresse von Bender & Löffler, und dort war auch der Fuhrpark. Wochenweise nahm mich einer der Helfer von hier aus mit zu einer Baustelle, und so verbrachte ich dann noch einmal eine halbe Stunde bis Stunde in einem Kleintransporter, hörte eine Morningshow in einem Regionalradio, aß ein Käsebrötchen und trank einen Becher Kaffee. Ich verbrachte morgens viel Zeit in Autos und Transporterkabinen, bevor ich dann für den Rest des Tages an der frischen Luft war.

Wir Helfer arbeiteten auf den »Baustellen«, wie wir sie nannten. Unsere Baustellen hatten nichts mit den Baustellen zu tun, auf denen mein Vater gearbeitet hatte. Wir begrünten Spielplätze oder Verkehrsinseln, richteten Innenhöfe von Altenheimen her; unser Schwerpunkt lag auf der Planung und Pflege von Privatgärten.

Es war in meinem ersten Ausbildungsjahr im Spätherbst, als ich zusammen mit einem Jörg zu einem größeren Privatanwesen fahren sollte, auf dem das Unternehmen seit vielen Jahren schon arbeitete, und nun hatte es den Auftrag erhalten, den Garten winterfest zu machen. Jörg war so alt wie ich, hatte langes Haar, ein Augenbrauenpiercing, und auf den rechten Arm hatte er längs eine Liedzeile der Böhsen Onkelz tätowieren lassen: »Ich will lieber stehend sterben als kniend leben«. Nur ein einziges Mal lenkte ich das Thema auf Jörgs Tätowierung, als ich ihm sagte, dass ich den Spruch auf seinem Arm lustig fände, weil wir als Gärtner doch so viel knieten und kniend unser Leben bestritten, und auch er fand das lustig.

An jenem Tag im Herbst war ich es, der den Kleintransporter fahren sollte, und ich weiß noch, wie ich meinen Rucksack auf den Mittelsitz legte, die Seitenspiegel einstellte und den aktuellen Kilometerstand ins Fahrtenbuch notierte, während Jörg in den Unterlagen kramte, um mir die Adresse unseres Fahrtzieles zu nennen. Er sagte mir den Straßennamen und die Hausnummer, die Postleitzahl, Heidelberg. Ich tippte alles in das Navi ein, tippte immer langsamer, verharrte für einen Moment, bevor ich auf »Route berechnen« drückte.

Jörg sprang aus dem Transporter. Ich kuppelte aus und blickte ihm nach, sah ihm zu, wie er klingelte, über die Gegensprechanlage ein paar Worte wechselte, und wie sich daraufhin das Tor zum Anwesen der Grubers öffnete. Beim Anfahren heulte der Motor kurz auf, ich würgte ihn ab, und der Transporter rollte ein Stück zurück. Ich zündete noch einmal den Motor und fuhr dann unter den Birken hindurch zum Haus und bis vor die Garage.

Ein älterer Herr wartete an der Haustür auf uns, es war Herr Gruber. Jörg ging voraus, gab Herrn Gruber die Hand und stellte mich vor als den neuen Azubi. Auch ich gab Herrn Gruber die Hand, und zu dritt gingen wir durch das Haus Richtung Terrasse, wo Herr Gruber uns ein paar Worte zum Garten sagen wollte und was dort zu tun sei.

Ich ging langsam und schaute in die Bibliothek, wo alles noch aussah wie damals. Die vielen Bücher, die Bilder an der Wand, das Schachspiel, der Notenständer, der Globus. Dann folgte ich durchs Wohnzimmer. Die Sofalandschaft, auf der ich mit Edita und ihrer Freundin arme Kinder gespielt hatte, war ausgetauscht worden, ein neuer Fernseher stand vor der Wand.

»Kommen Sie?«, rief Herr Gruber mir von der Terrasse aus zu, nicht irritiert davon, dass ich mich so langsam durch das Haus bewegte und mich umschaute, sondern überaus freundlich und vielmehr so, als wollte er den Azubi nicht ausschließen aus der Vorbesprechung.

Unsere Aufgaben sollten darin bestehen, den Garten abzurechen, Stauden und Bäume zu schneiden, die Beete zu mulchen, zwei junge Bäume anzubinden und zu weißen, die winterharten Kübelpflanzen zu ummanteln, ein paar Krokusknollen für das kommende Frühjahr in den Boden zu setzen. Herr Gruber ging mit uns am Pool entlang, den wir ebenfalls winterfest machen sollten, pH- und Chlorwerte anpassen, das Wasser absenken, alles abdecken.

»Wo sind die Kaninchen?«, fragte ich, als wir ganz hinten im Garten standen.

Herr Gruber und Jörg schauten mich verwundert an.

»Die Kaninchen ... Ihr Azubi hat einen guten Blick für den Boden ... Wissen Sie, hier haben jahrelang Kaninchen hingeschissen ... Sehen Sie, da vorne.«

Herr Gruber zeigte in eine Ecke des Gartens, die etwas

verwildert war. Dort sah man zwischen Weidensträuchern kleine Holzkreuze im Boden stecken, sicher mehr als zehn. Alle waren beschriftet und mit dem Porträt eines Kaninchens versehen. Auf einem der Kreuze konnte ich verblasst meinen eigenen Namen stehen sehen beziehungsweise den Namen »Jimmy«, geschrieben mit der Kinderschrift von Edita.

Herr Gruber ging mit uns zusammen zur Garage, schloss uns die Türen auf, und ich erkannte darin gleich Marthas kleines Auto, den Z4 Roadster, umhüllt von einer silbergrauen Abdeckplane. Der Wagen war mit dem Heck bis knapp vor zwei Polster gefahren worden, die von einem Balken hingen, angebunden mit einem Knoten, wie Martha ihn mir auf dem Segelboot beigebracht hatte.

Herr Gruber ließ alle Türen geöffnet, so dass wir von der Einfahrt aus unsere Arbeitsgeräte durch die Garage in den Garten tragen konnten. Dann verschwand er im Haus. Jörg und ich waren allein, und der Garten der Grubers war nun ganz uns überlassen.

Es war ein goldener und kalter Oktobertag. Der Himmel war blau, die Sonne schien in den Garten, es roch nach Herbstblättern und feuchter Erde vor dem ersten Frost. Ich sah meinen Atem, ohne dass mir zu kalt wurde. Ich trug eine grüne Latzhose, die mir von Bender & Löffler gestellt worden war, und dazu einen Seemannspullover, den meine Mutter im Zweierpack in einem Supermarkt für mich gekauft hatte. Ich verrichtete eine Arbeit, die mich ganz erfüllte. Ich war an der frischen Luft, ich fühlte die Welt mit meinen Händen, war Teil eines Zusammenspiels von Natur und Zähmung.

Manchmal, wenn ich so in einem Garten stand und arbeitete, musste ich an Michael K. denken, die Hauptfigur in *Leben und Zeit des Michael K.* von J. M. Coetzee. Obwohl er nur eine Erfindung war, dachte ich an ihn wie an einen Menschen, den ich gut kannte. Ich dachte an ihn, wie er nachts im Mondschein vor einer verlassenen Farm steht, seinen Kürbis-Acker bestellt und Steine nach wilden Ziegen wirft, die seine Ernte bedrohen.

Hier sprang ab und an ein Eichhörnchen an mir vorbei, kletterte Bäume hoch und rannte über Ast und Ast. Das Tier war tüchtig. Es war so aufgeregt, als wäre ihm erst durch die Anwesenheit von uns Gärtnern klar geworden, dass die Zeit nun wirklich eng wurde.

Jörg und ich begannen mit dem Laub, rechten es zu einem großen Haufen, damit sich dorthinein bald ein Igel zurückziehen konnte. Dann mähten wir den Rasen und rechten auch ihn zusammen.

Immer wieder schaute ich zum Haus, das wirkte, als würde überhaupt keiner hier leben. Ganz still war es, nichts bewegte sich. Das Leben war nur hier im Garten bei Jörg und mir und bei den Tieren. Keine Spur von Herrn Gruber, Martha war nirgends zu sehen, Edita auch nicht. Nur Oliver ließ sich blicken, der Kater. Von jetzt auf gleich lag er auf der Fußmatte vor der Terrassentür, als würde er niemals damit rechnen, dass irgendwer dort aus dem Haus treten würde. Ich ging zu ihm und kniete mich hin, streichelte ihn ein wenig am Bauch, kraulte ihn zwischen den Ohren, was er sich gern gefallen ließ, er schnurrte. Oliver war alt und schwach geworden, seine Bewegungen waren behäbig, sein Blick trüb. Still und leer lag das Haus hinter ihm, als wäre er sein letzter Bewohner.

Um die Mittagszeit trug Jörg eine kleine Bank aus der Garage in den Garten. Ich ging zum Transporter, um unsere Brotboxen zu holen. Gerade als ich die Beifahrertür wieder zuwerfen wollte, sah ich, dass ein Auto unter den Birken die Einfahrt hinauffuhr.

Ein weißer Smart hielt nur ein paar Meter von mir entfernt. An der Tür war er mit einer Sonne und einem Regenbogen beklebt, darüber der Schriftzug »Palliativteam Rhein-Neckar e. V.«. Darunter stand etwas kleiner geschrieben: »›Die wahre Freude ist die Freude am anderen.‹ Antoine de Saint-Exupéry«.

Eine Frau saß im Auto, die gerade eine Zigarette ausdrückte. Sie griff sich eine Tasche, stieg aus, grüßte mich freundlich und öffnete dann mit einem Schlüssel die Haustür und verschwand dahinter.

Ich schmiss die Tür des Transporters zu, ging um den Smart herum. Auf dem Beifahrersitz lag die Ausgabe einer Illustrierten – »Neverland ist abgebrannt: Neue Vorwürfe gegen Michael Jackson († 50)«, »Der royale Wonneproppen: Die ganze Welt liebt Baby George!«. Ich ging weiter und schaute durch die Heckscheibe. Dahinter sah ich Kartons mit Pflegematerial, Einmalhandschuhe, Katheterbeutel.

Wir saßen im hinteren Teil des Gartens auf der Holzbank, die Sonne schien. Jörg biss mit geschlossenen Augen in ein Fleischwurstbrötchen, eine leichte Senfspur blieb um seinen Mund zurück. Ich pellte ein hart gekochtes Ei und schaute immer wieder auf das vor uns liegende Haus, versuchte, etwas zu erkennen. Hin und wieder hatte ich den Eindruck, hinter einem der Fenster würde sich etwas bewegen, aber ich konnte unmöglich sagen, ob es ein Mensch war, der dahinterstand, oder etwas, das sich darin spiegelte, eine sich im Windzug bewegende Baumkrone, eine kleine Wolkenformation, die ihre Position veränderte.

Den restlichen Nachmittag teilten wir uns auf. Jörg mulchte die Beete und Stauden mit dem zusammengerechten Laub und dem frischen Schnitt, ich kümmerte mich um den Rasen. An zwei kahlen Stellen säte ich nach. Anschließend befüllte ich einen Streuwagen mit kaliumhaltigem Dünger, fuhr damit die Grünfläche auf und ab. Wenn ich am Ende des Gartens angekommen war und den Streuwagen drehte, um ihn zurück Richtung Haus zu schieben, schaute ich hoch zu den Fenstern im ersten Stock, versuchte, etwas zu erkennen. Nach dem vierten oder fünften Mal stand tatsächlich ein Fenster offen, und ich blieb stehen und schaute hoch.

»Martha«, sagte ich leise zu mir selbst, wie um zu bekräftigen, dass sie es wirklich war. Dort saß sie am geöffneten Fenster, nur ihren Kopf konnte ich sehen. Das Gesicht bleich, hager und alt, schneeweißes Haar, so kurz, die Kapuze eines rosa Bademantels. Martha schaute über den Garten hinweg in die Bäume, und ich folgte ihrem Blick. Das Eichhörnchen wirbelte durch die oberen Baumspitzen, die Äste bogen und bewegten sich unter den Sprüngen des Tieres.

Ich fuhr weiter mit dem Streuwagen auf und ab, auf jedem Rückweg schaute ich nur zu Martha, die in den Himmel blickte und gar nicht hinunterschaute, in ihren Garten hinein. Dann sah ich Herrn Gruber, wie er neben Martha trat und das Fenster schloss. Es blieb die Spiegelung von Bäumen und Himmel.

Einige Zeit später stand Herr Gruber bei uns im Garten und verabschiedete sich. Er bat uns darum, die Terrassentür und die Garage zu schließen, wenn wir gingen, das Einfahrtstor zuzuziehen. Er selbst würde morgen da sein, wenn wir wiederkämen.

Ich verstaute den Streuwagen und die Rechen im Transporter, der Smart war nicht mehr da. Jörg war noch hinten im Garten und wollte sich für den nächsten Tag anschauen, wie die jungen Bäume anzubinden waren und wo wir gut ein paar Krokusknollen für das Frühjahr einsetzen konnten. Ich gab ihm Bescheid, dass ich noch einmal auf die Toilette gehen müsse, machte einen großen Schritt über Oliver und verschwand im Haus.

Ich ging schnell, als hätte ich ein klares Ziel, lief durchs Wohnzimmer in den Hausflur, schaute mich gar nicht um, sondern bog gleich ab und wollte die Treppe hinaufgehen. Nach den ersten Stufen wurde ich langsamer, meine Schritte waren leise, ein Treppenteppich dämpfte alles ab, ich zögerte, schleppte mich nach oben, schaute ins Nichts, fror in meinen Bewegungen beinahe ein. Ich erinnere mich, dass mein Herz sehr schnell schlug, als ich vor der Schlafzimmertür ankam. Draußen war es bereits dämmrig, und ich stand im Halbdunkel, atmete Heizungswärme und Wohlstand ein. Ich legte die Hand an den Türrahmen und lauschte, hielt den Kopf schräg vor die Tür, um vielleicht etwas hören zu können. Mein Blick wanderte die Wand entlang, und ich sah die Bilder und Fotos, die den ganzen Treppenaufgang schmückten und die mir beim Hinaufgehen nicht aufgefallen waren, weil ich nur auf mich selbst konzentriert gewesen war. Ich ging von der Tür weg und schaute mir die Fotos an.

Martha, wie sie an einem Rednerpult steht und einen

Vortrag hält. Edita beim Hockey. Herr Gruber mit einem geangelten Wels vor der Brust. Eine gerahmte Kinderzeichnung von Edita. Edita auf einem Pferd. Martha, Edita und Herr Gruber beim Abiball. Martha mit einem um den Kopf gebundenen Tuch. Martha auf einem Segelboot. Edita bei einem Auftritt mit Klarinette. Ein Schwarz-Weiß-Familienfoto, eine Frau mit Brosche, zwei Mädchen in Kleidern, ein Mann in Wehrmachtsuniform. Martha an einem Nordseestrand. Ein Foto von Oliver, der in einer Schachtel sitzt. Edita in schwarzer Robe, die einen Bachelor-Hut in die Luft wirft. Martha als Kind mit einem Puppenwagen. Ein gerahmtes, handgeschriebenes Gedicht von Edita über einen Wintertag. Martha und Edita auf dem *Walk of Fame* in Los Angeles, Edita trägt Micky-Maus-Ohren, Martha eine Basecap von den Lakers. Herr Gruber und Edita mit einem Schlitten im Schnee.

»Željko?«

Jörg rief aus dem Wohnzimmer nach mir. Ich schaute die Treppe hoch zur Schlafzimmertür. Ich meinte, ein Husten zu hören.

»Željko?«, hörte ich Jörg noch einmal etwas leiser sagen, er stand am Treppenabsatz.

»Hier.«

»Feierabend.«

»Hier bin ich.«

29

Als ich an jenem Abend nach Hause kam, zog ich mich in mein Zimmer zurück, lag lange auf meinem Bett, verschränkte die Arme hinter dem Kopf und schaute an die Decke. Schließlich suchte ich in meinem Bücherregal nach dem Band von Hertha Kräftner und fand ihn auch gleich. Auf dem Buchblock hatte sich Staub gesammelt. Ich pustete über das Papier. Ich hielt das Buch sanft in meinen Händen. Ich kratzte mit den Fingern über den Deckel, eine dunkle Klangfarbe. Ich schlug es auf, roch an den Seiten, roch die Jahre, die vergangen waren. Ich legte mich wieder aufs Bett und las die ersten Gedichte des Bandes, schlief mit dem Buch neben meinem Kopfkissen ein.

EIN ABSCHIED

Die Dämmerung kommt aus bleichem Land.
Ich fühle müd: sie bringt den Abschied mit –.
Leb wohl … laß meine Hand …
Nein, mach kein Licht.
Ich will im Dunkeln gehen.
Ich brauche, wenn ich gehe, dein Gesicht
nicht mit den Augen sehen.
Denn meine Seele nimmt es mit.

Der nächste Tag begann wie jeder Tag in meinem Leben als Gärtner. Es war noch nicht ganz hell, als ich mit dem Auto an der BASF entlangfuhr, weiter über den Rhein nach Mannheim. Ich stieg zu Jörg in einen Transporter, und wir fuhren zu unserer Baustelle. Regen prasselte an jenem Morgen auf die Fahrerkabine, die Heizung blies warme Luft in unsere Gesichter.

Den Vormittag brachten wir damit zu, die Kübelpflanzen auf den Winter vorzubereiten. Mit einer Sackkarre schleppten wir vier Buchsbäume und eine große Stammrose in die Garage, um im Trockenen arbeiten zu können. Wir isolierten die Böden mit Laub, legten eine Bambusmatte darauf. Die Krone der Stammrose schützten wir mit Holzwolle, alle Pflanzen ummantelten wir mit einem Frostschutzvlies. Dann schoben wir die Kübel vor jene Hauswand, hinter der sie vor eisigen Ostwinden geschützt waren, legten Styroporplatten darunter.

Von der Garage aus sah ich gegen Mittag wieder den weißen Smart, wie er auf das Grundstück und vor das Haus fuhr. Die Pflegerin stieg aus, winkte uns in die Garage, rief: »Mahlzeit!«

»Mahlzeit«, antworteten Jörg und ich synchron und bissen in unsere Pausenbrötchen.

Am Nachmittag brach der Himmel auf, wir arbeiteten im Garten. Ich wartete darauf, dass sich oben bei Martha wieder das Fenster öffnete, und als es so weit war, blieb ich stehen und schaute nach oben, doch Marthas Aufmerksamkeit lag wieder ganz in den Baumkronen und im Himmel.

Jörg holte sich etwas zu trinken.

»Ich nehme einen Schluck aus dem Gartenschlauch!«, rief ich ihm hinterher, aber Martha schaute weiterhin nur in die Baumkronen. Sie saß da wie am Tag zuvor. In einem rosa Bademantel am Fenster schien sie die frische Luft zu genießen.

Jörg und ich wollten uns um den Pool kümmern. Wir holten einen Roboter aus der Garage, verkabelten ihn und ließen ihn ins Wasser ab. Zunächst begann er seine Arbeit ganz tatkräftig, arbeitete sich einmal quer durch das Becken und die Wand hoch bis zur Wasserkante. Auf dem Rückweg blieb er dann einfach in der Mitte des Beckens stehen und rührte sich nicht mehr. Jörg wollte ihn am Kabel aus dem Wasser ziehen.

»Halt!«, rief ich. »Ich rette ihn!«

Ich schaute hoch zum Fenster und sah Martha, die nun auch zu uns hinunterschaute. Ich nahm meine Brille ab, schob mir die Träger der Latzhose von der Schulter, zog meinen Seemannspulli aus, entkleidete mich bis auf die Unterhose.

»Spinner«, sagte Jörg, überließ mir aber die Bühne.

Direkt am Pool machte ich kurz Gymnastik. Ich stellte die Beine hüftbreit auseinander und beugte mich mit beiden Händen voraus zum Boden. Dabei wippte ich ein bisschen vor und zurück, bis ich mit den Handflächen auf den Boden kam. Ich richtete mich wieder auf, griff mit der linken Hand an den rechten Ellenbogen und drückte ihn kurz hinter meinen Kopf. Das Gleiche machte ich auch mit dem anderen Arm.

Dann trat ich an den Beckenrand und sprang hinein.

Ich zog ein, zwei Bahnen durch das kalte Wasser, versuchte, in eine Gleitphase zu kommen. Als ich einen guten Rhythmus gefunden hatte, tauchte ich ab und steuerte auf den Roboter zu, griff ihn mit beiden Händen und trug ihn hoch an die Wasseroberfläche, legte ihn mir auf den Oberkörper, schleppte ihn in Rückenlage zum Beckenrand, wo Jörg schon auf uns wartete.

Jörg nahm mir den Roboter ab, zog ihn aus dem Wasser, kniete sich vor ihn und hielt sein Ohr an den Körper der Maschine, zog dann einen Filter heraus und blies immer wieder hinein, als würde er das Gerät beatmen.

»Und?«, fragte ich.

»Sieht nicht gut aus.«

»Herz-Druck-Massage!«, rief ich und kletterte aus dem Becken.

Ich kniete mich neben Jörg, der den Roboter weiter beatmete, und drückte ein paarmal auf die Power-Taste. Die LEDs auf dem Trafo leuchteten auf.

»Da!«, rief ich.

Wie um seine Rückkehr ins Leben zu bestätigen, machte der Roboter ein Geräusch wie ein Tintenstrahldrucker, der seine Arbeitsbereitschaft signalisieren will.

Jörg und ich umarmten uns.

Als wir uns wieder voneinander lösten, stand Herr Gruber neben uns. Ich stand schnell auf und wollte gerade ansetzen, irgendetwas zu erklären, aber es gab ja gar nichts zu erklären. Herr Gruber hielt mir ein Handtuch hin und verschwand wortlos wieder im Haus. Oliver folgte ihm.

Ich legte mein Gesicht ins Handtuch, trocknete es und hielt mir das Frottee an den Körper, während Jörg den Roboter wieder ins Wasser ließ. Das Handtuch war kuschelig und wärmte mich.

Genau in dem Augenblick, als ich so im Garten stand, in einer nassen Unterhose und hinter einem Handtuch stehend, trafen sich unsere Blicke. Ein Erkennen lag in Marthas Augen. Ganz langsam und vorsichtig hob ich eine Hand zum Gruß. Ein Moment verging, in dem wir uns einfach nur anschauten. Dann hob auch Martha eine Hand.

Als wir am nächsten Tag auf dem Anwesen der Grubers ankamen, gab es für uns nicht mehr viel zu erledigen. Es war ein leicht bewölkter Tag. Wir montierten den Rollschutz am Pool, wir weißelten ein paar Jungpflanzen gegen Frostrisse. Am Nachmittag überließ Jörg mir die Aufgabe, den Teich mit den Goldfischen für den Winter vorzubereiten; er selbst zog sich zurück in unseren Transporter und telefonierte.

Zwar war Jörg verheiratet und schwärmte oft von seiner Nicole, immer wieder jedoch bekam ich mit, wie er mit anderen Damen korrespondierte, in Chats und telefonierend. Er saß dann ganz verträumt da und vergaß alle Zeit, und ich muss sagen, dass ich es mochte, ihn so zu sehen, so sanft und versöhnt mit der Welt.

So stand ich an diesem Nachmittag allein am Teich, schnitt ein paar Uferpflanzen zurück, kescherte das Laub aus dem Wasser und platzierte einen Eisfreihalter über der tiefsten Stelle. Marthas Fenster war die ganze Zeit über verschlossen, und ich sah niemanden. Die Pflegerin vom Palliativteam war bereits wieder abgefahren, Herr Gruber war unterwegs, Besorgungen machen. Mit jeder Minute, die verging, wuchs in mir die Angst, fertig zu werden mit den Arbeiten am Teich und Jörg durch die Garage kommen zu sehen, der mich dann rufen, der alle

Materialien verstauen, alle Türen zuziehen und für immer abfahren wollen würde.

Ich stand vor der Schlafzimmertür und lauschte, hörte in die Stille hinein. Eine Hand legte ich auf die Tür, fühlte das Holz, als könnte ich durch das Material einen Menschen fühlen. Ich klopfte zweimal. Es blieb still.

»Ja?«, konnte ich dann durch die Tür hören.

»Im Garten ist nun alles getan«, sagte ich.

Wieder eine längere Stille.

»Komm herein.«

Ich öffnete vorsichtig die Tür, schob sie langsam auf. Noch bevor wir uns sahen, drang ein süßlicher Geruch in meine Nase.

Martha lag im Bett, über ihr ein Triangelgriff, an dem eine Fernbedienung baumelte. Marthas Blick war wach und klar. Das Kopfteil des Bettes war aufgerichtet, so dass Martha halb saß, halb lag. Ihre Segelohren fielen mir gleich ins Auge, ihre Gesichtsfarbe war gelbstichig. Sie trug einen hellblauen Pyjama, lag in weißer Bettwäsche.

Wir sagten beide nichts. Zum Fenster hin stand ein Stuhl am Bett, der wirkte, als wäre nur kurz jemand von ihm aufgestanden und als würde derjenige bald zurückkehren. Als Martha merkte, dass ich zögerte, mich dort hinzusetzen, nickte sie mir zu.

»Nun ist im Garten also alles getan?«

»Ja.«

»Im Frühjahr kehrt ihr wieder, dann gibt es wieder etwas zu tun.«

»Ich habe Zwischenprüfungen im Frühjahr.«

»Steht dir gut, die Brille.«

Es fiel mir schwer, Martha anzusehen. Ich schaute auf den Nachtschrank. Ein Stapel Bücher und ein Notizbuch lagen dort.

»Mein Mann liest vor.«

»In Büchern gehen Geschichten nicht verloren.«

»Erzählst du mir eine Geschichte?«

Die Frage blieb lange so im Raum stehen. Ich nahm Marthas Hand und spürte, wie wenig von ihrem Körper noch übrig war. Martha drückte ihren Daumen in die Innenfläche meiner Hand. Wir schauten beide unseren Händen zu. Martha umgriff meinen Zeigefinger, hielt sich fest.

»Es ist schön, dass du da bist.«

Ich strich über Marthas Handrücken, fühlte den Äderchen nach.

»Die Geschichte ist aber nicht passend.«

»Wenn sie von dir ist.«

»Ich würde dir gern eine Stelle am Meer zeigen.«

»Was ist so besonders dort?«

»Für niemanden ist sie besonders, nur für mich.«

»Warum?«

»Ich habe in meinem Leben viele Stunden dort ins Wasser geschaut.«

»Wie stelle ich sie mir vor?«

»Du gehst aus der Bucht eines kleinen Fischerdorfes hinaus zu den Felsen. Ein paar Nackte liegen dort und ein paar Abenteurer, sonst kein Mensch. Da gibt es diese Stelle. Vom Weg aus sieht sie so aus, als könnte man von dort nicht gut ins Wasser hinabsteigen, als wäre es zu steil. Die Wellen haben den Fels unter der Wasserkante aber so ausgehöhlt, dass er angenehm wie eine Treppe ins Wasser führt. Zwei Menschen können auf dem Stein liegen, und die Natur türmt sich links und rechts so weit auf, dass man niemanden sonst sehen kann und das Gefühl hat, ganz allein auf der Welt zu sein. Da habe ich schon viele Sommer gelegen, ein Buch gelesen und ins Wasser geschaut. Weißt du, wann ich zum ersten Mal dort war?«

»Sag es mir.«

»Da war ich fünf Monate alt. Meine Eltern haben dort schon ihre Sommer verbracht.«

»Du klingst wie ein alter Mann.«

»Dort würde ich gern mit dir sitzen und ins Wasser schauen.«

»Ist das schon die Geschichte?«

»Das ist die Geschichte.«

»Was passiert, wenn es dunkel wird?«

»Wenn es dunkel wird, schauen wir ins Wasser und sehen die Sterne über uns im Wasser unter uns.«

»Du bist ein schlechter Poet.«

»Wenn es dunkel wird, ist das Meer lauter.«

»Das lasse ich gelten.«

»Wenn es dunkel wird, frage ich dich aus.«

»Ich würde dir alles erzählen.«

»Ich würde dich fragen, wie es dir geht.«

»Ich würde dir antworten, dass ich keine Schmerzen habe.«

»Ich würde dich fragen, was ich für dich tun kann.«

»Ich würde dich darum bitten, einfach für diesen Moment bei mir zu sein.«

»Ich würde dich fragen, ob wir kindisch waren.«

»Ich würde dir antworten, dass wir kindisch waren.«

»Ich würde dich fragen, ob du es immer gut mit mir gemeint hast.«

»Ich würde dir antworten, dass ich dir nie etwas Schlechtes wollte, aber immer egoistisch war.«

»Ich würde dich fragen, was die Umstände deines Lebens waren.«

»Ich würde gern mit dir ausgehen.«

»Mit mir in eine Disco?«

»Wir gehen in eine Bar.«

»Und dann?«

»Dann würden wir an der Bar sitzen.«

»Und dann?«

»Es würde gute Musik laufen.«

»Aber was ist denn für euch heute gute Musik?«

»Es wäre ein DJ da, der Schallplatten auflegt, Soul und Funk.«

»Aber bitte nicht Michael Jackson.«

»Doch, den auch. Aber den erst später.«

»Was trinken wir?«

»Auf jeden Fall etwas ohne Strohhalm.«

»Und dann?«

»Weil es so laut ist, würde ich den Hocker zur Seite schieben und mich nah zu dir stellen.«

»Wenn du stehst, fängst du bald zu tanzen an.«

»Ich würde gern für dich tanzen.«

»Ich würde dir gern dabei zusehen.«

»Ich würde nur dich anschauen.«

»Irgendwann wären sicher alle schon gegangen.«

»Irgendwann wären sicher nur noch wir beide da.«

»Irgendwann würde der Barkeeper uns fragen, ob wir denn kein Zuhause haben.«

Wir sahen uns an. Ich konzentrierte mich auf Marthas Brustkorb, ließ mich auf ihren Rhythmus ein. Ich atmete ein und aus, versuchte, den gleichen Raum einzunehmen wie sie. Unsere Atmung näherte sich immer weiter an, bis wir ganz im Takt miteinander waren. Marthas Blick wurde von Atemzug zu Atemzug ein wenig müder, bis ihr die Augen zufielen, sie mich doch noch einmal anschaute, einschlief.

Eine ganze Weile blieb ich noch so sitzen und schaute Martha an. Ich nahm mir eines der Bücher vom Nachtschrank und trennte vorsichtig die Titelei heraus. In meiner Latzhose klemmte ein Stift, mit dem ich nun auf das Papier schrieb. Ich schaute noch einmal darauf, las die Zeilen, faltete das Blatt und legte es auf den Stuhl.

Vorsichtig zog ich die Tür hinter mir zu. Am Treppenabsatz setzte ich mich auf die oberste Stufe. Ich schaute die Treppe hinunter, die ich vor so vielen Jahren zum ersten Mal als junger Mann in einem Anzug hinabgegangen war. Ich stützte die Arme auf die Knie, meinen Kopf in beide Hände. Ich atmete tief aus. Und dann tat ich etwas, was ich seit langer Zeit nicht mehr getan hatte. Ich weinte.

30

Die Hecke ist so hoch gewachsen, dass von außen niemand zu uns hineinschauen kann. Im Garten sprechen wir Deutsch miteinander.

Es ist Sommer, und ich stehe ganz hinten beim Schuppen. Mein Vater sitzt unter der Markise auf einer Bierbank am Haus und trinkt eine Weißweinschorle, meine Mutter und Simone decken den Tisch ein, mein Bruder und Justin bereiten den Grill vor, meine Schwester und Aliya-Gordana sitzen nur ein paar Meter von mir entfernt in einer Hollywoodschaukel und haben beide ein Kaninchen auf dem Arm. Sie schauen mir zu, wie ich beim Freigehege stehe und eine Tränke baue. Ich säge ein Stück aus einer Europalette zurecht, schraube eine Platte darauf, um einen Wasserkanister aufbocken zu können. Der Sommer ist so warm, die Kaninchen sind so durstig, sie trinken ihre Kleintierfläschchen an einem halben Tag aus.

Der Kanister ist gefüllt, und ich positioniere die Anlage im Freigehege. Die Wassergeber habe ich auf einer Höhe verschraubt, bei der ich mir vorstelle, dass die Kaninchen eine angenehme Position zum Trinken einnehmen können. Meine Schwester und Aliya-Gordana bringen die beiden Tiere zurück ins Gehege, und zu dritt stehen wir nun davor und gucken zu, was geschieht. Die Kaninchen hoppeln neugierig an die Tränke heran und direkt weiter, als wäre ihnen die Funktion des neuen Möbels noch nicht bewusst. Ich steige über den Zaun, und mit meinem Zeigefinger stupse ich immer wieder an den Wassergeber, damit sie sehen, dass Wasser aus dem Kanister tropft. Es hilft nicht. Sie hoppeln zu ihren Kleintierfläschchen, die noch in den Zaun eingehängt sind, und trinken.

Aliya-Gordana nimmt meine Hand und fragt, ob wir jetzt Tomaten für den Salat pflücken. Die Feldarbeit bereitet ihr Freude, und sie versteht noch nicht, dass wir genau genommen etwas Verbotenes tun.

Geht man hinter der Außenhecke unseres Reihenhauses den Feldweg entlang, gelangt man nach rund zwanzig Metern zu ein paar hoch gewachsenen Wildsträuchern. Hinter diesen Sträuchern liegt ein kleines Stück Land, eine vergessene Brache zwischen den Grundstücken und Vorgärten.

Ich hatte Aliya-Gordana ein Gartenset für Kinder geschenkt, das aus einer kleinen Schubkarre, einer Gießkanne, einer Schaufel und einem Rechen bestand. Bald wartete meine Nichte jeden Abend auf mich, trug schon ihre Gartenhandschuhe, wenn sie mir die Haustür aufmachte. Wenn man uns gemeinsam über das Feld spazieren sah, konnte man annehmen, dass das Kind einer Phantasie nachhänge, manchmal rief Aliya-Gordana anderen Spaziergängern sogar zu, dass wir Bauern auf dem Weg zur Arbeit seien. Die Menschen nickten mir freundlich zu. Ich grüßte.

Jeden Abend gingen wir zu dieser vergessenen Brache. Wir bereiteten den Boden vor, legten ein Beet an, säten aus. Romana, Zucchini, Tomaten, Radieschen, Karotten,

Mangold, Feldsalat, Schnittlauch, Petersilie, Lauchzwiebeln, Heidelbeeren. Wir kultivierten das freie Land.

Aliya-Gordana pflückt ein paar Tomaten und legt sie in ihren Sandkasteneimer, ich ziehe zwei Lauchzwiebeln aus dem Boden. Ich kann nicht sagen, wann es begonnen hat, aber mit einem Mal bemerke ich ein Rauschen, ein stetiges Tosen, das aus einiger Entfernung zu uns dringt. Aliya-Gordana nimmt es nicht wahr, ist ganz vertieft in die Betrachtung kleiner Tomaten. Durch die Wildsträucher hindurch kann ich ein paar Reihenhäuser sehen, dahinter ziehen sich die Anlagen der BASF am Horizont entlang, und noch viel weiter dahinter sehe ich die sich erhebende dunkle Silhouette des Odenwalds. Ich rufe Aliya-Gordana zu mir und hebe sie hoch, damit sie auf meinen Schultern sitzen und besser sehen kann, was sich dort am Himmel über der BASF ereignet.

Ein großer Feuerball ist zu sehen, die Hochfackel des Steamcrackers. Das ist ein Werk zur Aufspaltung von Rohbenzin, und man kann es gleich zuordnen, weil es das Werk mit der höchsten Fackel ist. Ein mehr als hundert Meter hoher Bunsenbrenner. Das Feuer wirkt bedrohlich, ist aber eine wichtige Schutzmaßnahme bei Störungen. Überschüssige Gase müssen abgefackelt werden. Obwohl wir einige Kilometer entfernt stehen, spüren wir die Kraft und Energie, hören wir das Strömen des Gases wie einen fernen Bach. Alle Instinkte animieren zur Flucht, aber es ist nicht gefährlich, was wir sehen. Die Fackel muss nun für einige Tage brennen, vielleicht sogar für eine ganze Woche oder länger. Jede Nacht wird der Feuerschein den Himmel bis zum Odenwald erleuchten.

Als wir zurückkommen, liegt das Fleisch schon auf dem Grill, meine Mutter ruft nach den Tomaten. Aliya-Gordana schleppt ihren Eimer in die Küche, und ich stelle mich zu meinem Bruder und Justin.

Auf dem Grill liegt dreimal das gleiche Essen, unterschiedlich geformt und gewürzt: deutsche Frikadelle, sudanesischer Hackfleischspieß, balkanesische Ćevape. Dazu liegt eine große Aluminiumschale auf dem Grill, die zur Hälfte bestückt ist mit Gemüse und zur anderen Hälfte ausschließlich mit Zwiebeln. Mein Bruder hat eine verrußte Frisbeescheibe in der Hand, mit der er die Glut anfächert; Justin hat ein Stück gefaltete Pappe in der Hand, mit der er die Glut anfächert. Beide schwitzen stark und tragen nur ein Unterhemd.

Wir sitzen auf Bierbänken. Der Tisch ist gedeckt. Vier Teller auf jeder Seite. Zwei Salatschüsseln stehen auf dem Tisch. Eine kleine Glasflasche mit Ketchup. Jeweils eine große Flasche echte Cola und echte Fanta. Und ich sitze da.

Mit meinem Vater, der so viel gearbeitet hat wie sonst kein Mensch, den ich kenne. Der in Innsbruck als Maurer, in Skövde in einer Volvo-Fabrik arbeitete und sich in Enschede zum Bohrgeräteführer ausbilden ließ. Der zwei Jahre lang in Libyen in einer Wüste Brunnen für eine deutsche Baufirma bohrte. Der in Deutschland Brücken und Bahnhöfe baute. In Leipzig, in Berlin, in Ingolstadt, in Frankfurt, in Stuttgart, in Memmingen, in Montabaur, in Budenheim, in Münster, in Erfurt, in Landshut. Der sonntagabends im Dunkeln aus Ludwigshafen losfuhr und fünf Nächte der Woche irgendwo in Deutschland in einem Container auf einer Baustelle schlief. Der sich jetzt noch eine Weißweinschorle zubereitet.

Mit meiner Mutter, die immer nur für andere da war, für ihre Geschwister in Jugoslawien, für ihre Chefs in Deutschland, für ihre Kinder. Die für andere putzte, für andere kochte, für andere backte. Die alleine drei Kinder erzog, von denen heute keines keine Steuern zahlt. Die jeden Tag betet und jetzt den Salat auf allen Tellern verteilt.

Mit meinem Bruder Kruno, der vom »Industriemechaniker Kovačević« zum »Prokurist Herr Dr. Fischer« geworden ist und der heute dieses Haus für uns alle bezahlt und jeden daran teilhaben lässt. Der jetzt über die Unterschiede des Grillfleischs spricht.

Mit meiner Schwägerin Simone, die erst unseren Namen annehmen wollte, weil sie nicht ahnte, welche Nachteile das haben könnte, und die dann ihren Namen für uns alle gab. Die jetzt die Hände auf ihrem schwangeren Bauch faltet.

Mit meiner Schwester Ljuba, die noch immer in einer Folkloregruppe tanzt und ein so bodenständiges, so ausgeglichenes Leben führt. Die jetzt ein Foto mit ihrem Handy von uns allen macht.

Mit meinem Schwager Justin, der im vergangenen Sommer zum ersten Mal in seinem Leben in Omdurman im Sudan war und seine Großmutter kennenlernte, der bald eine Teilzeitstelle im Sozialdienst der JVA Ludwigshafen beginnt. Der jetzt vorsichtig Ketchup auf den Teller seiner Tochter fließen lässt.

Mit meiner Nichte Aliya-Gordana, die nach den Ćevape greift und einfach alles schöner macht.

Zusammen sitzen wir an dieser Bierzeltgarnitur und essen und reden und lachen. Ich fühle mich gut. Bin bereit für Neues. Und während alles so herzlich ist, dringt das Getöse der Hochfackel in meine Ohren, und die Stimmen und das Lachen meiner Familie werden leiser, obwohl noch immer alle reden und alle lachen.

Ich kann sehen, wie hinten im Garten die Kaninchen durch ihr Gehege hoppeln und an der Tränke schnuppern. Ich sehe, wie das erste Tier sein Köpfchen hebt und sich aufrichtet, um an den Wassergeber zu gelangen. Es drückt seine Zunge gegen den kleinen Metallstift, und Wasser tropft heraus, und das Kaninchen schleckt und schleckt, und schon hoppelt auch das zweite Tier an die Tränke.

Für alles: Danke.
Ich bin immer aufgeregt für dich.
[Auf herausgetrennter Titelei:
Donna Cross, *Die Päpstin*, 1998]